中华经典藏书

楚辞

林家骊　译注

中华书局

图书在版编目(CIP)数据

楚辞/林家骊译注. —北京:中华书局,2016.1(2025.7 重印)
(中华经典藏书)
ISBN 978-7-101-11367-9

Ⅰ.楚… Ⅱ.林… Ⅲ.①古典诗歌-诗集-中国-战国时代
②楚辞-译文③楚辞-注释 Ⅳ.I222.3

中国版本图书馆 CIP 数据核字(2015)第 264285 号

书　　名	楚　辞
译 注 者	林家骊
丛 书 名	中华经典藏书
责任编辑	张彩梅
装帧设计	毛　淳
责任印制	陈丽娜
出版发行	中华书局
	(北京市丰台区太平桥西里38号　100073)
	http://www.zhbc.com.cn
	E-mail:zhbc@zhbc.com.cn
印　　刷	河北博文科技印务有限公司
版　　次	2016 年 1 月第 1 版
	2025 年 7 月第 11 次印刷
规　　格	开本/880×1230 毫米　1/32
	印张 8⅜　插页 2　字数 130 千字
印　　数	161001-167000 册
国际书号	ISBN 978-7-101-11367-9
定　　价	17.00 元

前　言

　　当现代工业文明给人类物质生活带来前所未有的享受之时，人类精神生活却陷入了种种难以摆脱的困境。上个世纪晚期，中西学人经过长时期的探索，一致发现只有以伦理道德为本位的中国传统文化才有可能挽救人类的精神危机。于是，一股学习中国传统文化的热潮在全世界范围内兴起并逐渐形成涌动之势。这不能不让原本就对中国传统文化身怀热情的人们为之振奋不已，我们欣喜地沿着历史的长河溯流而上，重新领略各种民族精华，在汨罗江畔，我们陶醉于以大诗人屈原为核心所凝定成的屈骚精神的经典文本——《楚辞》。

一

　　"楚辞"一词最早见于西汉司马迁《史记·酷吏列传》，本义是指带有楚地特色的文辞，黄伯思在《东观余论·校定楚辞序》中说："盖屈、宋诸骚，皆书楚语，作楚声，纪楚地，名楚物，故可谓之楚辞。"由于屈原九死不悔的精神与坎坷悲惨的遭遇引起后世文人的无限敬仰与同情，战国时的宋玉以及西汉的贾谊、东方朔等数位怀才不遇的文人起而模拟屈原之作，西汉刘向将这些拟骚作品以及自己拟作的《九叹》结成一集，并题名曰《楚辞》，东汉王逸为之作注，并将自己拟作的《九思》也收录进去，形成了我们今天所看到的《楚辞》文本的通行篇目。于是，"楚辞"从一个泛指楚地文辞的称呼变为模拟屈骚精神作品的专称，从一个无确定内涵的指称变为具有明确篇目的作品集《楚辞》。因为《楚辞》中的灵魂作品是屈原的《离骚》，故楚辞又被称为"骚"；在汉代的时候楚辞在文体上属于赋，所以又常常被称作"屈赋"。

从文化精神而言，《楚辞》最重要的文化价值就是集中展现了以屈原为代表的、令古今中外的有识之士都为之动容的屈骚爱国精神。其九死不悔的执著精神、上下求索的探索精神、独立不迁的人格精神、众醉独醒的个体精神无不让后人为之感叹、为之景仰。历史上，每当民族危机时刻，无数的仁人志士无不以屈骚精神为动力来鞭策自己，以至于历代拟骚作品不断，形成文化史上罕见的拟骚群；从文学角度而言，《楚辞》是我国第一部浪漫主义诗歌总集，它开启了诗人独立创作的新纪元。《楚辞》与写实性诗歌渊薮《诗经》并称为"风骚"，是我国诗歌史上影响最深远的两座丰碑之一。梁启超率直地说："吾以为凡为中国人者，须获有欣赏楚辞之能力，乃为不虚生此国。"（《饮冰室文集·要籍解题及其读法》）其横亘千古的文化意蕴及具有开山性质的文学价值赋予了《楚辞》永恒的生命力。

二

《楚辞》的核心人物是屈原。屈原（约前339—约前278），名平，字原，战国时期楚国政治家。他出身于楚宗室贵族，少年时受过良好的教育，博闻强识，志向远大。楚怀王时屈原为左徒，"入则与王图议国事，以出号令；出则接遇宾客，应对诸侯"（《史记·屈原贾生列传》），是楚国举足轻重的政治要员。楚怀王时期，秦与楚均是大国，"横则秦帝，纵则楚王"，两国都有一统天下的雄心。屈原为实现楚国的统一大业，主张对内施行美政、对外联齐抗秦，使楚国一度出现了国富兵强、威震诸侯的局面。但由于他的主张与以怀王幼子子兰为首的保守贵族集团利益相悖，屈原受到谗害而被怀王疏远。怀王十五年（前304），秦使张仪以六百里土地为诱饵骗怀王与盟国齐国绝交。天真的怀王与齐断交后并未得到土地，便恼羞成怒地向秦国发动进攻却惨遭大败。怀王二十四年（前305），秦王诱骗怀王到武关赴约，屈原力谏而触怒怀王，被流放到荒凉的汉北；楚怀王受欺入秦而死。顷襄王即位后继续向秦屈服，子兰等佞臣视主战派屈原为眼中钉，屈原又被流放至更远的江南，流落于沅、湘之间。顷襄王二十一年（前278），秦将白起攻破郢都，楚国败亡，屈原悲愤绝望，自沉于汨罗江中。

屈原死后，他对楚国的深情与不幸遭遇引起了仕途坎坷的文人的同情与相知之感，众多模拟屈原作品的文人形成了文学史上少见的拟骚群体。与屈原同时代的有宋玉。宋玉，生卒年不详，他出身寒微，做过小臣，与荀卿仕楚时相近，但不久遭谗去官，郁郁不得志。他的《九辩》是继屈原《离骚》以后最杰出的楚辞作品之一。

到了汉代，贾谊、东方朔、淮南小山、庄忌、王褒、刘向、王逸等人追思屈原，成为著名的拟骚作家。贾谊，西汉洛阳人。汉文帝元年（前179）应召入朝，受到文帝器重，在一年中由博士升至太中大夫，但因为才高气傲受到众臣的诋毁，以致不能升擢公卿，甚至被文帝疏远，远遣长沙服侍梁王。后梁王坠马而死，贾谊因之悲痛自责，抑郁而死。贾谊一生与屈原非常相似，所作《惜誓》也得《离骚》遗意。淮南小山，其人不详，据说是淮南王刘安的门客，为淮南王招致贤士而作《招隐士》。东方朔，字曼倩，西汉平原厌次（今山东惠民）人。汉武帝时为太中大夫，后为常侍郎，实际被列入倡优之列，这与他的满腹诗书及报国雄心显然存在尖锐矛盾，所作《七谏》就是借屈骚背景抒发一己不平之气。庄忌，西汉会稽吴（今江苏苏州）人。为梁孝王门客，因善辞赋而受器重，此后仕途上未能施展，作有《哀时命》。王褒，字子渊，西汉蜀郡资中（今四川资阳）人。汉宣帝时为谏大夫，因善辞赋而为汉宣帝所重，未有作为即短命而死，作有《九怀》。刘向，原名更生，字子政，西汉沛县（今属江苏）人，楚元王刘交四世孙。历经宣、元、成三朝，历任谏大夫、宗正、光禄大夫、中垒校尉等职。他曾两次下狱，仕途多有起伏，与屈原、贾谊相似，因此他的《九叹》中不免隐含诸多感叹之情。王逸，字叔师，东汉南郡宜城（今湖北宜城）人。安帝时为校书郎，顺帝时官至豫章太守，他的《九思》是伤愍屈原之作。

三

　　《离骚》是屈原的代表作，也是《楚辞》的代表作。它作于诗人放逐汉北时，是我国古代最长的政治抒情诗，充满爱国激情和忧愁愤懑。全诗分三部分：第一部分是诗人对往事的回顾，抒写了家世出身、政治抱负、忠而被疏的痛苦困惑和坚持理想的执著精神；第二部分以女媭之劝为远行的契机，写诗人先后经历重华之证、帝阍之拒、求女之败，作为人间的象征，勾勒了诗人不懈追求美政理想的艰辛足迹以及理想破灭的残酷现实；第三部分表现诗人在艰苦的环境中仍然没有完全放弃希望，他问卜灵氛，求疑巫咸，并听从二者的建议决计远行，但就在他升腾远游之时，对故国的强烈眷恋使他不忍离开，展示了诗人内心去与留的复杂矛盾。全诗的主旨有三：一是表达了诗人政治革新的要求和对美政理想的执著追求；二是通过哀君王之昏庸、怒党人之卑劣表现出来的强烈爱国激情；三是坚持正义、不与奸邪同流合污的坚定立场和九死未悔的斗争精神。《离骚》中体现的强烈的爱国情操和主人公高洁的品质，成为忠臣义士的象征，南朝梁刘勰曾誉之"蝉蜕秽浊之中，浮游尘埃之外，皭然涅而不缁，虽与日月争光可也"（《文心雕龙·辨骚》）。

　　《离骚》之外，屈原尚有《九歌》、《天问》、《九章》等主要作品。《九歌》共十一篇，是屈原根据楚地民间祀神的乐歌经过艺术加工再创造的一组清新优美的抒情诗，有对自然神的热烈礼赞，有表达神神、神人相爱的恋歌，也有对爱国英雄的歌颂;《天问》是仅次于《离骚》的第二长篇,计三百七十余句。诗中一连提出一百七十多个问题,内容涉及天地山川、神灵鬼怪、古史传闻等,表现了诗人的大胆怀疑批判精神与对宇宙空间的哲学思索;《九章》共九篇,是一组政治色彩浓重、感情充沛的抒情诗,其中大部分篇章是屈原被疏远或流放在外时创作的。其余如《哀郢》、《远游》等也基本上都是围绕屈原被放逐的经历、处境和苦闷心情而写的。

其他作家的拟骚之作要么直接抒发对屈原经历的同情之感,要么设身处地想象屈原当时的种种遭遇,要么直接以屈子之口吻刻画情节、细节与心理活动,要么由屈子之不幸联系到自身的不幸,大体总不离屈原及其情感。总体上说,汉代楚辞在内容上主要追随屈宋楚辞的传统,抒发对先贤屈原的惋惜、悯伤、感念,同时蕴含作者对时世的政治见解和身世感慨。但相比屈原作品而言,汉代楚辞在情感抒发的强烈程度上更加平淡,已很少有激烈的情感呼号、上天入地的执著追求、愤世嫉俗的高洁情怀与对宗国忠君的深沉眷恋。因此,离屈原楚辞的崇高精神更远了一步。

四

除了屈原及其作品的崇高精神以外,以《离骚》为核心的作品在文学上的动人心魄的艺术特色也是使《楚辞》之所以富有穿越古今的艺术魅力的重要原因,这主要体现在以下几个方面:

(一)运用传奇性的想象。《楚辞》的浪漫主义色彩极为浓重,它能够糅合神话传说、历史人物和自然现象,形成瑰丽奇异的风韵与色调。如《离骚》中诗人南访重华、饮马咸池、上叩帝阍、下求佚女、朝发天津、夕至西极、驰太空、游仙境的情境描写,为读者构建了一个神秘、奇丽、狂放、孤愤的另类世界。

（二）使用香草美人的象征手法。屈原在其作品中常用佩戴或种植杜若等香草以表达其异于浑浊俗世的高洁，以追求才貌兼备的女子以表达其对理想君主的渴望，以铲除恶草以表达其对奸佞小人的痛恨，也就是王逸所说的"善鸟香草以配忠贞，恶禽臭物以比谗佞，灵修美人以媲于君，宓妃佚女以譬贤臣，虬龙鸾凤以托君子，飘风云霓以为小人"（《楚辞章句·离骚经序》）。这种象征手法为历来的文人所继承，形成了独特的香草美人意象群。

（三）开拓诗歌新体式。与礼乐文化观念支配下的中原地带整齐划一的《诗经》不同，楚地浪漫自由的地方文化特色使楚地产生了参差不一、自由多变的诗歌体式。《楚辞》中以六言为主，间以三言、四言、五言、七言等，灵活多变，产生跌宕错落的视觉和听觉美感；"兮"字的大量运用，创造了更自由舒缓、摇曳多姿、回旋往复的音韵效果。

除此之外，屈原楚辞还有如抒情和叙事结合、幻想和现实交织、大量运用楚地方言和楚物名称、双声叠韵等特征，这些艺术特色为后世文人所争相模拟袭用，正所谓"才高者菀其鸿裁，中巧者猎其艳辞，吟讽者衔其山川，童蒙者拾其香草"（《文心雕龙·辨骚》）也。

宋玉的《九辩》虽有沿袭屈原词句的特点，但在艺术上仍有其独特性。它不像屈原楚辞那样直接倾泻诗人内心的激情，而是通过景物来表现自己的情感。如"悲哉秋之为气也！萧瑟兮草木摇落而变衰"一段，萧瑟的秋景和远行的凄怆交织糅合，山高水清的寂寥和贫士不遇的落寞相互渗透，在读者面前展开一个忧愁感伤的意境，使诗人的感情和自然环境很好地融为一体。"宋玉悲秋"遂成为后世诗歌中历久弥新的悲情意象。

汉代楚辞在情感上基本承袭了屈宋楚辞抒情述志的模式，形式上也继承了屈宋楚辞在篇幅、句式和结构上的一些主要特征，如"兮"字的大量运用，"远游"的结构等。但相比屈宋楚辞，汉代楚辞的篇幅明显缩短，句式趋于整齐，想象趋于平实，意象的运用也基本不出屈宋楚辞范围。只有淮南小山《招隐士》一篇与众篇不同。《招隐士》渲染了幽深、怪异、可怕的山中环境，表现了此地不可久留的主题。在具体描绘时，不仅使用层叠的可怖意象渲染出像"虎豹斗兮熊罴咆"那样使人恐惧不安的环境气氛，还运用"啾啾"、"蓁蓁"、"峨峨"、"凄凄"、"汎汎"等叠字形成回旋复沓的节奏，创造出"浏亮昂激"（王夫之《楚辞通释》）的音韵效果。这也是屈宋楚辞在后世得以充分发挥的良证。汉楚辞以后，历代拟骚之作层出不穷，使楚辞的情感内涵和艺术魅力得以不断地深入与拓展。

五

楚辞源远流长、深厚博大，引起历代文人的高度重视，以致使《楚辞》出现了众多的注本和篇目不同的文本，但始终以东汉王逸的《楚辞》篇目为流传最广、以宋代洪兴祖的《楚辞补注》为最常见之注本，本书即以学界通行的中华书局点校汲古阁刊本《楚辞补注》作为底本，选取最具代表性的《离骚》、《九歌》等楚辞精华。

本书每篇均包括题解、注释、译文三部分。题解以简要且能概括全诗内容及艺术特征的语言勾勒出篇章概要。注释包括注音和释词两部分，难认的字在字后括注拼音，难理解和多解的字词和文化常识等一并出注。注释语言力求简明准确，极为重要的地方列举多家不同见解，并择其最善者而从之，为读者能更广泛地借鉴和选择留下思考的余地。对于较长的篇目，采用分段注释，以便于读者能对照注释迅速参透诗文蕴意，帮助理解诗词的妙处，体会诗篇遣词造句的艺术风格。译文力求直译，不妄加改动、随意增减，保持诗歌的原生态，或晓畅通达地传达原文喻意，便于读者更清晰地理解诗作的本意。

无论正文或注释、译文，均采用简化字，个别沿用已久的异体字在正文中不予改换而在注释中加以说明。对于楚辞中较多今天不常见的冷僻字，与今天相应的规范字、简化字字义有差别或易引起歧义者，仍保留这些异体字，不做改动，使读者据此能窥见原文风貌。

本书在题解和注释时，参考引用了众多历代学者或今人的研究成果，能出注者均直接在诗篇中标明，或有一些引用而未能逐一注出者，在此特别说明，并致以衷心的谢忱！

希望此书在弘扬中华经典文化、传承爱国主义传统、激发民众学习热情等方面，能尽一些绵薄之力。

林家骊

2015 年 10 月于杭州

目　录

离　骚

　　"离骚"的解释自古至今多有歧义，综观可达十三种之多。本书认为汉司马迁的离骚犹离忧说、班固的明己遭忧作辞说、王逸的离别忧愁说等比较符合实际。

　　《离骚》是中国古代诗歌史上最长的一首浪漫主义政治抒情诗，也是楚辞和屈原作品中最有代表性、最具思想性及艺术性的作品，后人常用"骚"代称《楚辞》作品，以"骚赋"代指屈原的作品。后代楚辞作家的作品，也主要是学习与模仿《离骚》的创作风格。《诗经》与《离骚》一起成为我国文学史上现实主义与浪漫主义的两块奠基石。

　　《离骚》可分十二章。依次追述家世、姓名的由来，历数上古圣王、尧、舜、桀、纣等人的为政得失，申述作者远大的政治理想和在政治斗争中遭受的迫害，对社会政治的黑暗进行了揭露和批判，对幻想中的美政理想境界进行了热情的讴歌。此篇集中反映了屈原追求自身价值及社会理想的坎坷过程和最终美政理想破灭却忠于故国、独立不迁的人格，以及志洁行廉、上下求索的傲岸情怀。

　　据《史记·屈原贾生列传》，本篇的写作时间应在被楚怀王疏远之后；而司马迁《报任安书》又说"屈原放逐，乃赋《离骚》"，则当在楚顷襄王当朝，诗人再放江南时。至今尚无定论。

帝高阳之苗裔兮①，朕皇考曰伯庸②。摄提贞于孟陬兮③，惟庚寅吾以降④。皇览揆余初度兮⑤，肇锡余以嘉名⑥。名余曰正则兮⑦，字余曰灵均⑧。纷吾既有此内美兮⑨，又重之以修能⑩。扈江离与辟芷兮⑪，纫秋兰以为佩⑫。汩余若将不及兮⑬，恐年岁之不吾与⑭。朝搴阰之木兰兮⑮，夕揽洲之宿莽⑯。日月忽其不淹兮⑰，春与秋其代序⑱。惟草木之零落兮⑲，恐美人之迟暮⑳。不抚壮而弃秽兮㉑，何不改此度㉒？乘骐骥以驰骋兮㉓，来吾道夫先路㉔。

【注释】

①帝：帝之本义为花蒂（吴大澂说）或胚胎（姜亮夫说），引申为始生之祖。在夏、商、周三代，称已死的君主为帝。屈原与楚王同宗，故也以帝高阳颛顼为始生之祖。高阳：颛顼有天下，号高阳。高阳是南楚神话中的地方神，始由天神所派，后逐步由地方神演变为楚人之祖先。苗裔（yì）：子孙后代。兮（xī）：语气词，楚地方言。一说可读若"啊"。

②朕（zhèn）：上古时代第一人称，至秦始皇二十六年（前221），诏定为皇帝自称。这里是屈原自称。皇考：对亡父的尊称。皇，大，美，光明。考，指亡父。但也有学者提出皇考是指先祖或祖父。伯庸：屈原父亲的名或字。一说是屈原先祖或祖父的名或字。

③摄提：此处为"摄提格"的省称。岁星名。古代岁

星纪年法中的子、丑、寅、卯、辰、巳、午、未、申、酉、戌、亥十二辰之一，相当于干支纪年法中的寅年。《尔雅·释天》："太岁在寅曰摄提格。"也有学者认为"摄提"不是"摄提格"的省称，而是星名。贞：当也。孟陬（zōu）：孟春正月。正月为陬，又为孟春日，故称。

④庚寅：屈原出生的日子，庚寅日为楚民间习俗上的吉宜日，古有男命起寅的传说。降（古音hōng）：诞生，降生。本义为自天而降，这里屈原自言天生。

⑤揆（kuí）：度量，揣度。初度：此处释为刚出生时的器度。度，态度，器度，气象。

⑥肇（zhào）：开始。一说认为"肇"通"兆"，占卜的意思。锡：同"赐"，送给。

⑦正则：公正而有法则。《史记·屈原贾生列传》："屈原者，名平。"正则是对"平"字进行的解释。

⑧字：取表字。灵均：灵善而均调。王夫之《楚辞通释》："原者，地之善而均平者也。"

⑨纷：美盛。内美：先天具有的内在的美好德性。

⑩重（chóng）：加上。一说是轻重之重。修能：即"修态"，即"美好的外表仪形"。能，通"态"。一释为"长才"，即"很强的才干和能力"。能，通"耐"。

⑪扈（hù）：披，楚地方言。江离：亦作"江蓠"，又名"蘼芜"，香草名。一说江离是生于江中的香草。辟芷（zhǐ）：幽香的芷草。一说为生长在幽僻处的

芷草。

⑫纫：搓，捻。一释为续，接。又可释为结，贯。

⑬汩（yù）：疾行，快速。

⑭不吾与：即"不与吾"之倒言。

⑮搴（qiān）：拔取。阰（pí）：山名。木兰：香木名，又名杜兰、林兰，皮似桂而香，状如楠树。

⑯揽（lǎn）：采摘。洲：江河中的陆地。宿莽：经冬不死的草。

⑰忽：通"飑"，迅速。淹：通"延"，逗留，停留。

⑱序：次。

⑲惟：思。

⑳美人：此处指楚怀王。迟暮：比喻晚年。

㉑不抚壮而弃秽兮：诸本此句无"不"字，非是。抚，凭，持。壮，指盛壮之年。一说指国势强盛。秽，指污秽的行为。一说指杂乱的政事。又一说指小人。

㉒此度：指上文"不抚壮而弃秽"的态度。

㉓骐骥（qíjì）：骏马。驰骋：纵马疾驰，奔驰。

㉔来：相招之辞。道：通"导"，引导。夫（fú）：语气词。先路：先王的道路。

【译文】

我是远祖高阳氏的后裔啊，我父亲的名字叫伯庸。岁星正好运行到寅年正月啊，我呱呱降生。父亲端详我初生时的气度啊，从那时起他赐予我这贞祥的名字：他给我起名叫正则啊，起字作灵均。我欢喜自己刚出生已有如此众多的惠质啊，又加上具有出众的才能。披戴着江离和幽香的白芷啊，缀结秋兰作为腰间配饰。我快速前行看似追寻不上目标啊，担心岁月不再留给我更多的时间！早上拔取坡地上的木兰啊，傍晚采摘水洲中的宿莽。日月倏忽不返从不停下脚步啊，春天与秋天季节在更替。想到草木都要凋零啊，就怕楚王步入衰残的暮年。为什么不趁着壮年抛弃污秽啊，就此改变你的态度？骑上骏马奔驰吧！来吧，我在前面为你开路！

昔三后之纯粹兮①，固众芳之所在②。杂申椒与菌桂兮③，岂维纫夫蕙茝④？彼尧舜之耿介兮⑤，既遵道而得路⑥。何桀纣之猖披兮⑦，夫唯捷径以窘步⑧。惟夫党人之偷乐兮⑨，路幽昧以险隘⑩。岂余身之惮殃兮⑪，恐皇舆之败绩⑫。忽奔走以先后兮，及前王之踵武⑬。荃不察余之中情兮⑭，反信谗而齌怒⑮。余固知謇謇之为患兮⑯，忍而不能舍也。指九天以为正兮⑰，夫唯灵修之故也⑱。曰黄昏以为期兮，羌中道而改路⑲。初既与余成言兮⑳，后悔遁而有他。余既不难夫离别兮㉑，伤灵修之数化㉒。

【注释】

① 三后：有五解：一说指夏禹、商汤、周文王（王逸）；二说指三皇，即少昊、颛顼、高辛（朱熹）；三说指楚之先君（汪瑗）；四说指伯夷、禹、稷（蒋骥）；五说指黄帝、颛顼、帝喾（王树枏）。当以汪瑗"楚之先君"说为是。纯粹：纯正不杂，引

申指德行完美无缺。

②众芳：喻众多有才能的人。

③杂：会集，兼有。申椒：生得重累而丛簇的花椒。菌桂：像竹子一样圆的桂树。

④维：仅，只。蕙茝（zhǐ）：均香草名。

⑤尧舜：唐尧和虞舜的并称，远古部落联盟的首领，古史传说中的圣明君主。耿介：光大圣明。

⑥遵道而得路：遵，循。道，正途。路，大道。

⑦桀纣：夏桀和商纣的并称。猖披：衣不系带，散乱不整貌。引申为狂妄偏邪之意。

⑧捷径：原意指近便的小路，此处喻不循正轨，贪便图快的做法。窘（jiǒng）：困窘，窘迫。

⑨夫：彼。党人：朋党。偷乐：贪图享乐。一作"苟且偷安"解。

⑩幽昧（mèi）：昏暗不明。险隘（ài）：危险狭隘。

⑪惮（dàn）：畏惧，害怕。

⑫皇舆：君王乘的车子，比喻国家政权。败绩：原意指车之覆败，引申指事业的败坏、失利。

⑬前王：即上文之"三后"与"尧舜"。踵（zhǒng）武：足迹。踵，足跟。

⑭荃（quán）：香草名，多喻君主。中情：谓内心真诚。

⑮齌（jì）怒：疾怒，暴怒。齌，炊火猛烈，引申为暴烈。

⑯謇謇（jiǎn）：直言的样子。患：害。

⑰九天：谓天之中央与八方。正：通"证"，验证。

⑱灵修：能神明远见者，此处当指楚怀王而言。

⑲"曰黄昏"以下二句：此为衍文。

⑳成言：定言。

㉑难：畏惮，畏惧。

㉒化：变化。一作"讹"解。

【译文】

　　从前楚国三位贤王德行完美、纯正无私啊，因而成为群贤毕集的所在。花椒与菌桂聚集一处啊，缀结的何止蕙和茝？尧舜光大圣明啊，他们遵行正道使国家走上正途。桀纣一样荒乱偏邪啊，贪图近便小径以致走投无路。结党营私之徒享乐啊，国家的前途晦暗不明危险难行。难道我是害怕自身遭受灾殃吗？我是怕君王的车子遭到颠覆。我匆促奔走于君王鞍前马后啊，希望他能追踪先王的足迹。君王却不明察我内心的真情啊，反而轻信了谗言而勃然大怒。我本来就知道正道直行会引起祸患啊，宁可忍受痛苦却无法改变初衷。手指天地作为我起誓的明证啊，这都是因为君王的缘故。说好在黄昏时分相约会面的啊，走到半路又中途改道。当初已经跟我订下誓约啊，随后又反悔另有他求。我已不再为君臣分隔而难过啊，只是哀惋君王朝令夕改。

　　余既滋兰之九畹兮①，又树蕙之百亩②。畦留夷与揭车兮③，杂杜衡与芳芷④。冀枝叶之峻茂兮，愿竢时乎吾将刈⑤。虽萎绝其亦何伤兮，哀众芳之芜秽⑥。众皆竞进以贪婪兮，凭不厌乎求索⑦。羌内恕己以量人兮⑧，各兴心而嫉妒⑨。忽驰骛以追逐兮⑩，非余心之所急⑪。老冉冉其将至兮⑫，恐修名之不立。朝饮木兰之坠露兮⑬，夕餐秋菊之落英⑭。苟余情其信姱以练要兮⑮，长颔颔亦何伤⑯？擥木根以结茝兮⑰，贯薜荔之落蕊⑱。矫菌桂以纫蕙兮⑲，索胡绳之纚纚⑳。謇吾法夫前修兮㉑，非世俗之所服。虽不周于今之人兮㉒，愿依彭咸之遗则㉓。

【注释】

①滋：栽，栽种。九畹（wǎn）：极言其多。畹，古代面积单位，十二亩田曰畹，一说三十亩田曰畹。

②树：种植。蕙：香草名，所指有二：一指薰草，俗称佩兰。古人佩之或做香焚以避疫。二指蕙兰。

③畦（qí）：分畦种植。留夷：香草名。一说即芍药。揭车：香草名。

④杜衡：亦作"杜蘅"，香草名，俗名马蹄香。芳芷（zhǐ）：香草名，即白芷。

⑤竢（sì）：等待。刈（yì）：割取。

⑥哀：悯惜。众芳：指上文所言之六物——兰、蕙、留夷、揭车、杜衡、芳芷，喻众贤。芜秽：荒芜，谓田地不整治而杂草丛生。此处比喻自己所培养的人才变质了，它们竟变成了一片恶草。

⑦凭：满足。楚人名"满"曰"凭"。

⑧羌（qiāng）：楚地方言，发语词。怨己以量人：谓以自己之心来忖度他人，犹俗语所云"以小人之

心，度君子之腹"。

⑨兴心：生心。

⑩驰骛（wù）：疾驰，奔腾。

⑪非余心之所急：此句屈子自表其心不同于众，而众人不必嫉妒他。

⑫老：老景。冉冉（rǎn）：形容时光渐渐流逝。

⑬饮：小口吸食。

⑭餐：吞食。落英：坠落的花朵。一释为"初生的花朵"。

⑮信姱（kuā）：真正美好。姱，美好。练要：谓精诚专一，操守坚贞。要，约束。

⑯顑颔（kǎnhàn）：因饥饿而面黄肌瘦。

⑰擥（lǎn）：执持。木根：兰槐之根。

⑱薜（bì）荔：香草名，又称木莲。蕊（ruǐ）：花心。

⑲矫："使之直"的意思。菌桂：香木名，今之肉桂、桂属中的一种。

⑳索：绞合使紧。胡绳：香草名。纚纚（xǐ）：长而下垂的样子。

㉑謇（jiǎn）：为楚地方言，发语词。一说为用心竭力、艰难勤苦之意。前修：犹前贤。

㉒周：调和，适合。

㉓彭咸：王逸《楚辞章句》："彭咸，殷贤大夫，谏其君不听，自投水而死。"以后各家释彭咸者均承此说。

【译文】

我栽下了九畹的兰花啊，又种上了百亩的蕙草。将芍药和揭车分畦种植啊，其间兼有马蹄香和白芷。希望它们枝繁叶茂啊，我愿等待时机将它们采摘。即使枯黄凋落又有何伤感啊，悲哀的是这许多花草变成遍地荒棘！众人都争名逐利、贪得无厌啊，孜孜以求从不满足。他们以自己的心肠来猜度我啊，各自私念丛生又充满妒忌。急切奔跑追逐名利啊，并不是我的心中所求。人生暮景渐渐就要降临啊，我担心的是人生的美名没有树立！早上啜饮木兰上滴下的露水啊，傍晚含咀坠落的秋菊。只要我的情志美好、精纯如一啊，长久以来的神形消损又怎值得悲戚！持取木根绕结茝花啊，将薜荔刚绽放的花心联结成串。使菌桂变直并缀结上蕙草啊，再把胡绳绞合起来而彰显飘逸身姿。我效法前贤的装束啊，并非流俗之辈所能服习。即使不能迎合当世的人啊，我愿依从彭咸留下的范型！

　　长太息以掩涕兮，哀民生之多艰。余虽好修姱以鞿羁兮①，謇朝谇而夕替②。既替余以蕙纕兮③，又申之以揽茝④。亦余心之所善兮，虽九死其犹未悔。怨灵修之浩荡兮⑤，终不察夫民心⑥。众女嫉余之蛾眉兮⑦，谣诼谓余以善淫⑧。固时俗之工巧兮，偭规矩而改错⑨。背绳墨以追曲兮⑩，竞周容以为度⑪。忳郁邑余侘傺兮⑫，吾独穷困乎此时也。宁溘死以流亡兮⑬，余不忍为此态也⑭。鸷鸟之不群兮⑮，自前世而固然。何方圜之能周兮⑯，夫孰异道而相安？屈心而抑志兮，忍尤而攘诟⑰。伏清白以死直兮⑱，固前圣之所厚。

【注释】

①虽：通"唯"。修姱（kuā）：修洁而姱美，喻美德。 靰羁（jījī）：马缰绳和络头，比喻束缚。

②謇（jiǎn）：发语词。谇（suì）：谏。一释为"诟"、"让"，意即指责，责备。替：废，废弃。

③纕（xiāng）：佩带。一说即今香囊之属。

④申：重复。揽茝（zhǐ）：姜亮夫认为此"揽"字当为"兰"字，"兰茝"与上文"蕙纕"为对。

⑤灵修：指楚国国君。浩荡：犹荒唐。

⑥民：人，屈原自谓。

⑦蛾眉：指女子美丽的容貌，又用以比喻屈原自己优秀的品质。

⑧谣诼（zhuó）：造谣毁谤。淫：邪乱，淫乱。

⑨偭（miǎn）：背，违背。规矩：规和矩，校正圆形和方形的两种工具。错：通"措"，措施。

⑩绳墨：木工画直线用的工具，这里比喻正道直行。追曲：随意曲直，没有一定的法则。

⑪周容：迎合讨好。度：常行之法。一说为态度。

⑫忳（tún）：忧郁，烦闷。郁邑：忧愤郁结，忧懑压抑。侘傺（chàchì）：失意而神情恍惚的样子。

⑬溘（kè）死：忽然死去。流亡：谓淹忽而死，随水以去。

⑭此态：指小人工巧、周容之丑态。

⑮鸷（zhì）鸟：指凶猛的鸟。一说鸷鸟当为忠贞刚特之鸟。不群：猛禽不与众凡鸟为群，喻刚正之君子

不与阘茸之小人为伍。

⑯方圜：同"方圆"。周：合。

⑰忍尤：容忍罪过。尤，罪过。攘诟（rǎnggòu）：容
忍耻辱。以上"屈心"与"抑志"、"忍尤"与"攘
诟"均为对文。

⑱伏：通"服"，信服。

【译文】

长长地叹息我掩面拭泪啊，感伤人生的道路是多么的艰难。我虽爱好美德却遭受羁縻啊，早上向君王进谏傍晚就被废弃。废弃我的原因是因为我身佩蕙草啊，又加上我用兰茝作为佩饰。它们都是我心头之好啊，为此即使万死我也不后悔。埋怨怀王行事荒唐啊，终究不明察我的忠心。女人们都嫉恨我美丽的容貌啊，恶语中伤说我善于淫逸。本来流俗善于取巧啊，背弃原则篡改措施。违反标准并无原则啊，争相迎合讨好且以之为常行之法。忧郁压抑我失意不乐啊，偏偏独有我受困于时。宁肯突然死去形体不存啊，我不忍心作出那副样子！鸷鸟高飞远走、卓特不群啊，先世以来就一向如此。圆凿方枘如何能够互容啊，谁可以道不同却彼此相安？委屈本心压抑情志啊，包容过错含垢忍耻。坚持清白之躯为正义而死啊，那才是先贤们所珍视的事。

悔相道之不察兮①，延伫乎吾将反②。回朕车以复路兮，及行迷之未远。步余马于兰皋兮③，驰椒丘且焉止息④。进不入以离尤兮，退将复修吾初

服⑤。制芰荷以为衣兮⑥，集芙蓉以为裳⑦。不吾知其亦已兮，苟余情其信芳⑧。高余冠之岌岌兮⑨，长余佩之陆离⑩。芳与泽其杂糅兮⑪，唯昭质其犹未亏⑫。忽反顾以游目兮，将往观乎四荒⑬。佩缤纷其繁饰兮⑭，芳菲菲其弥章⑮。民生各有所乐兮⑯，余独好修以为常⑰。虽体解吾犹未变兮⑱，岂余心之可惩⑲？

【注释】

①相（xiàng）道：观察道路。一释为寻找道路。察：详细察看。

②延伫（zhù）：长久地站立。一释为长望。

③步余马：骑着我的马慢慢走。一释为训练我的马。兰皋（gāo）：长着兰草的水边高地。

④椒丘：尖削的高丘。一释为生有椒木的丘陵。焉：于此。

⑤初服：未入仕时的服装。

⑥制：裁剪。芰（jì）荷：指菱叶与荷叶。一说芰荷为一物。衣：上衣。

⑦芙蓉：荷花的别名。裳：古代称下身穿的衣裙，男女皆服。

⑧其：句中衬字，无义。

⑨岌岌（jí）：高高的样子。

⑩佩：身上佩带的剑。陆离：长的样子。

⑪芳：草香，亦泛指香，香气。泽：姜亮夫《屈原赋

校注》认为此为"臭"字之讹变。糅（róu）：混杂，混合。

⑫唯：有三解：一释为"独"；二释为"辞也"，即发语词；三说同"惟"，表明心中冀望之意。三说均可通。昭质：明洁的品质。亏：损。

⑬"忽反顾"以下二句：屈原欲离朝去野，隐居避祸。忽，不经意。游目，放眼纵望。四荒，四方荒远之地。

⑭缤纷：繁盛的样子。繁饰：众多的彩饰，盛饰。

⑮菲菲：香气很盛。

⑯民生：即人生。

⑰好修：喜作修饰。常：常规，习惯。

⑱体解：分解人的肢体，古代酷刑之一。

⑲惩（chéng）：恐惧。

【译文】

　　悔恨选择道路时未曾看清啊，站在那里久久凝望而后我就要回返。调转我的车头重归正确的路啊，趁误入迷途还不是太远。让我的马漫步在长满兰花的湿地上啊，跑到遍是椒树的土坡上在那里休憩。进谏不被君王接纳却承受过错啊，我将隐退重新穿回当初的衣冕。裁制菱叶作为上衣啊，缀合莲花以作下裙。没有人理解我也就算了吧，只要我的情志真正高洁芳郁。加高我的帽子使之显得危耸啊，加长我的佩剑使之更加奇诡斑斓。芳香和腐臭混杂在一处啊，只有明洁的品质尚未缺损。倏忽间回首远望啊，我将去四方荒远之地游览。戴上众多华美的佩饰啊，浓郁的芳香使它们更加耀眼。人生各有各的乐事啊，我偏好美洁已习惯成自然。即使躯体分解我也不会改变啊，我的心中还有何畏惧？

女媭之婵媛兮^①，申申其詈予^②。曰鲧婞直以亡身兮^③，终然夭乎羽之野^④。汝何博謇而好修兮，纷独有此姱节^⑤。薋菉葹以盈室兮^⑥，判独离而不服^⑦。众不可户说兮，孰云察余之中情？世并举而好朋兮，夫何茕独而不予听^⑧。

【注释】

①女媭（xū）：有六解：一释为屈原之姊；二释为屈原之妹；三释为女巫或神巫；四释为女伴、侍女；五释为贱妾，比喻党人；六释为一个假想的女性。婵媛（chányuán）：痛恻婉转陈辞。

②詈（lì）：责骂。

③曰：说。以下至"夫何茕独而不予听"是女媭责备屈原的话。鲧（gǔn）：传说中古代部落酋长名，号崇伯，禹之父。据说奉尧之命治水，未成，而被舜杀于羽山。一说被舜幽囚在羽山，最后死在那里。婞（xìng）直：倔强，刚直。一说为"刚愎自用"之意。亡身：一作"方身"。一说当作"方命"，是不听指挥，不服从命令之意。一释为忘身。

④夭（yāo）：早死。一释为死。又释为不得善终而死。羽：羽山，地名。

⑤纷：纷然，美盛。姱（kuā）节：美好的节操。一释

为奇异的行为。

⑥赟（cí）：积聚。菉（lù）：草名。葹（shī）：草名。

⑦判独：分别离散，与众不同。服：用，使用。

⑧茕（qióng）独：孤独。不予听：即不听予。予，我，女嬃自谓。

【译文】

女嬃满心痛彻啊，重重责骂我。她说鲧因为刚直而遭流放啊，最后幽殁在羽山的郊野。你为什么还博采众芳而爱好美洁啊，美好的节操显得如此与众不同！蒺藜、苈草、地葵充满屋子啊，你却迥异于众人偏偏不肯佩用在身上。不可能向每个人都详尽说明心中的想法啊，谁能明白我们内心的真诚呢？世人相互推举而好朋比为奸啊，你为什么茕然独立却不听我的劝告。

依前圣以节中兮①，喟凭心而历兹②。济沅湘以南征兮③，就重华而陈词④。启《九辩》与《九歌》兮⑤，夏康娱以自纵⑥。不顾难以图后兮⑦，五子用失乎家巷⑧。羿淫游以佚畋兮⑨，又好射夫封狐⑩。固乱流其鲜终兮⑪，浞又贪夫厥家⑫。浇身被服强圉兮⑬，纵欲而不忍。日康娱而自忘兮⑭，厥首用夫颠陨⑮。夏桀之常违兮⑯，乃遂焉而逢殃。后辛之菹醢兮⑰，殷宗用而不长⑱。汤禹俨而祗敬兮⑲，周论道而莫差。举贤而授能兮，循绳墨而不颇⑳。皇天无私阿兮㉑，览民德焉错辅㉒。夫维圣哲以茂行兮㉓，苟得用此下土㉔。瞻前而顾后兮，相观民之计极^㉕。夫孰非义而可用兮，孰非善而可服^㉖。阽余身而危死兮^㉗，览余初其犹未悔。不量凿而正枘兮^㉘，固前修以菹醢^㉙。曾歔欷余郁邑兮^㉚，哀朕时之不当^㉛。揽茹蕙以掩涕兮^㉜，沾余襟之浪浪^㉝。

【注释】

①节中：犹折中，取正。

②喟（kuì）：叹息，叹声。凭：满。历兹：经此厄运。

③沅（yuán）：沅江，古称沅水，源出贵州云雾山，东北流经黔阳、常德到汉寿入洞庭湖。湘：即湘江，源出广西，流入湖南，为湖南最大的河流。

④重（chóng）华：虞舜的美称。一说舜重瞳，故名。

⑤启：指夏启，大禹之子，夏朝君主。一释为"开启"。《九辩》：夏代乐名。一说天帝乐名。《九歌》：古代乐曲，相传为禹时乐歌。一说《九歌》也是天帝乐名。

⑥夏：有四解：一释为大，二释为太康，三释为下，四释为夏王。此释为"大"。康娱：逸乐，安乐。

⑦不顾难：不回顾其最初取得天下之不易。以图后：为后代作谋划。

⑧五子：有四解：一释为启的五个儿子，二释为太康昆弟五人，三释为启之第五子，四释为启的兄弟。用失乎：即"用乎"，"失"字为衍文。用乎，因之，因而。家巷（hòng）：内讧。巷，通"哄"。

⑨羿（yì）：传说中夏代有穷氏之国君，因夏氏以代，

善射，不修民事，为家臣寒浞所杀。佚（yì）：放纵。畋（tián）：畋猎，打猎。

⑩好（hào）：喜好。封狐：大狐。一释为大猪。"狐"是"猕"之误。

⑪乱流：乱逆之流。鲜（xiǎn）终：少有善终。

⑫浞（zhuó）：传说中夏时有穷氏后羿之相。羿不理政事，寒浞遂杀羿自立。厥（jué）：其，这里指代羿。家（gū）：通"姑"，古时对妇女的一种称谓，这里指羿的妻室。

⑬浇（ào）：即过浇。传说中夏代寒浞之子。被（pī）服强圉（yǔ）：负恃有力，即依仗自己强大的力量。一释为穿着坚甲。

⑭自忘：忘怀自身安危。

⑮用夫：因而。颠陨（yǔn）：坠落。

⑯夏桀：夏代最后一个君主，名履癸，相传为暴君。常违：经常违背天道和人理。

⑰后辛：即殷纣王。后，君主。辛，纣王之名。菹醢（zūhǎi）：亦作"葅醢"，古代把人剁成肉酱的酷刑。后亦用以泛指处死。

⑱殷宗：殷商之国祚。用而：因而，因此。

⑲汤禹：商汤与夏禹。一释为大禹。俨（yǎn）：恭敬，庄重，庄严。祗（zhī）敬：恭敬。

⑳循（xún）：顺着，遵从。绳墨：木工画直线用的工具，此处喻规矩、准则和法度。

㉑皇天：对天及天神的尊称。私阿（ē）：偏爱，曲意

庇护。

㉒民德：在皇天看来，人君也是臣民，故此“民德”是指那些得了天下的君王而言。错辅：安排辅助。错，通“措”，安排。

㉓维：同“唯”，独。圣哲：此处指具有超人的道德才智的人。茂行：德行充盛。

㉔苟：于是。用：拥有，治理。下土：天下。

㉕相（xiàng）：看，观察。计极：兴亡的原因。

㉖服：行，行事。

㉗阽（diàn）：临近危险。危死：濒临死亡。

㉘凿（záo）：榫眼。正：审定，确定。枘（ruì）：器物的榫头。

㉙前修：古代的贤人，此处指因忠言直谏而遭到菹醢之刑的贤人，如龙逢、梅伯等。

㉚曾：通“增”，屡屡。歔欷（xūxī）：悲泣，抽噎。郁邑：即“郁悒”，苦闷，忧愁。

㉛哀朕时之不当：哀叹自己生不逢时。当，引申为“值”，逢，遇之义。

㉜茹：柔软。一释为香草名。

㉝沾：浸湿。浪浪：泪流不止的样子。

【译文】

依从先贤的价值标准进行评判啊，满怀感喟为何遭此厄运。渡过沅、湘向南进发啊，到帝舜跟前大声陈说：夏启创制《九歌》、《九辩》啊，恣意寻欢作乐以致放纵堕落。不顾念先王创业艰难并为后代打算啊，五位王公因此内讧相争。后羿过度沉溺于狩猎啊，又喜欢射杀大猪以取乐。本来恣肆妄行就没有好下场啊，寒浞夺权又占有了他的妻子。浇恃强尚武啊，放纵欲念不肯放弃糜烂生活。每天沉浸于燕舞笙歌浑然忘我啊，他的头颅因此而掉落。夏桀所行与常情有违啊，最后终究遭受了灾祸。纣王辛发明将人剁成肉酱的酷刑啊，殷商因而不能国祚绵长。大禹庄穆而敬畏神灵啊，周详地施行仁政而没有差错。推举贤德、任用能臣啊，遵守法则而不偏颇。上苍不会偏袒谁啊，视民心向背加以辅佐。只有贤达睿智、德行充盛啊，才能拥有这整个天下。回顾历史展望将来啊，考察人世治变的道理。谁不是因为忠义而被任用啊，谁不是因为纯良美好而成为奉行的楷模！我身陷危难几蹈死地啊，静观初心从未后悔。不度量凿孔而选用合适的榫头啊，这本是前贤被剁成肉末的原因。我频频悲叹抑郁忧伤啊，哀惋自己生不逢时。拿起柔软蕙草掩面痛哭啊，泪珠滚滚滑落打湿我的前襟。

　　跪敷衽以陈辞兮①，耿吾既得此中正②。驷玉虬以乘鹥兮③，溘埃风余上征④。朝发轫于苍梧兮⑤，夕余至乎县圃⑥。欲少留此灵琐兮⑦，日忽忽其将暮。吾令羲和弭节兮⑧，望崦嵫而勿迫⑨。路曼曼其修远兮⑩，吾将上下而求索⑪。饮余马于咸池兮⑫，总余辔乎扶桑⑬。折若木以拂日兮⑭，聊逍遥以相羊⑮。前望舒使先驱兮⑯，后飞廉使奔属⑰。鸾皇为余先戒兮⑱，雷师告余以未具⑲。吾令凤鸟飞腾兮⑳，继之以日夜。飘风屯其相离兮㉑，帅云霓而来

御^②。纷总总其离合兮^②，斑陆离其上下^②。吾令帝
阍开关兮^②，倚阊阖而望予^②。时暧暧其将罢兮^②，结
幽兰而延伫。世溷浊而不分兮^②，好蔽美而嫉妒^②。

【注释】

①敷：铺开。衽（rèn）：衣之前襟。

②耿：耿介，光明正大。此中正：此中正之道，即上
　文所说明主贤臣相得、昏君乱臣相残的道理。

③驷（sì）：古代一车套四马，因以称驾一车之四马，
　或四马所驾之车。这里意思是以四虬龙驾车。虬
　（qiú）：传说中的一种无角龙。鹥（yì）：传说中的
　鸟名，凤凰之属，身有五彩花纹。

④溘（kè）：忽然。埃：微小的尘土。征：行，此处
　指乘坐四龙所拉的凤车飞上天空。

⑤发轫（rèn）：拿掉支住车轮的木头，使车前进。借
　指起程，出发。苍梧：一名九嶷，在湖南宁远东南。

⑥县圃：又作玄圃、悬圃，传说中神仙居处，在昆仑
　山顶。

⑦灵琐：君门。姜亮夫《屈原赋校注》以为即玄圃之门。

⑧羲（xī）和：古代神话传说中驾驭日车的神。弭
　（mǐ）节：缓慢行驶。节，车子行驶的步调。

⑨崦嵫（yānzī）：山名，在甘肃天水西境，传说为日
　落的地方。迫：迫近。

⑩曼曼：形容距离远或时间长。修远：长远。

⑪上下而求索：求索的对象，各家说法不一，联系上

下文，当以"求天帝之所在"近是。

⑫咸池：神话中谓日浴之处。

⑬总：系，结，束结。辔（pèi）：驾驭马的缰绳。扶桑：神话中的树名。传说日出于扶桑之下，拂其树杪（miǎo）而升，因谓为日出处。

⑭若木：古代神话中的树名。一说即扶桑。

⑮聊逍遥以相羊：聊逍遥、相羊，是联绵词的不同变体，意思相同，都有徘徊之义。

⑯望舒：神话中为月驾车的神。先驱：原指军队中的前锋，此处引申指向导。

⑰飞廉：即风神。一说能致风的神禽名。奔属（zhǔ）：奔跑着紧跟在后面。

⑱鸾（luán）皇：亦作"鸾凰"。鸾与凰，皆瑞鸟名，常用以比喻贤士淑女。

⑲雷师：神话中的雷神。或说就是丰隆。未具：驾御未备。

⑳凤鸟：凤凰，传说中的瑞鸟。

㉑飘风：旋风，暴风。屯：聚集。离：附丽。

㉒帅：通"率"，率领。霓（ní）：虹的一种，又称副虹（相对于主虹而言）。

㉓总总：聚集一处的样子。

㉔斑：荣盛。陆离：光辉灿烂的样子。

㉕帝阍（hūn）：天帝的看门人。阍，看门人。

㉖阊阖（chānghé）：神话中的天门。

㉗暧暧（ài）：昏暗的样子。

㉘溷（hùn）浊：混乱污浊。

㉙美：品德、才能皆优秀的人。

【译文】

衣襟铺开跪着慷慨陈词啊，我得到无私正道心中豁然通明。驾驭四条无角玉龙所拉的凤车啊，倏忽间我依托风云直上天空。早上从苍梧出发啊，傍晚到县圃停歇。我打算在神门前稍歇片刻啊，日头渐渐偏移入暮。我让羲和徐徐前行啊，看到崦嵫山暂且止步。前途漫长遥远无边啊，我将上天入地寻求出路。在咸池饮我的马啊，将马缰系在扶桑神木。攀折若木遮蔽日光啊，姑且逍遥徜徉自由自在。使月神望舒在前面开路啊，让风伯奔跑于后。早有鸾凤为我戒严道路啊，雷神却告诉我严装未备。我命凤鸟们腾翔于九天啊，夜以继日不得疏忽。暴风骤集欲使队伍离散啊，统率着前来迎接的云雾。来势盛大忽散忽聚啊，上下翻转光彩夺目。我命天帝的看门人打开天门啊，他却倚靠在天门外视而不见。此刻光线暗淡日将西落啊，只得编结幽兰长久停驻。世道混乱良莠不分啊，喜欢掩蔽贤才妄加嫉妒。

朝吾将济于白水兮①，登阆风而缢马②。忽反顾以流涕兮，哀高丘之无女③。溘吾游此春宫兮④，折琼枝以继佩⑤。及荣华之未落兮⑥，相下女之可诒⑦。吾令丰隆乘云兮⑧，求宓妃之所在⑨。解佩纕以结言兮⑩，吾令蹇修以为理⑪。纷总总其离合兮⑫，忽纬繣其难迁⑬。夕归次于穷石兮⑭，朝濯发乎洧盘⑮。保厥美以骄傲兮⑯，日康娱以淫游。虽信美而无礼兮，来违弃而改求^⑰。览相观于四极兮^⑱，周流乎天余乃下。望瑶台之偃蹇兮^⑲，见有娀之佚女^⑳。吾令鸩为媒兮^㉑，鸩告余以不好。雄鸩之鸣逝兮，余犹恶其佻巧^㉒。心犹豫而狐疑兮^㉓，欲自适而不可。凤皇既受诒兮^㉔，恐高辛之先我^㉕。

【注释】

①白水：神话传说中源出昆仑山的一条河流，相传饮之可以不死。

②阆（làng）风：山名。神话传说中神仙居住的地方，在昆仑之巅。绁（xiè）马：系马。

③高丘：楚国山名。一释为传说中的神山。

④春宫：神话传说中东方青帝居住的地方。

⑤琼枝：神话传说中的玉树。

⑥荣华：原意指草木茂盛、开花，此处喻美好的容颜或年华。

⑦相（xiàng）：视。下女：有多种解释，蒋骥《山带阁注楚辞》认为"指下宓妃诸人；对高丘言，故曰下"。诒（yí）：通"贻"，赠送。

⑧丰隆：神话传说中的雷神，后多用作雷的代称。一说是云神。

⑨宓（fú）妃：神话传说中的洛水女神。

⑩纕（xiāng）：佩带。结言：用言辞订约。

⑪蹇修：人名，传说中伏羲氏之臣，古贤者。一释为以钟磬声乐为媒使。理：使者，媒人。

⑫纷总总：此处形容使者纷纷攘攘，络绎于道。

⑬纬缅（huà）：乖戾，不合。

⑭次：留宿。穷石：神话中传说的地名。

⑮濯（zhuó）：洗涤。洧（wěi）盘：神话传说中的水名。据说发源于崦嵫山。

⑯保：依靠，仗恃。厥（jué）：其，指宓妃。

⑰来：回来吧！这是招回丰隆的话。违弃：抛开，丢开。

⑱览相观：三字同义，看。四极：泛言四方之边极。

⑲瑶台：美玉砌的楼台。偃（yǎn）蹇：高耸。

⑳有娀（sōng）：传说中的古国名。殷始祖契之母简狄，即有娀氏女。有，词头。佚女：美女。指有娀氏美女简狄。

㉑鸩（zhèn）：传说中的一种毒鸟，以羽浸酒，饮之立死。

㉒恶（wù）：讨厌，憎恨。佻（tiāo）巧：轻佻巧佞。

㉓犹豫：迟疑不决。狐疑：猜疑，怀疑。

㉔凤皇：即凤凰。受诒：指凤凰已接受了送给简狄的聘礼，准备前去说媒。诒，通"贻"，指聘礼。

㉕高辛：帝喾初受封于辛，后即帝位，号高辛氏。事迹详见《史记·五帝本纪》。

【译文】

　　早上我将渡过白水啊，登上阆风山系马驻足。忽然回首眺望潸然泪下啊，哀伤楚地高丘没有美女。我迅疾游历青帝所居之春宫啊，攀折那琼枝来补充我的佩饰。趁着缤纷的花草还未零落啊，我寻访美女赠送给她。我让雷神驾云而去啊，探寻宓妃所在的居处。解下佩戴的香囊来订下誓约啊，我命蹇修来当媒人。纷繁盛多来去不定啊，善变乖戾难以迁就。晚上回穷石过宿啊，早上在洧盘濯洗秀发。倚仗她的美貌心骄气傲啊，每天安然享乐游玩无度。虽然她确实美丽却缺乏礼教啊，回来吧蹇修，让我们丢开她再去别处寻求。察考天下四方啊，绕天巡行后我降临下土。望见玉台高拔耸立啊，我看到有娀氏的美丽公主。我命鸩去为我做媒啊，鸩告诉我她的种种不好。雄鸩高叫着远去啊，它轻佻讨巧实在令我厌恶。犹豫不定狐疑满腹啊，我打算亲自造访又不合礼数。凤凰虽已接受信物啊，又怕帝喾比我提前一步。

欲远集而无所止兮，聊浮游以逍遥①。及少康之未家兮②，留有虞之二姚③。理弱而媒拙兮，恐导言之不固④。世溷浊而嫉贤兮⑤，好蔽美而称恶。闺中既以邃远兮⑥，哲王又不寤⑦。怀朕情而不发兮，余焉能忍与此终古。

【注释】

①浮游：不知所求，无目的地漫游。逍遥：徘徊不进，与"浮游"义近。

②少康：夏代中兴之主，帝相之子。

③有虞：相传是虞舜后裔的部落国家，故址在今河南虞城县。二姚：有虞国君的两个女儿。

④导言：传达疏导之言。

⑤世溷（hùn）浊：时世混乱污浊。

⑥闺中：宫室之中。邃（suì）远：深远。

⑦哲王：明智的君王。寤（wù）：醒悟，觉醒。

【译文】

想在远方栖身却无处落脚啊，姑且漫游天地飘荡不前。趁少康还未成家啊，有虞氏的二姚尚待字闺中。使者无能媒人拙劣啊，恐怕无法传达心曲不能让人信服。时世混乱嫉恨贤良啊，喜欢遮蔽美善称扬邪恶。宫闺如此深远啊，明君却偏不觉悟！怀有我这样的衷情却不能舒泄啊，我怎能强忍郁闷抱恨过此一生？

　　索藑茅以筳篿兮①，命灵氛为余占之②。曰两美其必合兮③，孰信修而慕之？思九州之博大兮④，岂唯是其有女⑤？曰勉远逝而无狐疑兮⑥，孰求美而释女⑦？何所独无芳草兮⑧，尔何怀乎故宇⑨？世幽昧以眩曜兮⑩，孰云察余之善恶。民好恶其不同兮，惟此党人其独异⑪。户服艾以盈要兮⑫，谓幽兰其不可佩。览察草木其犹未得兮，岂珵美之能当⑬？苏粪壤以充帏兮⑭，谓申椒其不芳。欲从灵氛之吉占兮，心犹豫而狐疑。巫咸将夕降兮⑮，怀椒糈而要之⑯。百神翳其备降兮⑰，九疑缤其并迎⑱。皇剡剡其扬灵兮⑲，告余以吉故。曰勉升降以上下兮⑳，求矩矱之所同㉑。汤禹严而求合兮㉒，挚咎繇而能调㉓。苟中情其好修兮，又何必用夫行媒㉔。说操筑于傅岩兮㉕，武丁用而不疑㉖。吕望之鼓刀兮㉗，遭周文而得举㉘。宁戚之讴歌兮㉙，齐桓闻以该辅㉚。及年岁之未晏兮㉛，时亦犹其未央。恐鹈鴂之先鸣兮㉜，使夫百草为之不芳。何琼佩之偃蹇兮㉝，众薆然而蔽之㉞。惟此党人之不谅兮，恐嫉妒而折之。时缤纷其变易兮㉟，又何可以淹留。兰芷变而不芳兮，荃蕙化而为茅㊱。何昔日之芳草兮，今直为此萧艾也㊲。岂其有他故兮，莫好修之害也。余以兰为可恃兮㊳，羌无实而容长㊴。委厥美以从俗兮㊵，苟得列乎众芳。椒专佞以慢慆兮㊶，樧又欲充夫佩帏㊷。既干进而务入兮㊸，又何芳之能祗㊹。固时俗之流从兮㊺，又孰能无变化。览椒兰其若兹兮，又况揭车与江离㊻。惟兹佩之可贵兮，委厥美而历兹㊼。芳菲菲而难亏兮㊽，芬至今犹未沫㊾。和调度以自娱兮㊿，聊浮游而求女。及余饰之方壮兮㊀，周流观乎上下。

【注释】

①葽（qióng）茅：即旋花，一种多年生的茅草，可用于占卜，又称灵草。筳篿（tíngzhuān）：筳，木棍，一说为竹片。篿，楚人用茅草加木棍或竹片的占卜方法的统称。隋唐以前折竹为卜，为筳篿本义。

②灵氛：神巫名。灵，神巫。占（zhān）：占卜吉凶。

③曰：以下四句是灵氛的答语。一说"曰"字以下四句是屈原问卜之词。两美其必合：这里"两美"有象喻义，承上文"求女"而来，指男女匹合。其深

层象喻意义则是指圣君贤臣的遇合，屈原作品经常以男女关系比喻君臣关系。

④九州：《尚书·禹贡》中称当时中国有冀、徐、梁、雍、兖、荆、扬、青、豫九州，而此处似为更加宽泛，与邹衍所言"赤县神州"之大九州说近。

⑤是：此处，这里，指楚国。一说指上文所云天地四方，即宓妃、简狄、二姚之所在。女：美女。承上文"求女"而来。

⑥"曰勉"以下四句：也是灵氛劝告作者的话。

⑦女：通"汝"，你。

⑧芳草：与上文"女"一样，都有象喻意义，喻指贤人。

⑨故宇：指家园，旧居。宇，屋檐。

⑩眩曜（xuànyào）：迷惑混乱。眩，一作"眩"。曜，通"耀"。

⑪党人：特指楚国谄上欺下的结党营私之徒。

⑫服：佩带。艾：白蒿，一种恶草。盈要：满腰。

⑬珵（chéng）：美玉。当：得当，得宜。

⑭苏：即"索"一音之转，有拾取义。怖（wéi）：香囊。

⑮巫咸：古神巫名，史有其人，而后人加以神化。

⑯椒糈（xǔ）：以椒香拌和的精米，类似粽子。椒，香料。糈，精米。要（yāo）：同"邀"，迎候。

⑰翳（yì）：华盖。此处用作动词，遮蔽。备降：一同降临。

⑱九疑：即九嶷，山名，在湖南宁远县南。此指九嶷诸神。

⑲皇剡剡（yǎn）：皇，大。剡剡，光华四溢的样子。扬灵：显扬神灵。

⑳曰：以下至"使夫百草为之不芳"都是巫咸劝告诗人的话。升降以上下：上天入地，周游四方，有寻找贤君知己之意。

㉑矩矱（yuē）：即规矩、规约。矩，本指画直角或方形的工具，后引申为法度。矱，亦指尺度。

㉒严：通"俨"，庄重，恭敬。合：匹合，这里指与自己志同道合的贤臣。

㉓挚（zhì）咎繇（gāoyáo）：挚，商汤名臣伊尹。咎繇，舜臣，又作"皋陶"。

㉔媒：本指出使以通聘问之人。此指通达己意于君王左右的媒介、使臣。

㉕说（yuè）：即傅说，殷时贤臣。操筑：版筑。操，持。筑，捣土。傅岩：地名，傅说服贱役的地方，在今山西平陆东。

㉖武丁：殷高宗，一代中兴之君。

㉗吕望：即姜子牙，晚年出仕，助武王破商，受封齐地。鼓刀：指运刀镳时虎虎有声。鼓，舞动。

㉘周文：周文王姬昌，韬光养晦，广求贤才，到儿子武王时一举实现灭殷大业。

㉙宁戚：卫人。《史记·鲁仲连邹阳列传》："宁戚饭牛车下，而桓公任之以国。"

㉚齐桓：春秋五霸之一，曾九次召令诸侯拱卫周室，并为盟主。该辅：征用以备辅佐之选。该，备。

○31 晏：晚。

○32 鹈鴂（tíjué）：鸟名，即子规、杜鹃，或作鶗鴂。

○33 琼佩：玉佩，这里象征美好的德行。琼，美玉。偃
蹇：形容美盛的样子。

○34 薆（ài）然：遮蔽的样子。

○35 缤纷：这里形容时世纷乱混浊。

○36 茅：茅草，这里比喻谗佞小人。

○37 直：竟然。萧艾：贱草，这里比喻谗佞小人。萧，
即白蒿。艾，艾草，生于山原，茎直，色白，高
四五尺，霜后始枯。

○38 兰：指子兰，乃怀王少子，襄王弟。一说此处"兰"
并非实有所指，只是喻指变节之人。

○39 无实：徒有其表，缺乏内在实质。容长：外貌美好。
容，外貌。长，华硕，美好。本句历来多认为有影
射时事之意。

○40 从俗：追随世俗，与小人同流合污。

○41 椒：一种说法认为是影射当时楚国大夫子椒。另一
种说法认为只是对于一班变节之人的比喻说法。慢
慆（tāo）：怠惰佚乐。

○42 樧（shā）：似茱萸而小，赤色。夫：于，乎。

○43 干进：即汲汲于进退之间。干，求。进，进身。务
入：即务必求进，与"干进"同义。

○44 祗（zhī）：尊敬，爱护。

○45 流从：如水流顺势而下，滔滔不返，比喻时俗盲目
从众，不辨是非。

㊻揭车与江离：借喻贤才之变节者。

㊼委：丢弃，这里是遭人抛弃的意思。历兹：到这步
田地的意思，意即遭遇祸殃，以至于此。

㊽亏：亏损，消歇。

㊾沬（mèi）：这里是香气消散的意思。

㊿调度：格调和法度。调，格调。度，法度。

51饰：佩饰，服饰，这里比喻年岁。壮：壮大，壮健，
这里比喻年富力强。

【译文】

取竹片、茅叶来卜筮啊，命灵氛为我占知。他说两
种美好事物一定能会合啊，哪个真正美好的人不会招人思
慕？想一想九州之地的广大啊，难道只有这里才有美女存
在？他说勉力远走不要迟疑啊，哪个真心追求美好的人会
把你放弃？哪里没有芬芳的花草啊，你为何单恋旧居？世
道昏暗使人迷乱啊，谁说能明察我心的善恶！人的好恶尺
度有别啊，只有这些党徒们格外令人不可思议。家家户户
将艾草挂满腰间啊，说幽谷香兰不能作佩饰。察考选用的
草木都不得当啊，难道能公正地衡量玉石的美质？拾取粪
土装满香囊啊，他们说大椒毫不芳馨。我打算听从灵氛吉
祥的卜辞啊，心里却还怀疑彷徨。巫咸傍晚就要降临啊，
我怀揣香粽前往迎候。众神遮天蔽日纷纷降临啊，九嶷山
灵纷纷也来迎接。煌煌威灵神光特显啊，他们告诉我灵氛
吉卜的缘故。我上天入地周游四方啊，只为寻求君臣间同
心戮力。汤禹虔敬求索与己合德的贤臣啊，伊尹、皋陶得
以与之调和共济。只要内心崇尚修洁啊，又何必用那使臣

来进行沟通。傅说在傅岩操杵筑土啊，武丁任用他毫无猜疑。吕尚挥刀屠肉啊，遇到文王而得到重用。宁戚击牛角高歌啊，齐桓公听到后让其入朝辅弼。趁年龄还不算老大啊，时机还未尽失。唯恐鹈鴂早早啼叫啊，使花卉凋零黯淡了芳香。为何玉佩那么卓然高贵啊，人们却群起把它光芒遮蔽？只有这些党徒不诚信啊，恐怕会出于嫉妒将它摧折伤害。时代纷乱变幻莫测啊，又有什么理由长期逗留？兰草、白芷被同化而不香醇啊，荃、蕙变得与茅草无异。为什么曾经的香草啊，如今竟与白蒿、艾草同处一地！难道还有别的缘由吗？这是不喜好修洁带来的危害！我以为兰草可以依靠啊，却不知它华而不实只是外貌修顷。委弃它的美好而随波逐流啊，苟且偷生得以列入芳香花草的行列！椒专断谄佞飞扬跋扈啊，榝又想混进人们佩带的香囊里。既然一心只想钻营汲汲于名位啊，又怎能对芳华本有的品格抱有敬意？本来时俗就随大流啊，谁又能固持原则坚定不移。看到椒和兰也是这样啊，又何况揭车和江离？想到这佩饰如此可贵啊，它的美质遭人唾弃竟到如此田地。我的香囊芬芳浓郁难以消损啊，馨香至今还未散去。调节自我以求欢娱啊，姑且飘浮观览寻找知己。趁我正当年富力强啊，巡行天地上下游历。

灵氛既告余以吉占兮，历吉日乎吾将行。折琼枝以为羞兮①，精琼爢以为粻②。为余驾飞龙兮，杂瑶象以为车③。何离心之可同兮，吾将远逝以自疏④。邅吾道夫昆仑兮⑤，路修远以周流。扬云霓之晻蔼兮⑥，鸣玉鸾之啾啾⑦。朝发轫于天津兮⑧，夕余至乎西极⑨。凤皇翼其承旂兮⑩，高翱翔之翼翼。忽吾行此流沙兮，遵赤水而容与⑪。麾蛟龙使梁津兮⑫，诏西皇使涉予⑬。路修远以多艰兮，腾众车使径侍⑭。路不周以左转兮⑮，指西海以为期⑯。屯余车其千乘兮⑰，齐玉轪而并驰⑱。驾八龙之婉婉兮⑲，载云旗之委蛇⑳。抑志而弭节兮㉑，神高驰之邈邈㉒。奏《九歌》而舞《韶》兮㉓，聊假日以媮乐㉔。陟升皇之赫戏兮㉕，忽临睨夫旧乡。仆夫悲余马怀兮㉖，蜷局顾而不行㉗。

乱曰㉘：已矣哉，国无人莫我知兮，又何怀乎故都？既莫足与为美政兮，吾将从彭咸之所居。

【注释】

①羞：同"馐"，美味。

②精：精细制作，去杂取纯。琼靡（mí）：玉屑，玉粒。粮（zhāng）：干粮。

③瑶象：珠玉象牙。瑶，美玉，一说似玉的美石。象，象牙。

④自疏：自我疏离，即离开楚国远行。

⑤邅（zhān）：调转，转向。昆仑：古代神话传说中山名。

⑥晻蔼（ǎn'ǎi）：遮天蔽日。

⑦鸾：通"銮"，马铃。啾啾（jiū）：形容铃声如鸟鸣。

⑧天津：天河渡口。

⑨西极：最为辽远的西疆，传说为日落之处。

⑩翼：这里形容凤旗庄重严整的样子。承旂（qí）：指
凤旗与龙旗随风飘展，交互掩映。承，相接，相
连。旂，竿头系铃，绘有双龙缠斗图样的旗。

⑪遵：沿着。赤水：神话传说中水名。容与：徘徊。

⑫麾（huī）：举手号令。蛟龙：传说中龙的两种。梁
津：即在渡口间架起浮桥。梁，浮桥。

⑬诏：告诉，这里有命令的意思。西皇：西方之神，
传说为少皞。一指蓐收。少皞为西天之皇，蓐收则
为西天之神使。

⑭腾：传言，告诉。径侍：径直侍候。径，径直，直
接。侍，侍卫。

⑮不周：古代神话传说中山名。

⑯西海：古代神话传说中西部大湖名。

⑰乘（shèng）：四马驾一车称乘。

⑱轪（dài）：车辖，即车轮与车轴固定在一起的插栓。

⑲婉婉：曲折蜿蜒。

⑳委蛇（yí）：形容车旗迎风飘舞的样子。

㉑抑志：按压或安定心志。弭（mǐ）节：停车。弭，
止。节，车行的节度。

㉒邈邈（miǎo）：高远貌。

㉓《九歌》：上古乐曲名。《韶》：相传为夏启之乐舞。

㉔假日：假借时日。媮（yú）：一作"愉"解，愉悦。
一作"偷"解，苟且。

㉕陟（zhì）：上升，从低处往高处走，与"降"相对。

　　皇：天。赫戏：辉煌隆盛貌。

㉖仆夫：为诗人驾车的人。怀：眷恋，思念。

㉗蜷（quán）局：拘挛回环，徘徊不前。

㉘乱：楚辞篇末结束全篇的标志称为乱，与结束曲、
　　尾声相似。

【译文】

　　灵氛已告诉我吉祥的卦辞啊，选好良辰我即将出行。
攀折琼枝当做美味啊，精制玉屑作为点心。为我驾起奔腾
的龙车啊，珠玉象牙缀饰车身。离心离德如何能同归一途
啊，我将远走离开故国。调转车头我取道昆仑啊，路途遥
远绕四方巡行。张扬云霓旌旗遮天蔽日啊，玉铃啾啾作响
发出清鸣。早上由天河渡口出发啊，晚上我要到达日落的
西方。凤旗庄严肃穆连绵不断啊，高高飞翔凌空舒展。我
快行走到流沙地带啊，沿赤水岸边徘徊不前。指挥蛟龙在
渡口间架起浮桥啊，命少皞帮我涉险过关。路途遥远艰险
重重啊，传令众车径直侍候身边。路经不周山转而向左啊，
遥指西海作相会地点。聚集我的车队足有千驾啊，使玉轮
一起并驾齐驱。驾乘八匹龙马蜿蜒飞驰啊，载着迎风飞舞
的绘有云霓的旗帜。气定神闲徐缓前进啊，神思飞扬超越
无边。弹奏《九歌》应和《韶》乐而舞啊，姑且借这辰光
娱乐身心。登临光明浩大的苍天啊，忽然向下一瞥看到楚
地故园。车夫悲伤我马哀恋啊，徘徊不前无限顾念。

　　尾声：算了吧，国中没有贤士，无人理解我啊，又何
必苦苦眷恋我的故国？既然没有谁能与我一起致力于政治
革新啊，我将追随彭咸到他栖息的居所。

九 歌

　　《九歌》是楚国祭祀神祇的乐歌。《九歌》中《东皇太一》、《云中君》、《大司命》、《少司命》、《东君》为祭祀天神之歌，其演唱形式由饰为天神的主巫与代表世人的群巫共同参与、轮流演唱。但《东皇太一》中，主巫只出现于祭坛，并不演唱；《湘君》、《湘夫人》、《河伯》、《山鬼》四篇为祭祀地祇之歌，以饰为地祇的主巫独唱独舞，没有群巫歌舞穿插其中；《国殇》为祭祀人鬼之歌，是楚国阵亡将士的哀歌，因对祭祀对象的敬重，与祭神相似，也由主巫与群巫轮流对唱；最后一篇《礼魂》为送魂曲，表明祭礼结束。"天神"、"地祇"、"人鬼"的体制安排，体现了《九歌》的完整性及系统性特点。姜亮夫认为东君与云中君、大司命与少司命、湘君与湘夫人、河伯与山鬼是四对配偶神。

　　关于《九歌》的创作时间，王逸认为是屈原放逐江南时所作，当时屈原"怀忧苦毒，愁思沸郁"，故通过制作祭神乐歌，以寄托自己的思想感情。但现代研究者多认为作于放逐之前，仅供祭祀之用。

东皇太一

　　《东皇太一》是祭祀最高天神的乐歌，因居《九歌》之首，被称为迎神曲。"太一"之名在先秦的一些典籍中不是天神的名称，而是一个抽象的哲学概念，或指形成天地万物的元气，或指老庄思想中所谓"道"的概念。姜亮夫《楚辞通故·天部》引宋玉《高唐赋》按语说："上皇即上帝之称变，言上皇者，以协韵之故，以此知战国时已以太一为上帝矣。"将"太一"视为天神并加以祭祀最早见于《九歌》，因此，祭祀"太一"可能是楚国特有的风俗。

　　因东皇太一高踞众神之上，从篇中表述的祭祀形式看，主巫所饰东皇太一在受祭过程中略有动作而不歌唱，以示威严、高贵。群巫则载歌载舞，通篇充满馨香祷祝之音，使人油然而生庄穆敬畏之情，以此表现对东皇太一的虔敬与祝颂。

　　吉日兮辰良①，穆将愉兮上皇②。抚长剑兮玉珥③，璆锵鸣兮琳琅④。

【注释】

①辰良："良辰"的倒文，为押韵之故。好时光。

②穆：恭敬。愉：娱乐。上皇：天帝，指东皇太一。

③珥（ěr）：即剑珥，剑鞘出口旁像两耳的突出部分，又叫剑鼻。

④璆（qiú）：美玉。锵（qiāng）：金属发出的音响。琳琅：美玉名。

吉祥的日子啊美好时刻，恭敬地取悦啊天上的帝王。手抚长剑啊玉石为珥，身上玉佩啊锵锵相鸣。

瑶席兮玉瑱^①，盍将把兮琼芳^②。蕙肴蒸兮兰藉^③，奠桂酒兮椒浆^④。

【注释】

①瑶席：装饰华美的供案。瑶，美玉。席，此为呈献美玉的供案。玉瑱（zhèn）：玉器。瑱，通"镇"。

②盍（hé）：通"合"，会集。琼芳：美好的芳香植物。琼，本义美玉，引申为美好。

③蕙肴：与"桂酒"相对。即用蕙草包裹的佳肴。蕙为香草名，又名薰草。蒸：姜亮夫《屈原赋校注》认为当做"荐"，即进献；而且应置于"蕙肴"之前，即此句应为"荐（蒸）蕙肴兮兰藉"。这样与下句"奠桂酒兮椒浆"结构完全相称。兰藉：垫在祭食下的兰草。兰，香草名。藉，古时祭礼朝聘时陈列礼品用的草垫。

④桂酒：用桂花泡制的酒。椒浆：用椒泡制的酒浆。桂、椒都是香料。

【译文】

献祭供案上啊放着宝瑱，还摆上成把啊芳香的植物。蕙草包裹着祭品啊下面垫有兰叶，桂椒泡制酒浆啊敬献上神。

扬枹兮拊鼓^①。疏缓节兮安歌，陈竽瑟兮浩倡^②。

【注释】

①枹（fú）：击鼓槌。拊（fǔ）：轻轻敲打。
②竽（yú）瑟：都是古代乐器。竽，古吹奏乐器，笙类中较大者，管乐，有三十六簧。瑟，古弹拨乐器，琴类，弦乐，其形制颇多异说。浩倡：声势浩大。倡，一作"唱"。

【译文】

祭巫举起鼓槌啊轻轻敲击鼓面。鼓节舒缓啊歌声安闲，竽瑟齐鸣啊声势震天。

灵偃蹇兮姣服^①，芳菲菲兮满堂。五音纷兮繁会^②，君欣欣兮乐康^③。

【注释】

①灵：代表神的巫者。偃蹇（yǎnjiǎn）：形容巫师优美的舞蹈姿态。一称美盛貌，即美好众多的样子。
②五音：宫、商、角、徵、羽合称五音。繁会：音调繁杂，交会在一起。
③君：指东皇太一。

【译文】

巫师翩翩起舞啊衣服亮丽，祭殿芳香馥郁啊让人心旷神怡。乐声纷繁啊众音交会，天帝喜悦啊安乐无边。

云中君

　　"云中君"历来多认为是王逸《楚辞章句》题解所说的"云神丰隆也。一曰屏翳"。而姜亮夫则认为是月神，其《屈原赋校注》有云："《云中》在《东君》之后，与东君配，亦如大司命配少司命，湘君配湘夫人，则云中君月神也。"此解甚新，本篇取此说。

　　《云中君》按韵可分为两章，每章都采用主祭的巫与扮云中君的巫对唱的形式来颂扬月神。除了描述祭祀"云中君"的全过程之外，无论人的唱词、神的唱词，都从不同角度叙说了月神的特征，表现出人对云中君的热切期盼和思念，以及对云、雨的渴望和云中君对人们祭礼的报答。

　　浴兰汤兮沐芳①，华采衣兮若英。灵连蜷兮既留②，烂昭昭兮未央③。

【注释】

①浴：洗身体。兰汤：煮兰为汤。汤即洗浴用的热水。沐：洗头发。芳：白芷。

②灵：即云中君，这里指扮月神的巫。连蜷（quán）：形容身姿矫健美好的样子。

③烂昭昭：指天色微明。昭昭，光明，明亮。未央：未尽，未已。央，极，尽。

【译文】

　　主祭者用芳香兰汤浴身啊以白芷水洗发，穿上华美的五彩衣裳啊芬香宜人绚丽如花。神灵附身啊巫师身姿美好而让人流连，天色微明啊夜犹未尽。

蹇将憺兮寿宫①，与日月兮齐光。龙驾兮帝服②，聊翱游兮周章。

【注释】

①蹇（jiǎn）：发语词。憺（dàn）：安居。寿宫：供神之宫。

②龙驾：用龙拉的车。驾，把车套在马等牲口身上。帝服：穿着帝王之服。

【译文】

月神将要安居啊在那寿宫，那里灯火通明啊如日月同辉。月神乘着龙车啊穿着帝王之服，在空中回旋飞翔啊周游盘桓。

灵皇皇兮既降①，猋远举兮云中②。览冀州兮有余③，横四海兮焉穷④。

【注释】

①灵：指云中君。皇皇：同"煌煌"，指云中君下降时神光灿烂盛明的样子。

②猋（biāo）：迅速前行。云中：云霄之中，高空，常指传说中的仙境。这里指云中君原来居住的地方。

③冀州：古九州之一。有余：还有其他的地方。这里指所望之远，不止此一州。

④横：遍及。四海：指中国以外的地方。焉穷：哪有
　穷尽。焉，安，何。穷，尽，完。

【译文】

　　月神光明灿烂啊已经降临，既而疾入云霄啊远远高翔。
俯瞰冀州啊还有其他所在，光芒照耀九州啊直到宇外八荒。

思夫君兮太息①，极劳心兮忡忡②。

【注释】

①夫（fú）：与"此"相对，即"彼"。君：指云中君。
②忡忡（chōng）：形容忧愁的样子。

【译文】

　　月神啊！我如此思念你啊不由悠声长叹，每日忧心百
转啊神思不安。

湘　君

　　湘君和湘夫人都是湘水之神。《湘君》描绘了湘君与湘
夫人相约而不得相见的憾事。相传帝尧之女娥皇、女英为
舜二妃，舜巡视南方，二妃未同往。二妃后来赶到洞庭湖
滨，听到舜崩于苍梧的消息，南望痛哭，自投湘水而死，
成为湘水之神。这一传说长期流传，逐渐演变成舜为湘水
之男神，二妃为湘水之女神。关于湘君和湘夫人与舜的关
系，学界历来纷争不断，但从《湘君》《湘夫人》两篇内
容来看，他们之间的热烈思恋，既是人们对超自然力量的
崇拜，又是人们对纯真爱情的向往和对幸福生活追求的意

愿。全诗共分五章，依次叙述湘君对即将赴约的湘夫人的苦恋和约会前的精心准备，久候湘夫人不至而前去迎接，备尝艰辛却未能相遇，遍寻湘夫人不得又重返约会地点，最终相会成泡影后黯然离去等。情感变化曲折、缠绵悱恻。

君不行兮夷犹①，蹇谁留兮中洲②？美要眇兮宜修③，沛吾乘兮桂舟④。令沅湘兮无波⑤，使江水兮安流⑥！望夫君兮未来⑦，吹参差兮谁思⑧！

【注释】

①君：指湘夫人。行：动身走来，即赴湘君之约。夷犹：犹豫，迟疑不前。

②蹇（jiǎn）：楚国方言，发语词。

③要眇（miǎo）：形容姿态美好。宜修：修饰合宜。

④沛：形容迅疾的样子。吾：我，湘君自谓。桂舟：用桂木造的船。后亦用作对舟船的美称。

⑤沅湘：水名。沅水源出贵州，穿过湖南西部，流入洞庭湖。湘水源出广西，穿过湖南东部，流入洞庭湖。

⑥江水：指长江。一说即指沅、湘之流水。

⑦夫（fú）君：犹彼君，这里指湘夫人。

⑧参差（cēncī）：一作"篸篸"，洞箫的别名。谁思：谁会知道。

【译文】

你犹犹豫豫啊终未赴约，究竟为谁驻留在啊你居住的水洲？我已修饰停当啊容仪美好，乘上轻快桂舟啊赶到这里守候。我叫沅湘之水啊不要掀起波浪，让那水流啊能够舒缓向前。我望了又望啊还是不见你的丽影，只有吹起排箫啊谁能听懂我的哀伤？

　　驾飞龙兮北征①，遭吾道兮洞庭②。薜荔柏兮蕙绸③，荪桡兮兰旌④。望涔阳兮极浦⑤，横大江兮扬灵⑥。

【注释】

①飞龙：即上文之"桂舟"，以龙引舟（或舟形似龙，舟行如龙飞），故曰"飞龙"。

②遭（zhān）：回转，绕道。洞庭：即今洞庭湖。

③薜荔柏：用薜荔编织的帘子。薜荔，植物名，又称木莲。柏，通"箔"，帘子，船屋的门窗上所挂。蕙绸：以蕙草织为帷帐。蕙，香草名。绸，通"帱"，或作"裯"，即床帐。

④荪桡（sūnráo）：缠绕以荪草的船桨。兰旌（jīng）：以兰草为旌旗。兰，兰草。旌，古代用牦牛尾或兼五彩羽毛饰竿头的旗子。

⑤涔（cén）阳：地名，即涔阳浦，在今湖南涔水北岸，澧县附近，地处洞庭湖西北岸与长江之间。一说在郢都附近。极浦：遥远的水滨。

⑥扬灵：划船前进。灵，通"䑤"，一种有舱有窗的船。

【译文】

驾着龙舟啊直向北行，折转路线啊取道洞庭。薜荔为帘啊蕙草当帐，荪草绕桨啊兰草为旗。远远望见涔阳啊在那遥远水滨，继续横渡大江啊划船找寻。

扬灵兮未极，女婵媛兮为余太息①。横流涕兮潺湲②，隐思君兮陫侧③。桂棹兮兰枻④，斫冰兮积雪⑤。采薜荔兮水中，搴芙蓉兮木末⑥。心不同兮媒劳，恩不甚兮轻绝！石濑兮浅浅⑦，飞龙兮翩翩。交不忠兮怨长，期不信兮告余以不闲。

【注释】

①女：湘夫人的侍女。婵媛（chányuán）：忧愁悲怨。

②潺湲（chányuán）：形容流淌的样子。这里是就流泪而言。

③隐：忧痛。陫（fèi）侧：即"悱恻"，悲痛的意思。

④桂棹（zhào）：桂木做的船桨。棹，船桨。兰枻（yì）：兰木做的船舷。兰，这里指木兰，香木名。

⑤斫（zhuó）冰：在激流中行船，波浪翻滚，水花四溅的景象。这里"冰"、"雪"是对流水的比喻说法。积雪：比喻浪花翻腾，清澈洁白。

⑥"采薜荔"以下两句：这两句比喻采择非于其地，枉劳无益。薜荔，缘树而生的香草。搴（qiān），拔取，采取。芙蓉，荷花。木末，树梢。

⑦石濑（lài）：沙石间的浅水滩。浅浅（jiān）：水流

迅疾的样子。

【译文】

我驱舟前进啊未能与你相遇，你身边的侍女也忧愁悲怨啊不禁为我长长叹息。眼泪奔泻而出啊犹如泉涌，痛苦地思念你啊心情多么悲伤。桂木为桨啊木兰为舷，劈波斩浪啊水花飞溅。就像到水中啊采摘薜荔，爬到树梢啊采摘荷花。两人心意不同啊媒人说合也无意义，恩情不深啊就会轻易弃绝。沙石间江水啊在快速流淌，我的龙船啊在水上飞快前行。两人交往不能推心相爱啊难免怨恨绵长，约期相会不守信用啊却告诉我没有闲暇。

朝骋骛兮江皋^①，夕弭节兮北渚^②。鸟次兮屋上^③，水周兮堂下^④。

【注释】

①朝（zhāo）：通"朝"，早晨。骋骛（wù）：疾驰，奔腾。这里指行船而言。江皋：江岸，江边高地。

②弭（mǐ）节：停船。北渚（zhǔ）：洞庭湖北岸的小洲。

③次：止宿，留宿超过两天。屋上：迎神用的屋子。

④堂：坛，一种方形土台，这里指祭坛。

【译文】

早晨行船到江岸高地上啊把你寻找，傍晚一无所获啊重回北岸。但见鸟儿栖宿啊在屋顶之上，水流环绕啊在祭坛下边。

捐余玦兮江中^①，遗余佩兮醴浦^②。采芳洲兮杜若^③，将以遗兮下女^④。时不可兮再得，聊逍遥兮容与^⑤。

【注释】

①捐：舍弃。玦（jué）：古时佩带的玉器，环形，有缺口，常用作表示决断、决绝的象征物。

②佩：古代系于衣带的装饰品，常指珠玉之类。醴（lǐ）浦：澧水之滨。澧水经澧县入湖一段，正在长江与洞庭之间。醴，通"澧"，水名，是今湖南境内流入洞庭湖的大河。

③杜若：香草名，又名山姜，古人谓服之"令人不忘"。

④遗（wèi）：赠送。下女：即前文所说湘夫人的侍女。

⑤逍遥：徜徉，缓步行走的样子。容与：义与"逍遥"接近。

【译文】

我把玉玦啊投到江水之中，把玉佩啊丢在醴水之滨。我在芳草丛生的水洲啊采摘杜若，准备送给啊她的侍女。时间一去啊再不复返，暂且漫步啊排遣忧愁。

湘夫人

作为《湘君》的姊妹篇，《湘夫人》依《湘君》体制作了平行对称的表述，写湘夫人同样思念湘君而终不能如愿的惆怅与伤怀，哀感顽艳，情感动人。全诗共分四节，依次铺叙湘夫人因不得与湘君相见的忧愁，思念湘君又不敢吐露的矛盾，想象与湘君会面的美景，最终未能与湘君相见的满腹惆怅等。《湘夫人》中的独特意象、清美的辞藻被后人无数次引用和发挥，如唐人李贺《帝子歌》曾一改悲情式的构思，使二湘故事焕发出喜乐的亮彩等，可见后世文人对此的喜爱程度。

帝子降兮北渚^①，目眇眇兮愁予^②。嫋嫋兮秋风^③，洞庭波兮木叶下。

【注释】
①帝子：湘夫人。上古"子"既可称儿子，又可称女儿。北渚：指靠近洞庭湖北岸的小洲。
②眇眇（miǎo）：瞻望弗及，望眼欲穿之貌。愁予：忧愁。予，通"忬"，《说文·心部》："忬，忧也。"
③嫋嫋（niǎo）：又作"袅袅"，本义柔弱曼长貌，这里指微风徐徐吹拂的样子。

【译文】
湘夫人以帝子之尊啊降临洞庭湖北岸的小洲，远寻湘君身影啊望眼欲穿悲痛忧伤。萧瑟的秋风啊徐徐吹拂，洞庭湖波涛涌起啊，树叶纷纷飘落。

白蘋兮骋望^①，与佳期兮夕张^②。鸟萃兮蘋中^③，罾何为兮木上^④。

【注释】

①白蘋（fán）：水草名。骋望：放眼远望。

②与（yǔ）：古多训"为"。佳期：男女约会的日期。佳，美，美好。期，会，会合。夕：傍晚，日暮。张：陈设，布置。

③萃（cuì）：聚集，汇集。蘋（pín）：植物名，多年生草本，生浅水中。

④罾（zēng）：用木棍或竹竿做支架的方形渔网，形似伞。鸟当止于木上，而集于水中；罾当施于水中而置于木上，二物所施不得其所，喻心意难达，与《湘君》之"采薜荔兮水中，搴芙蓉兮木末"用意相同。

【译文】

在白蘋丛中啊放眼远望，为约会的美好时刻啊早已准备停当。但鸟儿怎会聚集在啊水蘋之中，渔网怎会挂在啊树梢之上？

沅有茝兮醴有兰①，思公子兮未敢言②。荒忽兮远望，观流水兮潺湲③。

【注释】

①茝（zhǐ）：香草名，即白芷。

②公子：指湘君。未敢言：不敢说出来，指蕴藏在内心而无法倾吐的深情。

③潺湲（chányuán）：水缓缓流淌的样子。

沅水生有白芷啊澧水长着兰草，我思念您啊却不敢说出来。我神思迷惘啊向远处眺望，却只见那流水啊缓缓流淌。

麋何食兮庭中^①？蛟何为兮水裔^②？朝驰余马兮江皋，夕济兮西澨^③。闻佳人兮召予^④，将腾驾兮偕逝^⑤。

【注释】

①麋（mí）：哺乳动物，毛淡褐色，雄的有角，角像鹿，尾像驴，蹄像牛，颈像骆驼，但从整体上来看哪一种动物都不像，故又俗称"四不像"。

②蛟：古代传说中的一种龙。水裔（yì）：水边。

③澨（shì）：水滨。

④佳人：爱人，即湘君。

⑤腾驾：传车马急驰飞奔。腾，传。偕（xié）逝：一同前往。

【译文】

麋鹿为什么啊在庭堂上吃草，蛟龙为什么啊被困水边？早晨我纵马啊奔驰在江岸，傍晚我渡过啊西边水滨。一旦听到爱人啊召唤我的声音，我就急驰飞奔啊和他一同高飞远去。

筑室兮水中^①，葺之兮荷盖^②。荪壁兮紫坛^③，

匄芳椒兮成堂④。桂栋兮兰橑⑤，辛夷楣兮药房⑥。罔薜荔兮为帷⑦，擗蕙櫋兮既张⑧。白玉兮为镇⑨，疏石兰兮为芳⑩。芷葺兮荷屋⑪，缭之兮杜衡⑫。合百草兮实庭，建芳馨兮庑门⑬。九嶷缤兮并迎⑭，灵之来兮如云⑮。

【注释】

①室：古代称堂后为室。

②葺（qì）：用茅草覆盖房屋，亦泛指覆盖。

③荪（sūn）壁：以荪草装饰墙壁。紫坛：用紫贝砌成的中庭的地面，取其坚滑而有光彩。紫，"紫贝"的简称，水产的宝物。

④匄芳椒兮成堂：谓两手掬椒泥以涂堂室。匄，"播"的古字，当为"匊"字形误，即后世"掬"字。芳椒，植物名。椒，实多而香，故名"芳椒"。堂：坛，一种方形土台，这里指祀神之殿堂中的祭坛。

⑤桂栋：桂木作的梁栋。栋，房屋正中最高的大梁。兰橑（lǎo）：用木兰做的椽子，亦作为椽子的美称。橑，搭在栋旁的木条，以承载瓦的重量，又叫椽或榱（cuī）。

⑥辛夷楣（méi）：用辛夷做的房屋的次梁。辛夷，植物名，此指辛夷树或其花。辛夷树属木兰科，落叶乔木，高数丈，木有香气。今多以"辛夷"为木兰的别称。楣，房屋的次梁。药房：以白芷饰房。药，即白芷。房，古人称堂后曰室，室之两旁曰房。

⑦罔：同"网"，绳索交叉编结而成的渔猎用具。这里释为"编结"。薜（bì）荔：植物名，又称木莲。帷：以丝帛制作的环绕四周的遮蔽物。泛指起间隔、遮蔽作用的悬垂的丝帛制品。

⑧擗（pǐ）：分开，裂开。蕙：蕙草做的隔扇。櫋（mián）：隔扇。

⑨镇：用重物压在上面，向下加重量。亦指压东西的用具。

⑩疏：放置。石兰：香草名，蔓延于山石上，叶如苇而柔韧，亦名石苇。芳：闻一多《楚辞校补》疑为"防"之误，并引《本草》"防风，一曰屏风"为证，"防"与"屏"音近。上句言"白玉"压席，此句言以石兰为床头的屏风。

⑪芷葺（qì）：以白芷覆盖的屋顶。芷，香草名，即白芷。葺，指加盖。

⑫杜衡：香草名，即杜若，叶似葵，形似马蹄，俗名"马蹄香"。

⑬芳馨（xīn）：犹芳香，也借指香草。庑（wǔ）：堂下周围的走廊、廊屋。

⑭九嶷（yí）：山名，在湖南宁远南。此借指九嶷山诸神。并：共同，一起。

⑮灵：指扮神的女巫。如云：形容盛多。

【译文】

　　我们将在水中啊筑起房屋，用荷叶啊来做房顶。以荪草装饰墙壁啊用紫贝来铺地面，用芳椒和泥啊涂抹祭坛。

以桂木为栋啊用兰木做椽，用玉兰为次梁啊用白芷装饰侧房。编结薜荔啊做成帷帐，蕙草成隔扇啊放置停当。使用白玉啊压住睡席，放下石兰啊为床前屏风。白芷加盖啊荷叶为屋，周围环绕啊还有杜衡。汇集香草啊装满庭院，门旁廊下啊充满芳香。九嶷山神啊纷纷前来恭贺新宅，众神降临啊齐集如云。

　　捐余袂兮江中①，遗余褋兮醴浦②。搴汀洲兮杜若③，将以遗兮远者④。时不可兮骤得，聊逍遥兮容与！

【注释】

①袂（mèi）：衣袖。

②褋（dié）：禅衣，即无里之衣，指贴身穿的汗衫之类。醴（lǐ）浦：澧水之滨。此处与《湘君》"捐玦"、"遗佩"之意同。

③搴（qiān）：采摘，折取。汀（tīng）：水之平，引申为水边平地，小洲。杜若：香草名。

④遗（wèi）：赠予。远者：指湘君。

【译文】

　　我把衣袖啊丢在江水之中，将禅衣啊扔向澧水之滨。我到水边小洲上啊采摘杜若，准备真的再见时送给啊远方爱人。美好时光啊不易碰到，只有暂且漫步啊独自排遣忧伤！

大司命

司命是掌握人的寿运之星官,《大司命》是一首迎送大司命的乐歌。对于大司命与少司命的职责划分,王夫之《楚辞通释》认为:"大司命统司人之生死,而少司命则司人子嗣之有无。"这就详细述说了大司命掌管人的寿命,而少司命则为世人子嗣传承而分忧。在体制安排上,《大司命》与《少司命》似与《湘君》、《湘夫人》不同:二司命因其职责不同而得到楚人的分别祭祀,故并不如"二湘"一样同尊共祀;两篇中的互指称谓均限于主巫与二司命之间,因而未见二司命间有相互的交流。今人汤炳正《楚辞今注》认为"大司命"为男性神,"少司命"为女性神,《大司命》为女巫迎祭男神之辞,《小司命》乃男巫迎祭女神之辞,有表现男女相慕之意,此说可参。

广开兮天门,纷吾乘兮玄云①。令飘风兮先驱②,使冻雨兮洒尘③。

【注释】

①吾:我,大司命自称,其应出于扮演大司命的主巫之口。玄云:黑云,浓云。一说青云。
②飘风:旋风,暴风。
③冻(dōng)雨:暴雨。洒尘:洒水洗尘,用来清洗道路。

【译文】

完全敞开啊天宫大门,我从天门出发啊足下踩踏青云。

我让旋风啊在前开路，又令暴雨啊清洗道路灰尘。

君迴翔兮以下①，逾空桑兮从女②。

【注释】

①君：指大司命。迴翔：盘旋飞翔。

②空桑：传说中的山名，产琴瑟之材。女（rǔ）：通"汝"，你，此处当指众巫。

【译文】

您在天上盘旋飞翔啊降临下界，越过空桑山啊来到众巫中间。

纷总总兮九州①，何寿夭兮在予！

【注释】

①九州：古代分中国为九州，此泛指天下，全中国。

【译文】

人数众多啊九州的众民，为什么生老病死啊全掌握在我手中！

高飞兮安翔，乘清气兮御阴阳①。吾与君兮斋速②，导帝之兮九坑③。

【注释】

①阴阳：阴、阳是我国古代哲学思想中两个相对的基

本概念，用它们可以表示一切对立的事物。"御阴阳"和"寿夭在予"为同义语，都是控制人类生死之意。

②吾：主祭者自称。君：指大司命。斋：郭在贻《楚辞解诂》认为是"齐"字之讹，即谨畏虔敬之貌。

③帝：天帝。之：往，至。九坑：九州之山。坑，山脊。

【译文】

大司命高高飞起啊从容翱翔，驾乘清明之气啊主宰死生阴阳。我主巫恭敬虔诚啊为您大司命作向导，迎接您来到啊这天帝创造的九州之地。

灵衣兮被被^①，玉佩兮陆离^②。壹阴兮壹阳^③，众莫知兮余所为^④。

【注释】

①灵衣：神灵的衣裳。被被（pī）：长大貌。

②玉佩：古人佩挂的玉制装饰品。

③壹阴兮壹阳：犹言或阴或阳，阴代表死亡，阳代表生存。意谓大司命能执掌生死。

④众：指一般世俗的人。余：我，大司命自称。

【译文】

云霞之衣啊长长委落，佩带的玉饰啊绚烂错综。生存啊与死亡，世间人哪知道啊都由我掌握。

折疏麻兮瑶华^①，将以遗兮离居^②。老冉冉兮既极，不寖近兮愈疏③。

【注释】

①疏麻：传说中的神麻，常折以赠别。瑶华：神麻的花朵。

②离居：巫称即将离去的大司命。

③寖（jìn）：逐渐。

【译文】

我折取神麻啊那白玉般的花朵，准备送给啊那即将离去的神灵。我人已渐渐啊走入暮年，如果再不亲近神灵啊就会日益疏远。

乘龙兮辚辚①，高驼兮冲天②。结桂枝兮延伫③，羌愈思兮愁人④。愁人兮奈何，愿若今兮无亏。固人命兮有当，孰离合兮可为⑤？

【注释】

①乘龙：乘坐用龙驾驶的车。辚辚（lín）：车行声。

②驼：同"驰"，飞驰。

③延伫（zhù）：长久站立。延，长久。

④羌：句首发语词。

⑤"固人命"以下二句：指人的生命和悲欢离合都操纵在神的手中，只有安于现状，以求神的眷顾。这是神巫祭祀大司命后的感叹之词。固，乃。人命，人的生命、命运。有当，有定数。离合，分离与团

圆。这里指人与神的离合。为，做。

【译文】

大司命驾乘龙车啊车声辚辚，它飞腾而起啊直入云天。我手执编织好的桂枝啊在原地久久伫立，越来越思念他啊愁心百结。愁心百结啊又能怎样？宁可保持现状啊没有缺损。人的生死啊本来就有定数，面对人神的离合啊谁又能做什么？

少司命

少司命主恋爱及人类子嗣延续，是位温柔多情、令凡人倾慕追思的女神，为凡间送子并保佑其平安，深得下界爱戴。本篇为少司命的祭歌。《少司命》遵循对唱形式，共分五部分：女巫登场告慰少司命接受歆飨，少司命离去时群巫合唱追念，祭终祈愿和述说对少司命的爱戴。从篇章安排上明显可见降神、娱神、颂神、送神的祭祀全过程，其中女巫与少司命浓厚缱绻的情谊贯穿始终，给人淡淡的忧思而不失庄重肃穆。

秋兰兮麋芜①，罗生兮堂下②。绿叶兮素枝③，芳菲菲兮袭予④。夫人自有兮美子⑤，荪何以兮愁苦⑥！

【注释】

①麋（mí）芜：香草名。麋，通"蘼"，芎䓖（xiōng qióng）幼苗的别称。

②堂下：厅堂阶下，此处指祭堂之下。

③素枝:"枝"应作"华"。素华,白色的花。

④予:我,为群巫自称,与两司命无关。

⑤夫(fú):那。美子:对他人子女的美称。子,子女。

⑥荪:香草名,这里是对少司命的美称。

【译文】

秋兰啊蘼芜,分散生长在啊厅堂台阶下。碧绿的叶子啊白色的花朵,浓郁的芳香啊沁染着我。世间人都会有啊美好的子女,您又为什么啊忧虑担心!

秋兰兮青青①,绿叶兮紫茎。满堂兮美人②,忽独与余兮目成③。入不言兮出不辞,乘回风兮载云旗。悲莫悲兮生别离,乐莫乐兮新相知。

【注释】

①青青:通"菁菁(jīng)",草木茂盛的样子。

②美人:与"美子"相应,指出众美好的人。这里应是以参与祭祀的众巫来代指人间的女性。

③余:我,据上下文意,应即少司命。目成:通过眉目传情来结成亲好。此处指少司命与群巫情谊融洽,堂上虽然有众多美好的人,但众巫还是把眼光投向少司命。

【译文】

秋兰啊如此繁茂,它有绿叶啊和紫色花茎。厅堂之中啊有众多美好之人,但她们突然看到我啊就以目光传达友好。悄悄降临啊她又总是不辞而行，凭依疾风啊张扬云旗。世上最伤心的事啊莫过于活着的时候分离，最开心的事啊莫过于结交新的知己。

　　荷衣兮蕙带，倏而来兮忽而逝①。夕宿兮帝郊，君谁须兮云之际②？

【注释】

①倏：迅疾。

②君：少司命。须：等待。

【译文】

　　以荷为衣啊腰围蕙带，来去迅速啊转瞬即逝。傍晚在天国郊野啊停歇止宿，您在等待谁啊在那遥远天际？

　　与女游兮九河，冲风至兮水扬波①。与女沐兮咸池②，晞女发兮阳之阿③。望美人兮未来④，临风怳兮浩歌⑤。

【注释】

①"与女游"以下二句：疑是《河伯》中语，应删去。

②女（rǔ）：通"汝"，你。沐：洗头发。咸池：神话中的天池，日浴之处。

③晞（xī）：干，晒干。阳之阿（ē）：阳谷，乃日出之处。阿，曲隅，指屈曲偏僻之处。

④美人：指少司命。

⑤怳（huǎng）：心神不定，失意的样子。浩歌：大声歌唱。

【译文】

我多想与您啊在天河中畅游，但暴风来临啊水中掀起巨浪。多想陪您啊在天池中清洗秀发，到那日出的地方啊把它晒干。不停张望啊您始终未回，失意的我伫立风中啊忍不住以歌解忧。

孔盖兮翠旍①，登九天兮抚彗星②。竦长剑兮拥幼艾③，荪独宜兮为民正④。

【注释】

①翠旍（jīng）：亦作"翠旌"，用翡翠鸟羽毛制成的旌旗。

②九天：天极高处。古代传说天有九重，故称"九天"。彗星：绕太阳运行的一种星体，后曳长尾，呈云雾状，俗称"扫帚星"。

③竦（sǒng）：执，持。幼艾：泛指少年男女。

④荪（sūn）独宜：即"独荪宜"，只有您才适合。荪，对神的敬称。宜，合适，适宜。民正：人民的命运主宰。

【译文】

您以孔雀羽为车盖啊以翡翠羽为旌旗，登上高天啊安抚彗星。您手拿长剑啊保护幼童，只有您才有资格啊成为我们命运的主宰。

东　君

　　《东君》是中国文学史上第一支太阳礼赞曲，姜亮夫先生《楚辞通故》称："《周礼》云'大宗伯以实柴祀日月星辰'，则古载日月祀典甚明……祭日必于东方行之，盖日出于东，故迎日于东，而其神亦曰东君矣。东君，犹后世东王之意云耳……盖皆楚之习也。"由此可知"东君"是古代神话传说中的日神，之所以称之为"东君"，应当是楚国地方风俗。

　　《东君》赞颂了太阳神普照万物、惩除邪恶、保佑众生的美好品质，体现了人们对太阳神的无限感激和赞颂之情。作为祭祀太阳神的乐歌，《东君》通篇以祭者和神灵两种口吻交替歌唱，既表现了日神战胜邪恶、为民除害的英雄气概和留恋故居的温柔情怀，又描绘了初民对太阳神的崇敬和对光明的无限渴望。尽管《东君》的祭祀规格不及《东皇太一》，但万众聚集的参祭场面犹有过之。特别是篇末"撰余辔兮高驼翔，杳冥冥兮以东行"的点睛之笔，将前进不止、循行不息的日神形象刻画得极为饱满，令人油然而生崇敬之情。

　　暾将出兮东方①，照吾槛兮扶桑②。抚余马兮安驱③，夜皎皎兮既明④。

【注释】

①暾（tūn）：形容旭日初升的样子，又可指代太阳。

②吾：主祭者自称。槛（jiàn）：栏杆。扶桑：神话中

树名。传说日出于扶桑之下，拂其树杪而升，因谓
为日出处，此亦可代指太阳。

③余：主祭者自称，这里是其代神立言。

④晈晈（jiǎo）：同"皎皎"，形容明亮的样子。

【译文】

温暖明亮的太阳啊即将从东方升起，照耀着我门前的
栏杆啊光芒出自扶桑。轻拍胯下的马儿啊缓步徐行，夜色
渐渐散去啊即将天亮。

驾龙辀兮乘雷①，载云旗兮委蛇②。长太息兮将
上③，心低徊兮顾怀。

【注释】

①龙辀（zhōu）：即龙驾的车。辀，车辕，这里代指
车。乘雷：指车声隆隆似雷。

②委蛇（yí）：指周围用作旗子的云彩飘动舒卷的
样子。

③太息：长声叹息。此为将日神拟人化的描写。

【译文】

驾着我的龙车啊车声隆隆如雷，云彩为旗高高举起啊
飘动舒卷。我长长地叹息啊即将升起，却又犹豫迟疑啊心
中眷念故居。

羌声色兮娱人①，观者憺兮忘归②。

①羌：楚国方言，发语词。声色：指日出时的奇景。

②憺（dàn）：安乐。

【译文】

日出景象光辉灿烂啊令人欣喜，观看的人群怡然自得啊留连忘返。

缏瑟兮交鼓①，箫钟兮瑶簴②。鸣篪兮吹竽③，思灵保兮贤姱④。翾飞兮翠曾⑤，展诗兮会舞⑥。应律兮合节，灵之来兮蔽日⑦。

【注释】

①缏（gēng）瑟：张紧瑟上的弦。缏，原指粗绳索，此处引申为绷紧、急促的意思。交鼓：古人悬鼓于架，多二人对击，故曰交鼓。

②箫：本指一种竹制管乐器，此处意为敲击。钟：古代乐器，青铜制，悬挂于架上，以槌叩击发音，祭祀或宴飨时用，战斗中亦用以指挥进退。瑶：应为"摇"，使动摇。簴（jù）：通"虡"，悬挂钟磬的木架两侧的立柱。

③篪：通"箎（chí）"，一本即作"箎"，古代管乐器的一种。竽：古代竹制簧管乐器，与笙相似而略大。

④灵保：神巫。贤姱（kuā）：既贤且美。

⑤翾（xuān）飞：飞翔。翠：鸟名。一说"翠曾"应作"卒翾"，迅速高飞的意思。曾（zēng）：通"翲"，举

起翅膀，飞举。

⑥展诗：赋呈或吟唱诗歌。会舞：指合舞，群舞。一说指歌声舞节相配合。

⑦灵：指其他神灵。蔽日：遮蔽日光，极言侍从众多。

【译文】

绷紧瑟弦啊对敲乐鼓，敲击铜钟啊震动钟架。吹响横篪啊吹奏竽笙，思念神灵啊他既贤又美。飞翔而下啊如翠鸟展翅高举，神人同唱歌诗啊一齐跳舞。应着音乐旋律啊和着节拍，神灵纷纷前来啊遮天蔽日。

青云衣兮白霓裳①，举长矢兮射天狼②。操余弧兮反沦降③，援北斗兮酌桂浆④。撰余辔兮高驼翔⑤，杳冥冥兮以东行⑥。

【注释】

①白霓（ní）裳：以白霓为裳（下装）。

②矢：箭，以木或竹制成。天狼：星名，天空中非常明亮的一颗恒星，属于大犬座，古以为主侵略。一说以天狼比喻秦国。

③余：东君自谓。弧（hú）：木弓，亦为弓的通称。沦降：坠落，这里指日渐西下。

④北斗：北斗七星，其形似舀酒酒勺，故有此比喻。酌（zhuó）：斟酒。桂浆：以桂制成的酒浆，意即美酒。

⑤撰（zhuàn）：持，握。余：东君自谓。辔（pèi）：

缰绳。高驼翔：高驰飞翔。驼，同"驰"。
⑥杳（yǎo）：幽深。冥冥（míng）：昏暗。

【译文】

我以青云作衣啊以白虹为下裳，举起手中长箭啊射杀凶残天狼。手持我的木弓啊准备返回西方，端起北斗七星啊让它斟满醇香酒浆。握紧手中马缰啊向上高高飞翔，穿越幽黑长夜啊我将再次奔向东方。

河 伯

　　河，古时为黄河的代称，河伯即指黄河之神。王逸《楚辞章句》曰："河为四渎长，其位视大夫。屈原亦楚大夫，欲以官相友，故言女也。"关于"伯"字含义，汪瑗《楚辞集解》认为："曰伯者，称美之词，如称湘君、东君之类，非如侯伯之伯、爵位等级之称也。"同时他以为黄河既然不在楚国境内，此祭应为僭越之举。汪说较为合理。

　　关于河伯神话的流传非常多，最为典型的是"以女童祭河伯"的"河伯娶妇"故事。据此，有人认为《河伯》是屈原咏河伯娶妻之辞。《河伯》主要描述祭巫在想象中与河神在九河遨游，继而登昆仑，望极浦，入龙宫，游河渚，最后依依惜别的情景。整个游玩过程体现出的是歌者无拘无束的情怀，语言上也全是君子之交的清淡口气，未见恋爱中人的热情，故而将其理解为众巫于水边祭祀河神，并向其表达亲近友睦的情怀较为合理。篇中部分描写在一定程度上保留了某些古代遗俗，如篇末"子交手兮东行，送美人兮南浦"。朱熹《楚辞集注》云："交手者，古人将别，则相执手，以见不忍相远之意。晋、宋间犹如此也。"可知"南浦"已成为后代送别怀人的惯用之典。《河伯》迷离清婉的意境给后人许多启发，是江淹《恨赋》、《别赋》等"感别赋"的先声。

与女游兮九河①，冲风起兮横波。乘水车兮荷盖，驾两龙兮骖螭②。

【注释】

①女（rǔ）：通"汝"，你。九河：黄河下游河道的总名。传说禹治河，至兖州，为防止河水流溢，把它分成"徒骇"、"太史"、"马颊"、"覆釜"、"胡苏"、"简"、"洁"、"钩盘"、"鬲津"九道。徒骇在北，为主河道，其余都在东南，成为并行东注的八条支流，相距各大约二百里。

②驾两龙：指河伯以两条龙为自己拉车。骖（cān）：古人用四匹马驾车，辕内两匹为"服"，辕外为"骖"。这里用作动词，驾驭，乘。螭（chī）：古代传说中无角的龙。

【译文】

和你一起游览啊观赏九河，暴风搅动水流啊生成巨涛。我们以水为车啊荷叶为那车盖，两条神龙驾车啊螭龙在旁。

登昆仑兮四望①，心飞扬兮浩荡②。日将暮兮怅忘归③，惟极浦兮寤怀④。

【注释】

①昆仑：古代神话传说中山名。

②飞扬：心情舒展，思绪飘飞。浩荡：这里形容意绪放达，无拘无束。

③怅：姜亮夫《屈原赋校注》认为"怅"为"憺"字之讹，即安乐。

④惟：思念。极浦：遥远的水滨。寤（wù）怀：睡不着而怀念，犹言日夜想念。

【译文】

登上昆仑神山啊极目四望，我心被这壮阔的水势啊深深激荡。太阳即将落山啊乐不知返，我还思念那遥远水滨啊难以入梦。

鱼鳞屋兮龙堂①，紫贝阙兮朱宫②，灵何为兮水中③？

【注释】

①鱼鳞屋：以鱼鳞造屋，取其光彩闪耀。龙堂：以龙鳞装饰之堂。

②紫贝阙（què）：以紫贝做宫门。紫贝，也称文贝、砑螺，海中软体动物名。壳圆质洁白，有紫色斑纹，大者至尺许。阙，宫门，城门两侧的高台，中间有道路，台上起楼观。朱宫：亦作"珠宫"，意即以珍珠为宫殿，与"贝阙"对应。

③灵：神灵，指河伯。

【译文】

以鱼鳞造房啊龙鳞装饰厅堂，紫贝修饰宫门啊珍珠做成宫殿，神灵您为什么啊停留在水中？

乘白鼋兮逐文鱼^①。与女游兮河之渚^②，流澌纷兮将来下^③。

【注释】

①鼋（yuán）：大鳖，俗称癞头鼋。文鱼：有花纹的鱼，或即鲤鱼。

②渚（zhǔ）：小洲，水中的小块陆地。

③澌（sī）：解冻时流动的冰。纷：这里形容河水解冻时水势盛大。

【译文】

驾乘白色大鼋啊五彩鲤鱼跟随。我和你游玩啊在那河中小洲，冰块纷纷解冻啊顺势奔流向前。

子交手兮东行^①，送美人兮南浦^②。波滔滔兮来迎，鱼隣隣兮媵予^③。

【注释】

①子：指河伯。交手：拱手，即告别之意。

②美人：指河伯。浦：水边，河岸。

③隣隣（lín）：通"粼粼"，比次相连，形容众多。媵（yìng）：送别。予：我，主人公自称，似指祭祀河

伯的巫者。

【译文】

您拱手告别啊要向东而行，我特意送您啊到南方水边。滔滔波浪啊奔涌来迎，鱼儿众多啊向我道别。

山　鬼

山鬼的形象历来颇多歧义，综合看有三种：一是清人顾成天"山鬼即是巫山神女瑶姬"说。郭沫若、马茂元、陈子展、聂石樵、金开诚、汤炳正等认同此说；二是洪兴祖、王夫之的"山鬼为山魈"之精怪说；三是明人汪瑗"山鬼即山神"说。汪瑗在《楚辞集解》中云："诸侯得祭其境内山川，则山鬼者固楚人之所得祀者也。但屈子作此，亦借此题以写己之意耳，无关于祀事也。……此题曰山鬼，犹言山神、山灵云耳，奚必喥夔魍魉魑魅之怪异而后谓之鬼哉？"本书认为山神说可信。《山鬼》祭祀的是位温柔多情而又遗恨绵绵的山中女性精灵，全篇叙述了山鬼与思慕的人相约却未见的哀怨之情。因她温柔婉丽，不以神力凌人，故与其他法力无边而威严逼人的神祇有极大区别。

《山鬼》共分三部分，依次叙述她满怀柔情盛装赴约，等待恋人却终未出现的欣喜与忧虑，预知约会成空时不能割舍的怨恨等。整篇始终以山鬼约会过程中的心理为主线来刻画"痴情自古空遗恨"的女子形象，微妙细腻、温柔感人，与恋爱中少女的心理特点甚为合拍。其中景物描写与人物心理的刻画可谓珠联璧合、相得益彰。

若有人兮山之阿^①，被薜荔兮带女罗^②。既含睇兮又宜笑^③，子慕予兮善窈窕^④。乘赤豹兮从文狸^⑤，辛夷车兮结桂旗。被石兰兮带杜衡^⑥，折芳馨兮遗所思。

【注释】

①阿（ē）：山的弯曲处。

②被：同"披"。带：用以约束衣服的狭长或扁平形状的物品，古代多用皮革、金玉、犀角或丝织物制成。此处用作动词。女罗：植物名，即松萝，多附生在松树上，成丝状下垂。或说即菟丝。

③含睇（dì）：含情而视。睇，微微斜视。宜笑：适宜于笑，指笑时很美。

④子：山鬼对所思之人的称呼。予：我，山鬼自称。窈窕（yǎotiǎo）：娴静、美好的样子。

⑤赤豹：毛呈赤色，有黑色斑点的豹。文狸：毛色有花纹的狸猫。

⑥石兰：香草名。杜衡：即杜若。

【译文】

隐隐约约有人啊在那山的拐弯处，身披薜荔啊腰间系着松萝。我美目含情啊微笑美好，您爱慕我的姿态啊娴静美好。我驾赤豹出行啊后有花狸跟随，车是辛夷所制啊捆结桂枝为旗。身披石兰为衣啊又再佩带杜若，折取那芳香花草啊送我思慕的人。

余处幽篁兮终不见天①，路险难兮独后来。表独立兮山之上②，云容容兮而在下③。杳冥冥兮羌昼晦④，东风飘兮神灵雨。留灵修兮憺忘归⑤，岁既晏兮孰华予⑥。

【译文】

我住在幽深竹林中啊终日见不到天，道路艰险难走啊使我姗姗来迟。不见思慕的人啊我独立在那山巅，云雾舒卷自如啊在脚下飘荡。天色幽暗无光啊白日如同黑夜，东风迅疾吹过啊雨神为我落雨。想挽留思慕的人啊使他乐而忘返，年华渐渐老去啊谁来使我重现花容。

采三秀兮于山间①，石磊磊兮葛蔓蔓②。怨公子兮怅忘归③，君思我兮不得闲。山中人兮芳杜若④，饮石泉兮荫松柏⑤。君思我兮然疑作⑥，雷填填兮雨冥冥⑦，猨啾啾兮又夜鸣⑧。风飒飒兮木萧萧⑨，思公子兮徒离忧。

【注释】

①三秀：灵芝草的别名，灵芝一年开花三次，故又称三秀。

②磊磊（lěi）：形容石头众多堆积的样子。葛：多年生草本植物，茎蔓生。蔓蔓：形容葛草蔓延的样子。

③公子：山鬼称所思之人。怅：怨望，失意。

④山中人：山鬼自称。芳杜若：芬芳似杜若，比喻香洁。

⑤荫松柏：以青松翠柏荫蔽，言居处的清幽。

⑥君：山鬼称爱人。然疑：将信将疑，半信半疑。然，肯定，相信，与"疑"相对。作：兴起，发生。

⑦填填：形容雷声之大。冥冥：阴雨貌。

⑧猨（yuán）：同"猿"，似猕猴。啾啾（jiū）：鸟兽虫的鸣叫声。又：当做"狖（yòu）"，长尾猿。

⑨飒飒（sà）：风声。萧萧：草木摇落声。

【译文】

我在山间啊寻采灵芝，山石到处堆积啊藤蔓缠结。怨恨思慕的人儿啊惆怅忘返，或许你也想我啊只是没有空闲。我这山中之人啊如杜若般芬芳，渴饮石间清泉啊居于松柏山林。或许您思念我啊却又半信半疑，雷声隆隆大作啊伴着绵绵阴雨，猿声啾啾而响啊长夜呼唤不停。风声飒飒地吹啊树叶纷纷掉落，思念公子啊徒然叫人忧伤。

国　殇

　　“国殇”，戴震《屈原赋音义》解释“殇”曰：“国殇，死国事者。”何为“国事”？据《左传》云“国之大事，惟祀与戎”，故所谓死于国事，必是死于祭祀与战争的人。汪瑗《楚辞集解》对此加以申述：“此曰国殇者，谓死于国事者，固人君之所当祭者也。此篇极叙其忠厚节义之志，读之令人足以壮浩然之气，而坚确然之守也。”由此可知，本篇是楚人对为国牺牲战士的祭歌。

　　楚国从怀王后期即与秦国频繁交战，但均以失败告终。《国殇》从两军激战的惨烈场面开始描绘，依次刻画了楚国战士的英武传神，同时也以钦佩敬仰之情对壮烈牺牲将士的坚强不屈之战斗精神和战死于沙场的英雄灵魂给予礼赞，以此激励民众，实现退敌保国的愿望。

　　操吴戈兮被犀甲①，车错毂兮短兵接②。旌蔽日兮敌若云，矢交坠兮士争先。凌余阵兮躐余行③，左骖殪兮右刃伤④。霾两轮兮絷四马⑤，援玉枹兮击鸣鼓⑥。天时坠兮威灵怒，严杀尽兮弃原野⑦。

【注释】

　　①吴戈：兵器名。吴地所产，故称，亦泛指精良的戈。一说指盾。戈，古代主要兵器，青铜制，其突出部分名援，援上下皆刃，用以横击和钩杀。又有石戈、玉戈，多为礼仪用具或明器。被：同“披”，披挂，佩带。犀（xī）甲：犀牛皮制的铠甲。犀皮不

常有，或用牛皮，亦称犀甲。

②错毂（gǔ）：轮毂交错。错，交错。毂，车轮的中心部位，周围与车辐的一端相接，中有圆孔，用以插轴。短兵接：犹言短兵相接。短兵，刀剑等短武器。

③躐（liè）：践踏，踩。行（háng）：军队的行列。

④左骖（cān）：古时用四匹战马牵一辆战车，左右两旁的马叫骖，中间两匹叫服。殪（yì）：死亡。刃伤：为刃所伤。一说伤者是车右之辕马。"刃"当为"服"。

⑤霾（mái）：遮掩，掩埋。絷（zhí）：拴住马足。

⑥援玉枹（fú）：古时以击鼓指挥军队进击。"枹"一作"桴"，鼓槌。

⑦严杀：残酷杀戮。

【译文】

手持吴地利戈啊身披犀皮铠甲，战车轮毂交错啊刀光剑影相接。敌军旌旗遮天啊敌人众多如云，流矢坠落如雨啊战士奋战向前。敌军侵犯我军阵地啊冲乱我军队列，左侧骖马已死啊右服也遭重创。深埋车轮啊拴紧马腿，手持鼓槌啊敲起震天战鼓。天道沦丧啊神灵发怒，勇士惨遭杀戮啊抛尸疆场。

出不入兮往不反①，平原忽兮路超远②。带长剑兮挟秦弓③，首身离兮心不惩④。诚既勇兮又以武，终刚强兮不可凌。身既死兮神以灵⑤，子魂魄兮为鬼雄⑥。

①出不入：指壮士出征，决心以死报国，不打算再进
　国门，与"往不反"互文见义。反：同"返"，返回。

②忽：恍惚不明的样子。

③挟（xié）：夹持。秦弓：秦地所产良弓。秦地产坚
　硬的木材，用以为弓，射程较远。

④不惩（chéng）：不畏惧。

⑤神以灵：精神成为神灵，指精神不死而永生。

⑥子：对战士亡灵的尊称。魂魄：古人观念中一种能
　脱离人体而独立存在的神灵，附体则人生，离体则
　人死。附形之灵为魄，附气之神为魂。鬼雄：鬼中
　之英雄，用以称誉为国捐躯者。

【译文】

　　当初出征报国啊就没打算活着归来，平野辽阔苍茫啊
路途遥远漫长。身佩长剑啊我臂下夹持着秦弓，即使身首
异处啊也将无所畏惧。你们实在勇敢啊并且武艺超群，始
终刚强不屈啊敌人不可侵凌。如今为国捐躯啊精神不死永
生，你们的魂魄啊也是鬼中英雄。

礼　魂

　　姜亮夫《楚辞通故》释"礼魂"称："盖魂者气之神
也，即神灵之本名，故以之概九神也。据此，《九歌》是
最后之大合乐，盖总概《东君》、《云中君》、《湘君》、《湘
夫人》、《大司命》、《少司命》、《河伯》、《山鬼》、《国
殇》。九祀作最后之总结，篇首《东皇太一》为迎神曲，

与此相合，有叙有结，蔚成套数，故曰九歌也。"据此可知，这是一首送神曲，是宗教祭典结束时表示欢庆的特定仪式。

歌中描写的场面非常隆重热闹，有密集交汇的鼓声，声势浩大的人群，种类繁多的香花，欢呼跃动的舞姿，以及浩荡庄重的合唱队伍，组成了一次热烈隆重的送神场面结束仪式。其中有许多地方与《九歌》首篇《东皇太一》遥相呼应，如前者"会鼓"与后者"扬枹兮拊鼓"，前者"传芭"与后者"灵偃蹇兮姣服"，前者"姱女倡兮容与"与后者"疏缓节兮安歌"、"陈竽瑟兮浩倡"、"五音纷兮繁会"，等等，都可以看出彼此遥相呼应的关系。

　　成礼兮会鼓①，传芭兮代舞②，姱女倡兮容与③。春兰兮秋菊④，长无绝兮终古。

【注释】

①成礼：有三解：一说使礼完备；二说祭祀礼仪结束；三说"成"作"盛"，"成礼"意为盛大的仪式。此指祭祀礼仪结束。会鼓：众鼓齐鸣。如《东君》之"交鼓"。会，会合，聚集。这里指鼓点密集，节奏急疾明快。

②传芭：这里指舞者手执香草，相互传递。芭，指香草。一说"芭"同"葩"，即花。代舞：更迭起舞。

③姱（kuā）女：美丽的女子。倡：发声先唱，领唱。

④春兰兮秋菊：春秋二季祭祀用的香花。

【译文】

　　祭礼全部完成啊鼓乐合奏共鸣，芳香花草相互传递啊众人依次起舞，美女领唱乐歌啊仪态闲舒从容。春祀奉献兰草啊秋祀祭以晚菊，永远无终无止啊千秋万代相继。

天　问

　　姜亮夫《屈原赋校注》认为"天"可引为一切高远神异不可知之事的总称，故《天问》即对自然、人事一切不可知的疑问。它的独特之处在于它以"问"为主，全篇共三百七十四句，提出一百七十二个问题，涉及天地生成、历史兴衰、神仙鬼怪等方面。既表现了屈原渊博的知识涵养，又体现了他大胆疑古的求知精神。

　　《天问》通过对历朝兴衰的考察，把屈原对历史和楚国的情绪蕴含在追问中，在纵观历史兴衰的同时，强烈地表达了追求自我价值、实现理想的愿望和对楚国及民族发展、人生命运的深切忧虑。全诗气势磅礴，雄壮奇特。

曰：遂古之初^①，谁传道之？上下未形^②，何由考之？冥昭瞢暗^③，谁能极之？冯翼惟像^④，何以识之？明明暗暗^⑤，惟时何为？阴阳三合^⑥，何本何化？圜则九重^⑦，孰营度之^⑧？惟兹何功^⑨，孰初作之？斡维焉系^⑩？天极焉加^⑪？八柱何当^⑫？东南何亏？九天之际^⑬，安放安属^⑭？隅隈多有^⑮，谁知其数？天何所沓^⑯？十二焉分^⑰？日月安属？列星安陈？出自汤谷^⑱，次于蒙汜^⑲。自明及晦，所行几里？夜光何德^⑳，死则又育^㉑？厥利维何^㉒，而顾菟在腹^㉓？女岐无合^㉔，夫焉取九子？伯强何处^㉕？惠气安在^㉖？何阖而晦^㉗？何开而明？角宿未旦^㉘，曜灵安藏^㉙？

【注释】

①遂古：远古。遂，通"邃"，遥远。

②上下：代指天地。未形：没有形成固定的样子。

③冥昭瞢（méng）暗：紧承上句，描述当天地未分之时，宇宙空间明暗混沌的状态。冥，昏暗。昭，明亮。瞢，昏暗模糊。

④冯（píng）翼：元气充盈貌。姜亮夫《屈原赋校注》认为"冯翼"声转则为"丰融"，即充盈之意。像：指想象中之无形之像，意近《老子》四十一章之"大音希声，大象无形"，亦近二十一章"惚兮恍兮，其中有象"之意。

⑤明明暗暗：指一天分昼夜而有明有暗。

⑥三合:"三"同"参",意即交融。可参考《老子》四十二章:"道生一,一生二,二生三,三生万物。"

⑦圜:同"圆",指天体。则:法度。九重:古说天有九重,极言其高。重,层。

⑧营度:量度营造。营,经营。度,度量。

⑨兹:此,指天分九层而言。何功:何等的工程。

⑩斡(guǎn):运转的枢纽。古人认为天体运行是围绕一个轴心进行的。维:指系于轴上的绳索,此处指空间维度。

⑪天极:天之轴心的顶端。加:放置,安放。

⑫八柱:指支持天宇的八根柱子。当:支撑。

⑬九天:天之四面八方。

⑭放:至。属(zhǔ):连接。

⑮隅(yú):角落。隈(wēi):弯曲的地方。

⑯杳(tà):合。

⑰十二:古人认为太阳与月亮在黄道上每年相遇十二次,故将黄道分为十二,以记日月运行之轨迹。后人引申与地之十二分野相对应。

⑱汤(yáng)谷:或作"旸谷",日出之处。

⑲次:驻扎,止息。蒙汜(sì):或称"蒙谷",日落之处。

⑳夜光:月的别名。

㉑死:指月缺而渐没。育:指月没而复圆。

㉒利:黑影。

㉓而顾:犹"而乃"。姜亮夫《屈原赋校注》:"顾字

当与'而'连续为一词,'而顾'犹言'而乃'。"
莬(tù):即兔。闻一多《天问疏证》以为即蟾蜍。

㉔女岐:古代传说中的神名。合:婚配。这里有野合
之义。

㉕伯强:有五种说法:一为风神名;二为疬鬼;三为
水神;四为伯阳,即老子;五为阳气。一般认为是
风神名。

㉖惠气:即惠风,和畅的风。

㉗阖(hé):闭。晦:暗,指天黑。

㉘角宿:东方星。旦:指日出。

㉙曜(yào)灵:太阳。

【译文】

问道:远古始初的情况,是由谁流传下来的?天地
没有形成之前的事情,要如何才能探究清楚?天地蒙昧一
片,昏明不分,谁能够将它考察明白?宇宙混沌一团,元
气充盈,只是想象中得到的虚拟之"像",要通过什么才能
把握到它?天地已分,昼明夜黑,为什么会是这个样子?
阴阳交融而诞生万物,以什么为基础,又化育成了什么?
天体分为九重,是谁度量过?这样浩大的工程,一开始又
是谁干的?使天体围绕轴心旋转的绳索,系在天轴的什么
地方?天轴的顶部,又安置在哪里?支持天体的八根巨柱,
安放在哪里?东南方的地面为什么塌下去一块?四面八方
的天际,分别在什么地方?它们又是如何连接的?天际的
角落曲折很多,谁又知道它们确切的数量?天上日月在何
处会合?黄道天体又是怎样划分为十二区的?日月是怎样

附着在天上而不掉下来？群星又是如何排列而井然有序？太阳从汤谷出来，歇息在蒙汜。从早晨到傍晚，它走了多少里路？月亮又有什么高尚的德行，可以缺而复圆？它上面的黑色东西是什么？难道是一只蟾蜍在那里面？女岐没有婚配，她怎么能生出九个儿子？风神伯强居住在什么地方？那和畅之风又从哪里吹来？为什么天门闭上就是夜晚，天门打开就是白天？天门没有打开之前，太阳未出之时，阳光又藏在什么地方？

不任汩鸿①，师何以尚之②？金曰何忧③？何不课而行之④？鸱龟曳衔⑤，鲧何听焉⑥？顺欲成功⑦，帝何刑焉？永遏在羽山⑧，夫何三年不施⑨？伯禹愎鲧⑩，夫何以变化？纂就前绪⑪，遂成考功⑫。何续初继业⑬，而厥谋不同⑭？洪泉极深，何以寘之⑮？地方九则⑯，何以坟之⑰？河海应龙⑱，何尽何历⑲？鲧何所营⑳？禹何所成？康回冯怒㉑，墬何故以东南倾㉒？九州安错㉓？川谷何洿㉔？东流不溢，孰知其故？东西南北，其修孰多？南北顺椭㉕，其衍几何㉖？昆仑县圃㉗，其尻安在㉘？增城九重㉙，其高几里？四方之门，其谁从焉？西北辟启，何气通焉？日安不到，烛龙何照㉚？羲和之未扬㉛，若华何光㉜？何所冬暖？何所夏寒？焉有石林㉝？何兽能言？焉有虬龙㉞，负熊以游？雄虺九首㉟，倏忽焉在㊱？何所不死？长人何守㊲？靡蓱九衢，枲华安居㊳？一蛇吞象，厥大何如？黑水玄趾㊴，三危安在^⑪？延年不死，寿何所止？鲮鱼何所^⑫？鬿堆焉处^⑬？羿焉弹日^⑭？乌焉解羽^⑮？

【注释】

①汩（gǔ）：治理。鸿：同"洪"，洪水。

②师：众人。尚：推举，推荐。

③佥（qiān）：众人。

④课：试验。

⑤鸱（chī）龟：一种神龟。曳（yè）衔：拉扯。

⑥听：音近"圣"，谓圣德。

⑦顺欲：按照鲧的意图。

⑧遏（è）：幽闭。羽山：神话中的地名，在今江苏赣榆。一说在今山东蓬莱。

⑨三年：约数，指多年。施：解脱。

⑩伯禹：即禹。伯为禹之封爵，禹曾受封为夏伯，故称伯禹。愎：通"腹"，这里指从腹中出来。

⑪纂（zuǎn）：继续，继承。

⑫考：死去的父亲。功：事业。

⑬续初：继续鲧的事业。

⑭厥谋：指禹的治水方略。厥，指禹。

⑮窴（tián）：同"填"，填塞。

⑯方：区分。九则：九品，禹分天下土地为上上、上中、上下、中上、中中、中下、下上、下中、下下九等，故曰九则。

⑰坟：区分。

⑱应龙：古代神话传说中有翼能飞的龙。

⑲尽：疑为"画"，划的意思。一本此句作"应龙何画，河海何历"。游国恩《天问纂义》认为此句当是错简倒乱。

⑳营：惑乱。

㉑康回：共工。王逸《楚辞章句》："康回，共工名也。《淮南子》（按见《天文训》）言共工与颛顼争为帝，不得，怒而触不周之山，天维绝，地柱折，故东南倾也。"冯（píng）怒：大怒。

㉒墜（dì）：同"地"。

㉓九州：传说禹分天下为翼、兖、青、徐、扬、荆、豫、梁、雍九州。详《尚书·禹贡》。错：通"措"，安置。

㉔洿（wū）：水深。

㉕橢（tuǒ）：狭长。

㉖衍：多余。

㉗昆仑：神话中的神山，在西部。县圃：神话中的山峰，在昆仑山上。

㉘尻（kāo）：即"尻"，本指脊椎尾骨，或指臀部。引申为山之尾麓，山脊尽处。

㉙增城：神话中的地名，在昆仑山上。九重（chóng）：极言高。

㉚烛龙：神名。洪兴祖《楚辞补注》："《山海经》云：'钟山之神，名曰烛阴，视为昼，瞑为夜，吹为冬，呼为夏，不饮不食，不喘不息，身长千里，人面蛇

身，赤色。'注曰：即烛龙也。"

③1 羲（xī）和：神名。扬：日出。

③2 若华：若木之花。《山海经·大荒北经》："大荒之
中，有衡石山、九阴山、洞野之山，上有赤树，青
叶赤华，名曰若木。"

③3 石林：石柱之林，为喀斯特地貌中的特有景观，多
分布在我国云南、贵州、广西等地。

③4 虬（qiú）龙：龙无角为虬。

③5 虺（huǐ）：毒蛇。

③6 倏（shū）忽：行动迅速。

③7 长人：即长寿之人。一说指身材高大之人。守：指
操守。姜亮夫《屈原赋校注》："此中长寿之人，更
有何操守而能长寿乎？"

③8 靡萍（píng）：分枝众多的浮萍。九衢（qú）：谓分
枝众多。引申为枝叶交叠的样子。

③9 枲（xǐ）华：麻的花。

④0 黑水：古代神话传说中水名，在昆仑山。一说为怒
江。玄趾：疑为"交趾"，古地名，泛指五岭南。

④1 三危：地名，说法有许多，总结起来有四种：一，
在甘肃敦煌三危山，此为古三危山（《尚书·禹
贡》）；二，在甘肃岷山西南（孙星衍《尚书今古文
注疏·尧典》）；三，在西藏。姜亮夫《楚辞通故》
引刘逢禄《尚书古今集解》引《西藏总传》："卫在
打箭炉西南，俗称前藏，藏在卫西南，俗称后藏。
喀木在卫东南之处，统名三危，即《禹贡》'导黑

水至于三危也'。"四，仙山。

㊷鲮（líng）鱼：神话中的一种鱼。

㊸鶀（qí）堆：大雀。鶀，同"魁"。

㊹羿（yì）：此处指尧时善射箭者。弼（bì）：射。

㊺乌：传说日中有乌鸦。

【译文】

　　鲧不能胜任治水的重任，众人为什么要推举他？他们都对尧说：您有什么好担心的呢，为什么不让他试试再说？鲧到底有什么德行，可以让神龟来帮他治水？按照鲧的想法治水会成功，尧为什么要惩罚他？把他长久地流放在羽山，为什么那么多年不把他释放？大禹从鲧的肚子里生出来，怎么会有这种变化？禹继承了父亲鲧的事业，成就了去世的父亲未竟的丰功。禹继承了鲧的事业，为什么他们治水的思路却一点儿也不一样？洪水那么深，禹是用什么东西把它填平的？九州之地分为九等，禹又是用什么标准进行的划分？应龙的尾巴划过哪些地方？江河入海又经过哪里注入大海？鲧被什么迷惑而治水不成？禹又为什么能治水成功？共工怒气冲天，为什么会使大地向东南倾斜？九州如何设置？河谷的水为什么这样深？水向东流，为什么东方永不满溢？东西南北四边哪边距离更长？南北狭长，它能比东西长多少？昆仑山和县圃，它们的边际在哪里？增城高峻，到底有多高？昆仑山上四面八方都有门，谁从那里通过？西北面的门大开，什么风从那里吹过？太阳可有照不到的地方？烛龙照亮了哪里？太阳没有升起之前，若木之花为何能照亮大地？什么地方冬天温暖？什么地方夏天寒冷？什么地方有石林？哪一种兽类能说话？哪里有虬龙，驮着黄熊游来游去？九个头的毒蛇来往迅疾，到底在哪里？什么地方的人能长生不死？那些长命之人有何操守可以如此？分枝极多的浮萍与麻花生在哪里？一条蛇吞下一头大象，它有多大？黑水、交趾、三危在什么地方？延长寿命以求不死，寿数到什么时候会结束？传说中的鲮鱼在哪里？大雀又在哪里？羿为什么要射九日，太阳中的乌鸦又为什么会死？

禹之力献功①，降省下土四方②，焉得彼嵞山女③，而通之於台桑④？闵妃匹合⑤，厥身是继⑥，胡维嗜不同味⑦，而快鼂饱⑧？启代益作后⑨，卒然离蠥⑩，何启惟忧⑪，而能拘是达⑫？皆归䠶籥⑬，而无害厥躬⑭。何后益作革⑮，而禹播降⑯？启棘宾商⑰，《九辩》《九歌》⑱。何勤子屠母⑲，而死分竟地⑳？帝降夷羿㉑，革孽夏民㉒。胡䠶夫河伯㉓，而妻彼雒嫔㉔？冯珧利决㉕，封豨是䠶㉖。何献蒸肉之膏㉗，而后帝不若㉘？浞娶纯狐㉙，眩妻爰谋㉚。何羿之䠶革㉛，而交吞揆之㉜？阻穷西征㉝，岩何越焉㉞？化为黄熊㉟，巫何活焉？咸播秬黍㊱，莆雚是营㊲。何由并投㊳，而鲧疾修盈㊴？白蜺婴茀㊵，胡为此堂㊶？安得夫良药㊷，不能固臧㊸？天式从横㊹，阳离爰死。大鸟何鸣㊺，夫焉丧厥体？蓱号起雨㊻，何以兴之？撰体协胁㊼，鹿何膺之㊽？鳌戴山抃㊾，何以安之？释舟陵行(50)，何以迁之？惟浇在户(51)，何求于嫂？何少康逐犬⁵²，而颠陨厥首⁵³？女歧缝裳⁵⁴，而馆同爰止⁵⁵，何颠易厥首⁵⁶，而亲以逢殆⁵⁷？汤谋易旅⁵⁸，何以厚之？覆舟斟寻⁵⁹，何道取之？桀伐蒙山⁶⁰，何所得焉？妹嬉何肆⁶¹，汤何殛焉⁶²？舜闵在家⁶³，父何以鳏⁶⁴？尧不姚告⁶⁵，二女何亲⁶⁶？厥萌在初⁶⁷，何所亿焉？璜台十成⁶⁸，谁所极焉？登立为帝，孰道尚之？女娲有体⁶⁹，孰制匠之？舜服厥弟⁷⁰，终然为害。何肆犬体⁷¹，而厥身不危败⁷²？吴获迄古⁷³，南岳是止⁷⁴。孰期去斯⁷⁵，得两男子⁷⁶？缘鹄饰玉⁷⁷，后帝是飨⁷⁸。何承谋夏桀⁷⁹，终以灭丧？帝乃降观⁸⁰，下逢伊挚⁸¹。何条放致罚⁸²，而黎服大说⁸³？

【注释】

①力：勤勉。功：指治理水灾，平定九州。

②降省：到下面视察。

③鲁（tú）山：即"涂山"，其地不可确指。王逸《楚辞章句》："言禹治水，道娶鲁山氏女也，而通夫妇之道于台桑之地。"

④通：相会。台桑：地名，其地不可确考。

⑤闵（mǐn）：爱怜。匹合：婚配。

⑥厥身：指禹。继：继承，即指生启之事。

⑦胡维：为何。维，朱熹《楚辞集注》本作"为"。嗜：爱好。姜亮夫《屈原赋校注》认为"嗜不同味"之"不"字，误衍，可从。

⑧快：满足。鼂（zhāo）：同"朝"，指时间很短。

饱：满足。

⑨启：禹之子，夏朝国王，中国历史上由"禅让制"变为"世袭制"的第一人。益：禹贤臣，是禹选定的继承人。后：君王。

⑩卒（cù）：同"猝"，突然。离：遭受。孽（niè）：忧患，灾难。

⑪惟：遭受。

⑫拘：拘囚，囚禁。达：逃脱。

⑬躬鞠（jú）：此处指交战。躬，一作"射"。鞠，一作"鞠"，射箭声。

⑭厥躬：指启。

⑮作：通"祚"。国祚，国家运命福祉。革：变革，指启代益为王。

⑯播降：繁荣昌盛。

⑰棘：急切。宾：祭祀。商："帝"之误字。

⑱《九辩》《九歌》：均为古乐曲名，传说是启所作。

⑲勤子：贤子，指启。屠母：传说启母涂山氏化为石，石破而生启，故曰屠母。

⑳死：通"尸"，尸体。竟地：满地，到处都是。

㉑夷羿：指羿，上古羿有多人，此处指有穷氏羿，夏太康、少康时人。

㉒革：革除。孽（niè）：祸患。夏民：夏朝之民，或泛指民众。

㉓河伯：即黄河水神。一说河伯为古诸侯。王夫之《楚辞通释》："河伯，古诸侯，司河祀者。羿射杀河

伯，而夺其妻有雒氏。"

㉔ 雒嫔（luòpín）：上古神话中的雒水女神。

㉕ 冯（píng）：持。珧（yáo）：本指小蚌，其壳可以镶嵌于弓上。这里指良弓。利：精良。决：通"玦"，钩弦工具。

㉖ 封豨（xī）：大野猪。历史传说中羿有多人，尧时之羿有射封豨事，屈原或混杂之。

㉗ 蒸肉：祭肉。膏：祭肉的膏脂。

㉘ 后帝：天帝。若：通"诺"，赞许，保佑。

㉙ 浞（zhuó）：指寒浞，传说为羿之相，后杀羿。纯狐：羿之妻。或云即嫦娥。

㉚ 眩妻：善于迷惑人的妻子，指纯狐。爰（yuán）：于是。

㉛ 躬革：羿善射，传说可射透七层兽皮。

㉜ 吞：消灭。揆（kuí）：消灭。

㉝ 西征：指鲧被放逐到东方海滨的羽山，曾向神巫众多的西方行进求救。

㉞ 岩：险峰，这里指前往羽山。

㉟ 黄熊：指鲧。《左传·昭公七年》："昔尧殛鲧于羽山，其神化为黄熊。以入于羽渊，实为夏郊，三代祀之。"

㊱ 秬（jù）黍：黑米。

㊲ 莆萑（huán）：皆水草名。营：耕种。

㊳ 并投：一起流放，指鲧与共工等人一起被流放。一说鲧与妻修己一同被流放。

㊴疾：罪恶。修盈：谓罪恶深重。修，长。盈，满。

㊵白蜺（ní）：白色的虹。婴：本指装饰品，这里释为"环绕"。茀（fú）：云雾。

㊶堂：有四种说法，此取"盛"之解。

㊷良药：指不死之药。

㊸固臧（cáng）：妥善保管。固，稳妥。臧，同"藏"，保存。

㊹天式：自然法则。从（zòng）横：即"纵横"，意即阴阳消长、生生死死。

㊺大鸟：王子侨所化之鸟。王逸《楚辞章句》："言崔文子取王子侨之尸，置之室中，覆之以弊筐，须臾则化为大鸟而鸣，开而视之，翻飞而去。文子焉能亡子侨之身乎？言仙人不可杀也。"

㊻蓱（píng）：雨神。号：号令。

㊼撰：通"巽"，柔顺。协：合顺。

㊽麀：指风神飞廉。膺（yīng）：响应。

㊾鳌（áo）：传说中的大龟。戴：背负，驮。抃（biàn）：拍浮，游动，此指大龟伸足游动。

㊿释：放置。陵：本义是大土山，这里指陆地。

₅₁浇（ào）：古史传说中的大力士，夏少康时人，寒浞之子。

₅₂少康：夏朝国王，夏后相之子。

₅₃颠陨：坠落，此指浇被杀。厥首：指浇的首级。

₅₄女歧：亦即女艾。闻一多《天问疏证》："案，'女歧'当从《左传》作'女艾'。"按见《左传·哀公

元年》:"(少康)使女艾谍浇,使季杼诱殪,遂灭过
戈,复禹之绩。"姜亮夫《屈原赋校注》:"艾在泰
韵,歧在支韵,古支泰相转而又同声,故歧得为艾
也。"缝裳:据《左传·哀公元年》的记载,则女
歧(艾)是夏少康为报父(夏后相)为浇所杀之仇,
以及复兴夏王朝而派到浇身边去的间谍一类人物,
目的在于以女色使浇惑乱,从而伺机杀之。"缝裳"
意即缝衣裳,当是女歧(艾)与浇的亲密行为之一。

⑤ 馆同:即"同馆",同房。爰:与,一起。止:止
宿,居住。

⑤ 易:换,此处指砍错了。王逸《楚辞章句》:"言少
康夜袭得女歧头,以为浇,因断之,故言易首。"
厥首:指女艾的头。

⑤ 亲:指女艾。逢殆(dài):遭祸,指被杀。

⑤ 汤:为"康"之误,当指少康。此处所问当为少康
中兴之事。易:治理,整顿。旅:军队,部下。

⑤ 斟(zhēn)寻:古国名,与夏同为姒姓,地在今河
南巩县西南。

⑥ 桀(jié):夏代最后一位君王。蒙山:古国名。一
说指山民山。

⑥ 妹嬉(mòxǐ):夏桀之妃。何肆:姜亮夫《屈原赋
校注》:"'何肆'之'何',当读与'何有与我'之
'何',训为不。"不肆,意即不恣纵。

⑥ 殛(jí):惩罚。

⑥ 闵:妻室。

㉞父："夫"之误字。姜亮夫《屈原赋校注》："'父何以鳏'，父字讹，当为夫字。'夫何以'，《天问》句例。"鳏（guān）：同"鳏"，男子年长而无妻。

㉕姚告：即告姚。姚，王逸《楚辞章句》："舜姓也。"此处指舜之父母。

㉖二女：指尧的两个女儿娥皇、女英。亲：结亲。

㉗萌：通"民"。

㉘璜（huáng）台：用玉装饰的高台。汤炳正《楚辞今注》认为即指舜登基之台。十成：十层，极言其高。

㉙女娲（wā）：神女名。

㉚弟：指舜弟象。

㉛犬体：这里是对舜弟象的贬称，言其行径悖谬不法有类于犬。

㉜危败：指舜弟象行事悖逆，一再谋害舜，却未被追究。

㉝获：得到。一说认为"吴获"为人名。迄（qì）古：从远古时开始，意为国运长久。

㉞南岳：泛指南方地区。止：留下居住。

㉟去：一作"夫"。姜亮夫《屈原赋校注》："应作'夫'，'夫'、'去'形近而误。'夫'在句中作'于'字解。"斯：这样，指代"吴获迄古，南岳是止"这一情况。

㊱两男子：王逸《楚辞章句》认为指太伯、仲雍。

㊲缘鹄（hú）饰玉：此句指伊尹借助烹调食物供汤享用之际接近汤，向他陈说治国之道。缘、饰，义近，皆装饰之义。鹄、玉，皆鼎上作装饰用的花纹

与器物。

⑦后帝：指汤。飨（xiǎng）：赏识。

⑦承谋：指伊尹接受汤的旨意，假意事奉桀，实则探听夏之虚实，图谋灭之。

⑧帝：指汤。降观：四处巡察。

⑧伊挚：即伊尹。

⑧条放：指夏桀被流放到鸣条之事。致罚：受到上天的惩罚。

⑧黎服：天下众民。服，古代行政区划单位。说：同"悦"，喜悦。

【译文】

　　大禹勤劳地治理水患，巡查四方。他怎么遇到那个涂山国的女子，和她相爱并私会在台桑的？大禹和那位姑娘成就婚配，他因此有了后代。为什么他们相隔很远，族姓相同，本不该通婚却很快能被彼此吸引，以求一时之欢？启想取代益成为君王，突然遭到了麻烦。为什么启虽遭难，却能从拘禁中逃脱？益与启两个部族交战，箭如雨下，而启却没有受到伤害。为什么益的统治权被夺去，而禹的后代却能繁荣昌盛？启急切地向上帝祭祀并得到了《九辩》和《九歌》。为什么这样贤良勤勉的儿子却会害死自己的母亲，让母亲的尸骨散落遍地？天帝降生了羿，让他为夏民除去祸害，他为什么要射瞎河伯，又娶了河伯的妻子雒水女神？他拿着强弓利器，射杀了大野猪。为什么他献给上帝肥美的祭肉，上帝却不保佑他？寒浞娶走了羿的妻子，那个善于迷惑人的妻子与浞合谋。为什么羿力大善射，却被他们设计消灭了？鲧化为黄熊，向西方进发，他怎样越过那高峻的山岩？鲧的身体已经化为黄熊，神巫又怎能把他救活？鲧辛勤地耕作，把田地都种上了黑粟，铲除了杂草。为什么他却与共工等人一起被流放？难道他真的罪无可赦？嫦娥佩戴着精美的服饰，她为何要打扮得如此美丽？她从哪里得到了那不死良药，并把它妥善保管在月宫里面？天地之间阴阳消长、生生死死，阳气离开就会死亡。王子侨死了之后怎么会变成大鸟，还会发出鸣叫？他是怎样失去了原有的身体？萍翳发出号令就能下雨，雨又是怎样兴起的？风神性情温顺，它怎么能响应兴云起雨的事情？海中的大龟顶着大山四脚划动，又怎能让大山安稳下来？将船放在陆地上，怎样才能移动它？大力士浇在家，为什么还要求助于他的嫂子？少康驱驰猎犬打猎，为什么能将浇的首级砍下？女艾为浇缝衣裳，并同他一起住宿，为什么少康却砍下女艾的头，亲信之人反而遭殃？少康谋划大兴军事，他靠什么使自己的力量增强？那浇曾经倾覆了斟寻国的战船，少康用什么手段取胜了他？夏桀讨伐蒙山，他得到了什么？妹嬉本人并不十分放纵，为何汤要将她惩罚？舜在家有妻室，为何却称他为鳏夫？尧不告诉舜的父母，又怎能将两个女儿嫁给他？舜当初为民的时候，他怎能料到会有今日登基之事？玉饰的高台，又有谁可以登上？舜被立为君王，是谁引导他上台？女娲躯体变化无穷，又是谁造就了她？舜恭顺地对待他的弟弟象，却终于酿成祸患。为什么象极端地放肆，却没有败亡？吴国立国于南方，国运长久。谁能料到会这样，难道只因为出了泰伯、仲雍这两个贤良男子？伊尹用精美的器具烹制美味的羹肴进献给汤，因而得到了赏识。为什么他要假装为夏桀谋划，使夏桀败亡？汤巡视四方，遇到了伊尹。他在鸣条战胜了夏桀，并将其放逐，为何百姓却非常喜悦？

简狄在台①，喾何宜②？玄鸟致贻③，女何喜④？该秉季德⑤，厥父是臧。胡终弊于有扈⑥，牧夫牛羊？干协时舞⑦，何以怀之⑧？平胁曼肤⑨，何以肥之？有扈牧竖⑩，云何而逢？击床先出⑪，其命何从？恒秉季德⑫，焉得夫朴牛⑬？何往营班禄⑭，不但还来⑮？昏微遵迹⑯，有狄不宁⑰。何繁鸟萃棘⑱，负子肆情⑲？眩弟并淫⑳，危害厥兄。何变化以作诈㉑，后嗣而逢长？成汤东巡，有莘爰极㉒。何乞彼小臣㉓，而吉妃是得㉔？水滨之木，得彼小子㉕。夫何恶之，媵有莘之妇㉖？汤出重泉㉗，夫何罪尤㉘？不胜心伐帝㉙，夫谁使挑之？

【注释】

①简狄：帝喾的妃子。

②喾（kù）：传说中的古帝王名。宜：祭祀。姜亮夫《屈原赋校注》作"祭祀求福"解，可从。

③玄鸟：黑色的鸟，指燕。致贻（yí）：送礼。王逸《楚辞章句》："贻，遗也。言简狄侍帝喾于台上，有飞燕坠遗其卵，喜而吞之，因生契也。"

④喜：一作"嘉"，意即受孕而生子。

⑤该：即殷侯亥。季：王亥之父，殷侯冥。

⑥弊：困厄。《山海经·大荒东经》："王亥托于有易，河伯仆牛。有易杀王亥，取仆牛。"有扈（hù）：王国维《殷卜辞中所见先公先王考》认为即"有易"，"易"与"扈"金文形近。

⑦干：盾。协：和合。时舞：指万舞，古代一种大型乐舞。

⑧怀：挑逗，引诱。

⑨平胁：指体形俊美。曼肤：皮肤细腻。姜亮夫《屈原赋校注》认为此句形容有易之女形体曼泽之状。

⑩有扈：即有易。姜亮夫《屈原赋校注》："按有扈即上文有易……此有易指王亥所淫之女。"牧竖：指王亥。

⑪击床：姜亮夫《屈原赋校注》认为指有易氏杀亥事。先出：依《山海经》说，王亥已被杀，则"击床先出"之"先"，当为误字，以意校之，或"不"、"未"之属也。

⑫恒：即殷侯王恒，王亥之弟。

⑬朴牛：即服牛，可驾车的大牛。王国维《殷卜辞中所见先公先王考》："服牛者，即《大荒东经》之仆牛，古服、仆同音也。"

⑭营：经营。班禄：颁布爵禄。

⑮但：空。一说疑为"得"之误。

⑯昏微：指殷侯上甲微。迹：道路。

⑰有狄：即有易。不宁：不安宁。

⑱繁鸟萃棘：喻荒淫事。姜亮夫《校注》认为此句或指上甲微晚年的荒淫之行。

⑲负：姜亮夫推测本为"㛴"字，亦即"妇"。"妇子"或即劫夺儿媳为己妻之丑行。

⑳眩（xuàn）：惑乱，荒唐。

㉑变化：指改变帝位继承顺序。作诈：行为奸诈。

㉒有莘（shēn）：古国名。

㉓乞：讨，要。小臣：指伊尹。

㉔吉妃：美好的姑娘。得：娶到。

㉕小子：指伊尹。

㉖媵（yìng）：陪嫁，指汤娶有莘氏女为妻，有莘氏以伊尹为陪嫁。

㉗重泉：地名。《史记·夏本纪》记夏桀召汤并囚之于夏台，后又将其释放。重泉，大约是夏台之所在。

㉘尤：过失。

㉙胜心：压住怒气。帝：指夏桀。

【译文】

简狄住在高台之上，帝喾为什么要祭祀求福？燕子给简狄送来了礼物，她为什么会怀孕有子？亥继承了他父亲季的美德，并得到了嘉奖。为什么会最终被困于有易氏，为人牧牛放羊？亥拿起盾，跳起万舞，他用什么来诱惑有易氏的姑娘？姑娘肌体丰满，皮肤细腻，是什么让她如此丰美？他们一个是有易氏的美女，一个是低贱的牧人，为什么会碰到一起？有易氏要杀亥，他在事发之前尚未走出家门，他的命运会有怎样的结局？恒也继承了父亲季的美德，他怎样得到那驾车的大牛？他为什么要去有易氏颁布爵禄？目的没有达到他为什么就回来了？上甲微遵循父祖的美德，有易氏从此不得安宁。为什么他晚年竟会荒淫无度，放纵情欲？荒唐昏乱的弟弟和哥哥一起淫乱，最后谋害了他的兄长。为什么坏人篡夺王位，行为狡诈，却能子孙昌盛？成汤在东方巡视，到了有莘国。他为什么想要小臣伊尹，却得到了美丽的新娘？在水边的树木中，伊尹降生。有莘氏为什么厌恶他，让他做有莘氏姑娘的陪嫁？汤因何种罪过被囚禁在重泉，后来才被释放？汤压抑不住胸中的怒火，讨伐夏桀，这又是谁唆使的？

　　会鼂争盟①，何践吾期②？苍鸟群飞③，孰使萃之？到击纣躬④，叔旦不嘉⑤。何亲揆发足⑥，周之命以咨嗟⑦？授殷天下，其位安施？反成乃亡⑧，其罪伊何？争遣伐器⑨，何以行之？并驱击翼，何以将之？昭后成游⑩，南土爰底⑪。厥利惟何，逢彼白雉⑫？穆王巧梅⑬？夫何为周流？环理天下⑭，夫何索求？妖夫曳衒⑮，何号于市？周幽谁诛，焉得夫褒姒⑯？天命反侧，何罚何佑？齐桓九会⑰，卒然身杀⑱。彼王纣之躬⑲，孰使乱惑？何恶辅弼⑳，谗谄是服㉑？比干何逆㉒，而抑沉之？雷开阿顺㉓，而赐封之？何圣人之一德，卒其异方㉔？梅伯受醢㉕，箕子详狂㉖。稷维元子㉗，帝何竺之㉘？投之於冰上，鸟何燠之㉙？何冯弓挟矢㉚，殊能将之？既惊帝切激㉛，何逢长之㉜？伯昌号衰㉝，秉鞭作牧㉞。何令彻彼岐社㉟，命有殷国？迁藏就岐，何能依？殷有惑妇，何所讥？受赐兹醢㊱，西伯上告。何亲就上帝罚㊲，殷之命以不救？师望在肆㊳，昌何识㊴？鼓刀扬声，后何喜？武发杀殷㊵，何所悒㊶？载尸集战㊷，何所急？伯林雉经㊸，维其何故？何感天抑墬㊹，夫谁畏惧？皇天集命㊺，惟何戒之？受礼天下㊻，又使至代之㊼？初汤臣挚㊽，后兹承辅。何卒官汤㊾，尊食宗绪㊿？勋阖梦生(51)，少离散亡。何壮武厉，能流厥严？彭铿斟雉(52)，帝何飨(53)？受寿永多(54)，夫何久长？中央共牧(55)，后何怒？蜂蛾微命(56)，力何固？惊女采薇(57)，鹿何祐(58)？北至回水(59)，萃何喜(60)？兄有噬犬(61)，弟何欲(62)？易之以百两(63)，卒无禄(64)。

【注释】

①会鼌（zhāo）：即“朝会”。争盟：一本作“请盟”，即宣誓于神。

②践：履行。吾期：武王定下的日期。吾，同“武”。

③苍鸟：比喻跟从武王伐纣的将士。

④到：一作“列”，分解。朱熹《楚辞集注》：“《史记》言：武王至纣死所，射之三发，以黄钺斩其头，悬之大白之旗，此所谓列击纣躬也。”躬：身体。

⑤叔旦：即周公旦。不嘉：不赞许。

⑥揆（kuí）：谋划。发：指周武王姬发。足：当作“定”，这里是“使安定”之意。姜亮夫《屈原赋校注》认为“足”当为“定”之形误，且应在下句。

⑦咨嗟（jiē）：叹息。

⑧反：一本作"及"，指殷有天下而又失去了它。

⑨伐器：作战的器具，指军队。

⑩昭后：指周昭王。成：同"盛"，盛大。

⑪南土：荆楚地区。底：止，至。此指周昭王南征楚国不还之事。

⑫白雉（zhì）：白色的野鸡。

⑬穆王：昭王之子。巧梅：善于驾车。梅，通"枚"，马鞭。一说通"挴"，贪。

⑭环理：周游。

⑮妖夫：妖人。曳衒（xuàn）：当为"曳衒"，犹言"相将"。一说"衒"为"卖"的意思。为"衒"之形误。

⑯褒姒（sì）：周幽王妃。

⑰九会：指齐桓公九会诸侯，以尊周室。

⑱身杀：身死。王逸《楚辞章句》："言齐桓公任管仲，九合诸侯，一匡天下；任竖刁易牙，子孙相杀，虫流出户。"

⑲躬：身躯。

⑳辅弼：忠诚的大臣。

㉑谗谄：指谄邪小人。服：任用。

㉒比干：纣王之叔，劝告纣为善去恶，纣王剖其心而杀之。逆：触犯。

㉓雷开：纣时奸佞之人。阿（ē）：阿谀奉承。一作"何"。姜亮夫《屈原赋校注》："作阿非是，此与上句

何逆为相对而相反之问，若为阿，则为陈述语矣。"

㉔ 卒：最后，最终。方：方式。

㉕ 梅伯：纣时诸侯。醢（hǎi）：肉酱，此处意为砍成肉酱。

㉖ 箕（jī）子：纣王叔父。详（yáng）狂：装疯。详，通"佯"。据《史记·殷本纪》，纣王杀比干后，箕子惧而佯狂，为奴。

㉗ 稷（jì）：周人始祖，姜嫄之子。元子：嫡长子。

㉘ 帝：指帝喾。竺（zhú）：厚。或指"竺"为"毒"。

㉙ 燠（yù）：烠热，温暖。即《史记·周本纪》所载帝喾将稷"弃渠中冰上，飞鸟以其翼覆荐之"一事。

㉚ 冯（píng）弓：拿着弓。冯，同"凭"，持。

㉛ 惊帝：惊动上帝。《诗经·大雅·生民》记稷生"上帝不宁"。"帝"有三说：一说指上帝；二说指纣；三说为高辛氏，即帝喾。切激：强烈。

㉜ 逢长：繁荣昌盛。长，一说文王所受封西伯或西长一职。

㉝ 伯昌：周文王姬昌。衰：衰世。

㉞ 秉鞭：执政。牧：古代地方长官。牧，"牧师"的简称，见《周礼·夏官》，是我国古代管理牧区的官吏，后引申为地方长官。

㉟ 彻：放弃，毁弃。岐社：岐地是周氏族祭祀之所。

㊱ 受：纣王名。兹：子，指纣杀文王子伯邑考，烹以为羹，赐文王食。

㊲ 亲：指纣。就：受到，遭受。

㊳师望：即太公吕望。肆：店铺。
㊴昌：文王姬昌。
㊵武发：指周武王姬发。殷：指纣王。
㊶悒（yì）：忿恨。
㊷尸：灵位。集战：会战。
㊸伯林：指纣。林，《尔雅·释诂》："君也。"雉（zhì）经：上吊自杀。
㊹墬（dì）：地。
㊺集命：集天命于一身。
㊻礼：同"理"，治理。
㊼至：后来之人。
㊽臣挚：以挚为臣，挚是伊尹名。
㊾官汤：指伊尹辅佐汤。
㊿尊食：指伊尹死后配祀汤。宗绪：宗庙。
(51)勋：有功绩。阖（hé）：吴王阖闾。梦生：吴王寿梦之孙。
(52)彭铿（kēng）：彭祖。斟（zhēn）雉：善于调制雉（野鸡）羹。
(53)帝：天帝。一说帝尧。飨（xiǎng）：享用。
(54)受寿永多：寿命很长。据说彭祖寿七百六十七岁。
(55)中央：指周王朝。共牧：共同管理。《史记·周本纪》记厉王暴虐，周人将其流放，由周公、召公共执国政。
(56)蜂蛾：指百姓民众。
(57)惊女采薇：指伯夷、叔齐二人不食周粟，采薇为食，从而惊动女子。

⑤⑧ 鹿何祐：为何得到神鹿的庇祐、帮助。闻一多《楚辞校补》："《珊玉集感应篇》引《列士传》曰：伯夷兄弟遂绝食（薇），七日，天遣白鹿乳之。此即所谓'鹿何祐'也。"

⑤⑨ 回水：首阳山处河曲之中，故以曲水代之。

⑥⓪ 萃：停止，歇宿。

⑥① 兄：指秦景公伯车。噬（shì）犬：咬人的狗。

⑥② 弟：子铖，秦景公弟。

⑥③ 易：交换。两：同"辆"，用于车辆。

⑥④ 无禄：丧失爵禄。

【译文】

诸侯聚集在一起结盟宣誓，他们如何履行周武王定下的约期？苍鹰一样勇敢的将士，谁把他们招集在一起？武王砍断纣王的躯体，周公并不赞同。他亲自为武王谋划，安定周室，却为何要叹息？上帝把天下交给殷朝，帝位为什么又会转移？先让殷室成功后又让他们灭亡，他们犯了什么罪过？诸侯派出军队，是通过什么指挥的？将士们并驾齐驱，攻击敌军两翼，是谁带领的？昭王进行盛大的游历，到了南方。他到底要贪图什么？难道仅仅是为了寻找那白色的野鸡？穆王心巧善驾，他为什么要周游四方？在国中四处行走，他又有什么追求？妖人相携沿街兜售，他们为什么要到大街上高声叫卖？周幽王要诛灭谁？他怎么得到那个褒姒的？天命反复，它会惩罚谁？又会保佑谁？齐桓公为安定周室，九次大会诸侯，为什么最终却那样身死。那个纣王，是谁使他变得如此昏乱？他为什么厌恶忠心辅佐他的大臣，而任用那些谗佞小人？比干到底哪里冒犯了纣王而被压制？雷开怎样阿谀依顺纣王，为什么会得到封赏？为什么圣人的美德都差不多，而他们最终的结局却不相同？梅伯被砍成肉酱，箕子装疯卖傻。后稷是帝喾的嫡长子，帝喾为什么那么讨厌他？他把稷丢弃在寒冰之上，大鸟为什么会用羽翼去温暖稷？稷善务农，又是什么特殊本领使他能操弓执箭？既然他强烈地惊动了上帝，为何他的子孙反而繁荣昌盛？西伯姬昌在乱世中发号施令，成为地方的霸主。武王姬发为什么放弃了岐地的宗社，却能承受天命占有殷室的天下？周太王携带宝藏迁到岐地，他如何能让部族跟随他？纣王身边有个惑乱的妲己，还能进谏什么？纣王把文王的儿子做成肉羹赐给文王，文王向上天告状。为什么纣王得到上天的处罚，而殷王室却难以挽救？太公吕望栖身在市井小店，姬昌为什么会认识他？太公操刀割肉，西伯听了为什么会高兴？武王姬发击杀纣王，他为什么如此忿恨？他用车载着父亲的灵位，聚集将士就出征，又为什么这么急切？纣王自缢而死，这是什么缘故？他为什么要怨恨天地？难道他还有所畏惧？上天把天命赐予殷王室，为什么又会有后人去讨伐？纣王治理天下，又为什么让人取代他？当初汤以伊尹为臣子，伊尹承担辅佐的任务。他为什么能成了汤的宰相并配祀商汤，接受献祭？功绩赫赫的阖闾是吴王寿梦的孙子，从小就遭遇流亡的命运。为什么长大后勇武威猛，他的声威四处流播？彭祖调制好的雉羹，天帝为什么喜欢享用？他的寿命极长，为什么能够拥有如此高寿？为什么召、周二人共理国政，历王发怒是为了什么？百姓身份微贱，他们的力量为何如此强大？伯夷、叔齐采薇为食物惊动了妇人，受到了讥讽，神鹿为何要庇佑他们？他们北行到了首阳山，为什么会那样高兴？秦景公有条猛犬，他弟弟为什么想要拥有？他想用一百辆车来交换它，却最终丢失了性命。

薄暮雷电，归何忧^①？厥严不奉^②，帝何求^③？伏匿穴处^④，爰何云？荆勋作师^⑤，夫何长？悟过改更，我又何言？吴光争国^⑥，久余是胜^⑦。何环穿自闾社丘陵，爰出子文^⑧？吾告堵敖以不长^⑨。何试上自予^⑩，忠名弥彰？

【注释】

①归何忧：回去有何担忧。此句有五种理解：一指屈原当时"问天"时之事，二指舜时之事，三指周公时之事，四指孔甲时之事，五指楚灵王时之事。

②厥：其，这里指楚国。不奉：不能保持。楚先败于吴，后败于秦，故云"不奉"。

③帝何求：即何求于帝，求天帝有什么用。帝，天帝。

④伏匿（nì）：潜伏，潜藏。穴处：住在山洞里，亦即身处山林荒野的意思。

⑤荆勋：楚国勋旧贵族。作师：犹"兴师"。毛晋本作"荆勋徇师"。

⑥光：吴王阖闾名。争国：吴楚相争。

⑦久余是胜：即"久胜余"。久，长久。余，我们，亦即楚国。

⑧"何环"以下两句：当从洪兴祖、朱熹校语作"何环闾穿社，以及丘陵？是淫是荡，爰出子文？"环，绕。闾，乡里。穿，穿过。社，古代地方基层行政单位，泛言之，即里社、村落。及，至，到。丘、陵，皆指土山。是，指代前面的"闾社丘陵"。"是淫是荡"，即"淫荡于是"。爰，于是。出，生出。子文，春秋时期楚国令尹，成王时人，有贤明之名。据《左传·宣公四年》记载，其父伯比居邧（即鄙，《左传·桓公十一年》杜预注曰："在江夏云杜县东南。"则当在今湖北京山西北）国时，与邧国国君之女私通，遂生子文。此处所问当指此事。

⑨堵敖：名熊艰，楚文王子，继位五年为其弟成王熊恽所杀。

⑩试上：弑君。自予：自立为君。

【译文】

傍晚时分电闪雷鸣，回去又有什么可担心的呢？国家的尊严不保，祈求上帝又有什么用处？我幽居在洞穴中，面对此景又能说些什么？楚国不断地大举兴兵，这样国运怎能长久？如果君王能改过自新，我又何必再说什么？吴王阖闾与我国相争，多年来一直战胜我们。子文的父母穿过村子到了山丘，做出苟且淫秽的勾当，又怎么会生出贤明的子文？我说堵敖不会长久。为何成王弑兄自立，他的忠诚名声更加显著？

九　章

　　"九章"即屈原《惜诵》、《涉江》、《哀郢》、《抽思》、《怀沙》、《思美人》、《惜往日》、《橘颂》、《悲回风》等九篇作品的合称，朱熹在《楚辞集注》中认为："后人辑之，得其九章，合为一卷"，现代学界多信此说。关于《九章》创作时地问题，历来众说纷纭，王逸认为它们都是屈原流放在江南时所作；朱熹则认为"非必出于一时之言也"。细观《九章》各篇内容，朱说较符合作品实际。

　　因《九章》非一时一地之作，故各篇思想内容也不尽相同。《惜诵》与《离骚》前半篇政治失意的愤懑心情相似。《涉江》表达了放逐江南时，坚守高洁品性与社会黑暗现实的矛盾。《哀郢》抒写了国破家亡的哀思。《抽思》是见疏于怀王后的怫郁和幽怨。《怀沙》抒发了屈原正道直行、不随世浮沉的节操和愿以死殉理想、殉信仰的决心。《思美人》反映了忠贞其君不愿从俗的心意。《惜往日》概叙了他一生的政治遭遇及理想难达的痛惜，也表达了必死的决心。《橘颂》则就橘树形象和特征影射了诗人的人格品性，清新秀拔，别具一格，从辞赋的体裁上说，开了体物写志的先河。《悲回风》流露了低徊缠绵的忧苦之情。总之，各篇均善于把纪实、写景与抒情相契合，以华美而富于表现力的语言，写出复杂、激烈冲突的内心状态。

惜 诵

　　关于"惜诵"二字，主要有以下三种解释：一是王逸《楚辞章句》的贪忠信之道而论之；二是洪兴祖《楚辞补注》的爱怜君主而陈言；三是林云铭《楚辞灯》的痛惜过去而进谏。综合来讲，"惜诵"就是以痛惜的心情来称述自己因直言进谏而遭谗言被疏远之事。

　　关于本篇的写作时期历来有两种分歧：一是作于顷襄王时期，一是作于怀王时期。从作品内容上看不出已遭放逐的景象，故汪瑗《楚辞集解》认为："大抵此篇作于谗人交构，楚王造怒之际，故多危惧之词，然尚未遭放逐也"，这一说法比较符合实际情况。至于具体的作时，姜亮夫《屈原赋校注》认为是"其三十岁初放时之作"，即作于怀王十六、七年，是比较合理的。

　　《惜诵》是《九章》的第一篇，作者叙述了自己在政治上遭受打击的始末和自己对待现实的态度，基本内容与《离骚》前半篇大致相似，故有"小离骚"之称。

　　惜诵以致愍兮①，发愤以抒情。所作忠而言之兮②，指苍天以为正③。令五帝以枡中兮④，戒六神与向服⑤。俾山川以备御兮⑥，命咎繇使听直⑦。

【注释】
①愍（mǐn）：忧伤。
②所作：当做"所非"，"假如不是"的意思。
③正：通"证"，证明。

④五帝：古代神话传说中的五位神祇。东方太皞，南方炎帝，西方少昊，北方颛顼，中央黄帝。枅（xī）中：意即依照法律条文来判断是非。枅，即折、析，分判、明辨。中，刑书、律书、法律条文。

⑤六神：即六宗之神，古代神话传说中的六位神祇，其说不一，主要有以下几种说法：一指四时、寒暑、日、月、星、水旱之神；二指星、辰、风伯、雨师、司中、司命；三指日、月、星辰、太山、河、海。向：对证，对质。服：事理，事实。

⑥俾（bǐ）：使。山川：指山川之神。备御：即准备待御之人以陪审。御，侍从，侍御。

⑦咎繇（gāoyáo）：即"皋陶"，相传是虞舜时执掌刑狱法律的大臣。听直：听审诉讼，裁判曲直对错。

【译文】

哀惜进谏表达忧伤啊，发泄愤懑抒写衷情。发誓忠心陈说心声啊，手指苍天为我作证。令五方天神为我剖白啊，命六宗之神为我证明。让山川神祇来做陪审啊，命法官皋陶辨明对错。

竭忠诚以事君兮，反离群而赘肬①。忘儇媚以背众兮②，待明君其知之。言与行其可迹兮，情与貌其不变。故相臣莫若君兮③，所以证之不远。吾谊先君而后身兮④，羌众人之所仇⑤。专惟君而无他兮⑥，又众兆之所雠⑦。壹心而不豫兮，羌不可保也。疾亲君而无他兮⑧，有招祸之道也。

①离群：指离开群体，为众人所不容。赘肬（yóu）：多余的肉瘤。

②儇（xuān）：聪慧，狡黠，有机巧。

③相（xiàng）：审察，察看。

④谊：即"宜"、"义"，这里是"应当"的意思。凡品质、行为符合人世间道德标准、社会利益，便是合适、适宜的，就可称为"义"。

⑤羌：句首发语词，楚地方言。

⑥惟：思念，牵挂。

⑦兆：众人。雠（chóu）：仇恨，怨恨。

⑧疾：急切，极力。

【译文】

竭尽忠诚服事君王啊，却为众所不容反成多余。不懂谄媚违背众意啊，等待有明君了解我心。言行一致有据可寻啊，内心与外貌成为不变。所以没有谁比君王更清楚臣子啊，他的取证都亲身得来不须远求。我应先顾君王后及自身啊，却成为众人怨恨的对象。一心忠君不作他想啊，又招来众人怨恨。心思专一从不犹豫啊，竟导致自身难以保全。急切亲近君王并无它念啊，竟成招致祸殃的根源。

思君其莫我忠兮，忽忘身之贱贫①。事君而不贰兮，迷不知宠之门②。忠何罪以遇罚兮，亦非余心之所志③。行不群以巅越兮④，又众兆之所咍⑤。纷逢尤以离谤兮⑥，謇不可释⑦。情沉抑而不达兮⑧，又蔽而莫之白。心郁邑余侘傺兮^⑨，又莫察余之中情^⑩。固烦言不可结诒兮^⑪，愿陈志而无路。退静默而莫余知兮，进号呼又莫吾闻。申侘傺之烦惑兮^⑫，中闷瞀之忳忳^⑬。

【注释】

①忽：忽略，忘记。贱贫：这里大约是指遭怀王疏远而失去尊官厚禄的情况。

②迷：迷惑。宠之门：得到君王宠幸的门户、途径。

③志：通"知"，知道，明白。

④不群：与众人不同，不合群。巅越：坠落，跌落。

⑤咍（hāi）：嘲笑，嗤笑。

⑥逢尤：即遭到罪责。尤，罪过，罪责。离谤：即遭到毁谤。离，遭。

⑦謇（jiǎn）：句首发语词。释：解释，解说。

⑧沉抑：指愁闷的情绪沉积、压抑在心底的样子。

⑨郁邑：形容忧郁愁闷的样子。侘傺（chàchì）：形容因失意而惆怅，于是彷徨徘徊的样子。

⑩中情：泛指为内心情感，专指则为内心忠信之情。

⑪烦言：指要说的话众多而烦冗、杂乱。诒（yí）：赠送。

⑫申：重累，重复。烦惑：形容心里烦乱、迷惑的样子。

⑬闷瞀（mào）：形容内心烦乱的样子。闷，烦闷。瞀，迷乱。忳忳（tún）：形容忧愁的样子。

【译文】

思念君王有谁比我更忠贞啊，忘记了自己出身贫贱。

服事君王忠心不二啊，迷茫不知邀宠之法。忠诚有何罪以至遭到责罚啊，其中的缘由也不是我能明白的。行为与众不同因而栽了跟头啊，又被众人嘲弄嗤笑。那么多次受罪责遭毁谤啊，却没办法解释表白。情绪压抑无法畅快表达啊，又遭壅蔽无处澄清。忧郁愁闷失意彷徨啊，又无人明了我的衷情。本来心里的话就杂乱冗多无法总结在一起给别人说啊，想要陈述心志却没有途径。如果隐退沉默便无人了解我啊，如果奔进呼喊却又无人肯听。心中失意，烦乱迷惑啊，内里苦闷，忧虑重重。

昔余梦登天兮，魂中道而无杭①。吾使厉神占之兮②，曰有志极而无旁③。终危独以离异兮④，曰君可思而不可恃⑤。故众口其铄金兮⑥，初若是而逢殆⑦。惩于羹者而吹齑兮⑧，何不变此志也？欲释阶而登天兮，犹有曩之态也⑨。众骇遽以离心兮⑩，又何以为此伴也⑪？同极而异路兮，又何以为此援也？晋申生之孝子兮⑫，父信谗而不好⑬。行婞直而不豫兮⑭，鲧功用而不就⑮。

【注释】
① 中道：半路。杭：渡过。
② 厉神：主杀罚的神灵，或又能执占卜之事。
③ 志极：心志很高，志存高远。旁：辅佐，帮助。
④ 危独：指处境危险而孤立无援。离异：与他人不同而分离，各走各的路。

⑤曰：从这里到"鲧功用而不就"是厉神占卜后根据兆象显示而劝告屈原的话。

⑥铄（shuò）：销熔，熔化。

⑦初若是：这里指"恃君"而言。初，当初，以前。若是，像这样。殆（dài）：危险，险境。

⑧羹：古代用肉和菜调和五味做成的带汁的食物，这里指热羹。齑（jī）：一种被切细的酱菜，属凉菜。

⑨曩（nǎng）：以前。

⑩骇遽（jù）：惊惶，畏惧。离心：这里指与己心分离、不合。

⑪伴："伴"与下句之"援"都是攀援、求援的意思。

⑫申生：春秋时晋献公太子。献公宠爱骊姬，骊姬欲立己子奚齐为太子，因而向献公进谗言，说申生有杀父之心，于是献公追捕申生，申生乃被逼自杀。

⑬好（hào）：喜爱，喜欢。

⑭婞（xìng）直：刚愎，刚直。豫：安乐，宽和，从容不迫。

⑮鲧（gǔn）：古代传说是禹的父亲，夏族的首领。

【译文】

以前我梦见自己登上天庭啊，魂魄走到半路却无路向前。我让厉神算上一卦啊，他说："你志存高远，却没有同伴。""最终会陷入险境众叛亲离吗？"他说："君王可以思慕，但不可以依靠。所以众口一词说坏话能熔化金子啊，当初你依靠君王却因此遭遇了祸患。有过被热羹烫过的教训见到凉菜也要吹一吹啊，为何你却不改变忠直的志向？

想要把梯子撤在一边去登天啊，你仍然还是以前那副模样。众人惊惶畏惧，跟你离心离德啊，又怎能同他们结队同行？都想获得君王的任用却追求不同啊，又怎能让他们出手相帮？晋国申生那样的孝子啊，父亲也会听信谗言而不喜欢。行为刚直而不和顺啊，鲧的功业因此没有完成。"

吾闻作忠以造怨兮，忽谓之过言①。九折臂而成医兮②，吾至今而知其信然。矰弋机而在上兮③，罻罗张而在下④。设张辟以娱君兮⑤，愿侧身而无所⑥。欲儃佪以干傺兮⑦，恐重患而离尤⑧。欲高飞而远集兮，君罔谓汝何之⑨。欲横奔而失路兮⑩，坚志而不忍。背膺牉以交痛兮⑪，心郁结而纡轸⑫。梼木兰以矫蕙兮⑬，篸申椒以为粮⑭。播江离与滋菊兮⑮，愿春日以为糗芳⑯。恐情质之不信兮，故重著以自明⑰。矫兹媚以私处兮⑱，愿曾思而远身⑲。

【注释】

①忽：忽略，忽视。过言：被过分夸大的话，言过其实。

②九折臂而成医：指多次遭受被折断手臂一类的打击、祸殃，于是不断积累经验，改良药方，从而成为好的医生。九，虚数，多次。

③矰弋（zēngyì）：用来射鸟的短箭。机：安装并发射。

④罻（wèi）罗：用来捕鸟的网。罻，捕鸟小网。

⑤张辟：用来捕猎鸟兽的工具，一说为罗网，一说为弓弩。

⑥愿侧身而无所：意即想要蛰伏、躲藏而没有地方。侧，伏着身子，蛰伏。

⑦僝（chán）伅：徘徊不前。干僣（chì）：求得仕进。

⑧重（chóng）：增加。离：遭遇。尤：罪过，罪责。

⑨罔（wǎng）：得无，莫非，该不会。之：往，到……去。

⑩横奔而失路：肆意狂奔，从而迷失正道。

⑪膺（yīng）：胸。胖（pàn）：分开。

⑫郁结：形容心中忧郁的情思缠结积聚的样子。纡（yū）：弯曲，萦回。轸（zhěn）：痛。

⑬椮（dǎo）：通"捣"，舂。木兰：一种落叶小乔木或灌木，早春先叶开花，花大，外面紫色，内面近白色，微香。矫（jiǎo）：糅合，混合。蕙：香草名。

⑭凿（zuò）：这里是舂，从而使之精细的意思。申椒：香草名。

⑮江离：香草名。滋：栽种，种植。

⑯糗（qiǔ）芳：芳香的干粮。糗，干粮。芳，形容其气味的芳香，因为这儿的"糗"是用香草做成的。

⑰重（chóng）：反复，一再。著：表明，申述。

⑱矫（jiǎo）：举。媚：美好的东西。

⑲曾（céng）：重复，再三。远身：远远地离开，以躲避祸害。

【译文】

我听说做忠臣会招来怨恨啊，心里却不以为意，认为是夸大其词。多次折断胳臂自然成为良医啊，我现在才明白确实如此。短箭装好对着天上啊，罗网就在地面张设起来。设置机关取悦君王啊，想要躲藏却没有地方。徘徊不定想要求得仕进啊，又怕增加罪责忧患更深。想要远走高飞另觅他处啊，君王该不会说你要去哪里？想要肆意狂奔不循正道啊，但又意志坚定不忍变心。后背前胸如裂开一般疼痛难忍啊，心里忧思纠结愁苦不堪。捣碎木兰再拌上蕙草啊，磨细申椒来做点心。种上江离栽上菊花啊，希望春天能做成芳香的干粮。担心内心本性无人相信啊，所以要反复陈说表明自身。标举美德我将隐退独处啊，希望深思熟虑后全身远祸。

涉　江

　　《涉江》为顷襄王时期，屈原远放江南时，为记叙征程和抒写怨愤而作。本篇记述了他渡过大江，溯沅水而上达溆浦一带，幽然独处于深山的旅程，也穿插了在行程中及到达目的地后的所思所感。洪兴祖《楚辞补注》说："此章言己佩服殊异，抗志高远，国无人知之者，徘徊江之上，叹小人在位，而君子遇害也。"汪瑗《楚辞集解》说："此篇言己行义之高洁，哀浊世而莫我知也。欲将渡湘沅，入林之密，入山之深，宁甘愁苦以终穷，而终不能变心以从俗，故以《涉江》名之。"这是对本篇内容与题旨的较好概括。

　　关于本篇的创作时地，清人蒋骥在《山带阁注楚辞》中认为："皆顷襄时放于江南所作。然《哀郢》发郢而至陵阳，皆自西徂东。《涉江》从鄂渚入溆浦，乃自东北往西南，当在既放陵阳之后。"其说较为合理。

余幼好此奇服兮，年既老而不衰①。带长铗之陆离兮②，冠切云之崔嵬③。被明月兮珮宝璐④。世溷浊而莫余知兮⑤，吾方高驰而不顾。驾青虬兮骖白螭⑥，吾与重华游兮瑶之圃⑦。登昆仑兮食玉英⑧，与天地兮同寿，与日月兮同光。哀南夷之莫吾知兮⑨，旦余济乎江湘。

【注释】

①衰：衰退，懈怠。

②长铗（jiá）：长剑。陆离：形容其所佩带宝剑之长。

③冠（guàn）：本指帽子，这里释为"戴"。切云：一种很高的帽子。崔嵬（wéi）：形容高的样子。

④被（pī）：穿在身上或披在身上的意思。明月：一种夜间能发光的宝珠。珮：犹"佩"，佩带。璐（lù）：玉。

⑤溷（hùn）：混乱。

⑥虬（qiú）：一种有角的龙。骖（cān）：本义指一车驾三马。又特指驾车时服马两边的马。这里指驾驭车两旁的白螭。螭（chī）：一种无角的龙。

⑦重（chóng）华：古史传说中的五帝之一舜的名号。瑶：美玉。圃（pǔ）：这里的"瑶之圃"或即《离骚》之"县圃"，是神话传说中天帝及众神居住的地方。

⑧昆仑：古代神话传说中西方神山的名称。英：花。

⑨南夷：当时楚国江南一带的土著民族。

【译文】

　　我从小便爱好这身奇特装束啊，如今进入暮年却仍兴致不减。我腰间佩带长长宝剑啊，头戴高高发冠。身上饰有明月珠啊，美玉佩带在我的腰间。人世污浊无人了解我啊，我正自高飞驰骋不再留恋人间。驾着那有角青龙啊配上无角白龙，我和重华大神一起游览啊在那天上的玄圃。登上昆仑山啊品尝那美玉一般的花朵，要和天地啊有一样的寿命，要和日月啊同样灿烂光辉。哀痛的是南方夷族无人了解我啊，清早我便要渡过湘水，去到江南。

　　乘鄂渚而反顾兮①，欸秋冬之绪风②。步余马兮山皋③，邸余车兮方林④。乘舲船余上沅兮⑤，齐吴榜以击汰⑥。船容与而不进兮⑦，淹回水而疑滞⑧。朝发枉陼兮⑨，夕宿辰阳⑩。苟余心其端直兮，虽僻远之何伤。

【注释】

①鄂渚（zhǔ）：地名，在今湖北鄂州。

②欸（āi）：感叹，叹息。绪风：大风。

③步：使行走。皋：水泽，引申为水边之地。

④邸（dǐ）：停留。方林：面积广大的树林。

⑤舲（líng）船：有窗子的船。上：这里是沿沅水逆流而上的意思。

⑥吴榜：船桨。一作"大棹"。汰（tài）：水波。

⑦容与：徘徊不前的样子。

⑧淹：停留，滞留。回水：江中急流回旋而形成的涡流，即漩涡。疑（níng）滞：即"凝滞"，停滞不前。

⑨枉陼（zhǔ）：地名，沅水中的一个河湾，在辰阳以东，沅水下游，今属湖南常德。

⑩辰阳：地名，汉有辰阳县，属武陵郡，在今湖南辰溪。

【译文】

登上鄂渚回头远望啊，慨叹秋冬时节大风凄寒。让我的马儿啊在山边泽畔，将我的车子啊停靠在大片林边。乘坐舲船我沿沅水上溯啊，众人一起举桨划开水波。船儿徘徊不往前走啊，在急流漩涡中停滞不前。早晨从枉陼开始出发啊，晚上就留宿在那辰阳。假如我的心正直无偏啊，流放之地即使偏远又有什么可伤感的？

入溆浦余儃佪兮①，迷不知吾所如。深林杳以冥冥兮②，猨狖之所居③。山峻高以蔽日兮，下幽晦以多雨。霰雪纷其无垠兮④，云霏霏而承宇⑤。哀吾生之无乐兮，幽独处乎山中。吾不能变心而从俗兮，固将愁苦而终穷。

【注释】

①溆（xù）浦：地名，在今湖南溆浦一带，或因溆水而得名，因其在溆水之滨的缘故。儃（chán）佪：徘徊不前。

②杳（yǎo）以冥冥：意即幽深晦暗。"杳"与"冥"意义相近，都是幽暗、昏暗的意思。

③猨（yuán）：一种猕猴。狖（yòu）：猿猴的一种。
④霰（xiàn）：小雪珠。垠（yín）：边际，涯岸。
⑤霏霏（fēi）：这里形容云气很盛的样子。承宇：指
　　山中云气旺盛而与屋檐相承接。宇，屋檐。

【译文】

　　进入溆浦我却徘徊犹豫啊，心中迷惑不知去往何方。幽深的树林昏暗阴沉啊，这是那猿猴栖居的所在。山势高峻陡峭遮住太阳啊，山下幽深晦暗阴雨绵绵。雪珠雪花纷纷扬扬无边无际啊，云层浓重与屋檐相连。哀痛我这一生缺少欢乐啊，孤苦寂寞独居在山中。我不能改变志节去随波逐流啊，理所当然会忧愁苦闷困穷终生。

　　接舆髡首兮①，桑扈赢行②。忠不必用兮，贤不必以③。伍子逢殃兮④，比干菹醢⑤。与前世而皆然兮，吾又何怨乎今之人！余将董道而不豫兮⑥，固将重昏而终身⑦！

【注释】

①接舆：春秋时楚国人，佯狂避世。髡（kūn）首：剃去头发。
②桑扈（hù）：古代隐士。赢（luǒ）行：意即裸体而行。赢，同“裸”。
③以：用。
④伍子：伍子胥。逢殃：遭遇祸殃。
⑤比干：殷末纣王的叔伯父。菹醢（zūhǎi）：肉酱，

这里指剁成肉酱。菹、醢，均有肉、肉酱的意思。

⑥董：正。豫：犹豫。

⑦重（chóng）昏：重重昏暗。

【译文】

接舆剃去头发佯狂避世啊，隐士桑扈裸体而行。忠臣不一定能得到任用啊，贤人未必能发挥才能。伍子胥遭遇祸患啊，比干被剁成肉酱。整个前代都是这样啊，我又何必怨恨如今的君王！我将正道而行不再犹豫啊，本就准备在重重昏暗中度过一生！

乱曰①：鸾鸟凤皇②，日以远兮。燕雀乌鹊③，巢堂坛兮④。露申辛夷⑤，死林薄兮⑥。腥臊并御⑦，芳不得薄兮⑧。阴阳易位⑨，时不当兮。怀信侘傺⑩，忽乎吾将行兮！

【注释】

①乱：乐曲的最后一章叫乱。古时诗乐不分，故诗文中最后总括全篇要旨的一段文字也被称作乱。

②鸾（luán）鸟凤皇：古人心目中神异的鸟类，这里比喻贤能之士。

③燕雀乌鹊：都是普通常见鸟类，这里比喻谗佞小人。

④巢：鸟窝，这里是搭窝的意思。堂：古时天子以及诸侯议政、祭祀的朝堂、庙堂。坛：用土筑起的高台。

⑤露申：一种香草。辛夷：一种香草。

⑥薄（bó）：草木丛生的地方。

⑦腥臊：恶臭秽浊的气味，这里比喻奸邪小人。御：进用。

⑧薄：靠近，接近。

⑨阴阳易位：这里比喻当时社会忠奸不辨，是非不分，从而使君子贤士失位，奸邪小人得志。

⑩怀信：怀抱忠贞诚信之心。侘傺（chàchì）：惆怅失意的样子。

【译文】

乱辞称：鸾鸟凤凰，一天天地远去啊。燕雀乌鹊，却在庙堂上公然筑巢安居啊。露申辛夷，在草木丛中干枯死去啊。腥臊恶臭都能得到君王的取用啊，芳香的花草却无法靠近他的身边。阴阳颠倒，生不逢时啊。怀抱忠信却失意彷徨啊，我怅然迷惘，还是远行吧！

哀 郢

"哀郢"即对楚国都城郢都的思念与哀痛，是屈原在顷襄王时作于江南流放地陵阳的作品。屈原久被流放，怀念宗国日益炽烈，恰逢怀王入秦不返而顷襄王新立，楚国各派内争纷起，而秦国又大兵压境，民心惶惶。他面对宗国已危、社稷难保的时局，痛惜自己空有济世之才、匡时之志，却无以施展。在悲愤难平、哀思不已的情况下，便以《哀郢》寄托对楚国及郢都的深切眷恋与刻骨思念。

皇天之不纯命兮①，何百姓之震愆②？民离散而相失兮③，方仲春而东迁④。去故乡而就远兮，遵江夏以流亡⑤。出国门而轸怀兮⑥，甲之鼂吾以行⑦。

【注释】

①皇天：天在古人思想观念里占有至高无上的主宰神地位，以"皇"修饰之是古人对天的尊称。皇，美大。

②百姓：指楚国的贵族。震愆（qiān）：震恐，惊恐。

③民：普通民众。

④仲春：阴历二月。

⑤遵：沿着。江夏：长江和夏水。江即长江。夏指夏水，夏水是古水名，由长江分流而出，注入汉水，今已堙没。

⑥国：这里是国都、京城的意思。轸（zhěn）：痛，哀痛。

⑦甲：甲日。古以十天干记日。鼂（zhāo）：通"朝"，早晨。

【译文】

天命反覆无常啊，为何让宗亲贵戚们惊恐万端？民众流离，亲人失散啊，在这仲春二月向东逃难。离开故土，去向远方啊，沿着江水夏水一路流亡。出了郢都城门便痛切地思念啊，甲日的早晨我启程上路。

发郢都而去闾兮①，荒忽其焉极②？楫齐扬以容与兮③，哀见君而不再得。望长楸而太息兮④，涕淫淫其若霰⑤。过夏首而西浮兮⑥，顾龙门而不见⑦。心婵媛而伤怀兮⑧，眇不知其所蹠⑨。顺风波以从流兮，焉洋洋而为客⑩。凌阳侯之氾滥兮⑪，忽翱翔之焉薄⑫。心缬结而不解兮⑬，思蹇产而不释⑭。将运舟而下浮兮⑮，上洞庭而下江⑯。去终古之所居兮⑰，今逍遥而来东⑱。羌灵魂之欲归兮⑲，何须臾而忘反⑳。背夏浦而西思兮㉑，哀故都之日远。登大坟以远望兮㉒，聊以舒吾忧心。哀州土之平乐兮㉓，悲江介之遗风㉔。当陵阳之焉至兮㉕，淼南渡之焉如㉖？曾不知夏之为丘兮㉗，孰两东门之可芜㉘？

【注释】

①闾（lú）：本义是里巷的大门，也可用来指称居民区。这里当是指楚国贵族"昭"、"屈"、"景"三氏聚居之所在，即"三闾"。

②荒忽：神思恍惚的样子。

③楫（jí）：船桨。容与：形容船徘徊不进的样子。

④长楸（qiū）：即高大的梓树。太息：长声叹息。

⑤淫淫：这里形容眼泪流而不止的样子。霰（xiàn）：小雪珠。

⑥夏首：夏水从长江分流而出的地方。西浮：从西面顺水漂流。一说"西浮"为"疾浮"。

⑦龙门：郢都的东城门。

⑧婵媛：眷恋，牵挂。

⑨眇（miǎo）：远。蹠（zhí）：踩，踏，落脚。

⑩焉：于是。洋洋：这里形容飘泊不定的样子。

⑪凌：乘，凌驾。阳侯：传说中司波浪的神，这里指

其所掀起的波浪。氾滥：这里形容大水漫流的样子。

⑫忽：快速地。薄：停留，止息。

⑬絓（guà）结：这里形容内心情感郁结牵缠而愁苦烦闷的样子。

⑭蹇（jiǎn）产：形容情思屈曲而无法舒展的样子。

⑮下浮：顺着江流而向下游漂浮。

⑯上洞庭而下江：这里指船行至洞庭湖汇入长江之处时的情形，若船南向驶入洞庭湖则逆流而上，以入沅湘水系，若东向沿长江行驶则顺流而下。

⑰终古之所居：楚国历代先祖自古以来居住的地方，即郢都。

⑱逍遥：飘荡，流落。

⑲羌：楚地方言，句首发语词。

⑳须臾（yú）：顷刻，片刻。

㉑夏浦：即夏口，今汉口。西思：这里是思念西方郢都的意思。

㉒坟：江中岛屿沙洲。

㉓州土：荆楚大地。平乐：土地平坦富饶，人民安居乐业。

㉔介：间。一说是边上、侧畔的意思。遗风：楚先人世代遗传下来的美好风习。

㉕当：到，抵达。陵阳：地名，《汉书·地理志》载丹扬郡陵阳县，在今安徽青阳南。

㉖淼（miǎo）：水面阔大无边的样子。南渡：指往南渡过大江而登岸抵达陵阳。

㉗夏：高大的房屋。丘：丘墟，废墟。

㉘两东门："两"疑有误，或为"网"字，考量计较的意思。东门即郢都东城门，亦即上面提到的"龙门"。

【译文】

从郢都出发离开故土啊，神思恍惚不知该去向何方？桨一齐划动，船却徘徊不前啊，哀痛的是不能再见到君王。看那故国乔木我长声叹息啊，眼泪如同雪珠一样流淌。船过夏浦向东漂荡啊，回头看那郢都龙门已踪影难觅。心里牵挂不舍充满哀伤啊，前路邈远不知在何方落脚？顺风而行，随着流水啊，于是飘泊无依，流寓他乡。乘着水神掀起的巨浪啊，如鸟儿一般飞起却不知落在何方？心乱如麻难以解开啊，情思郁结无法舒怀。将要驾船顺流而下啊，上溯是洞庭下流是长江。离开先人世代居住的土地啊，而今飘泊流落来到东方。灵魂它想要回归故土啊，何尝有片刻忘记还乡？离开夏口思念郢都啊，哀伤距故都日渐遥远。登上沙洲纵目远眺啊，姑且舒散我忧愁的心情。哀怜荆楚大地曾富饶安乐啊，悲伤的是江上故俗遗风。抵达陵阳后该往哪里去啊，南渡浩淼大江后又将去何处？不知高大的宫殿楼台是否已成为丘墟啊，谁能料到郢都东门是否化为荒芜？

心不怡之长久兮，忧与愁其相接。惟郢路之辽远兮，江与夏之不可涉。忽若不信兮①，至今九年而不复。惨郁郁而不通兮②，蹇侘傺而含戚③。外承欢之汋约兮④，谌荏弱而难持⑤。忠湛湛而愿进兮⑥，妒被离而鄣之⑦。尧舜之抗行兮⑧，瞭杳杳而薄天⑨。众谗人之嫉妒兮，被以不慈之伪名⑩。憎愠惀之修美兮⑪，好夫人之忼慨⑫。众踥蹀而日进兮⑬，美超远而逾迈⑭。

【注释】

①忽：迷惘，恍惚。不信：当做"去不信"。去，离开。信，两天，这里形容时间很短。

②惨：忧愁。郁郁：形容忧愁的样子。不通：这里指心情忧愁烦闷、郁结不畅。

③蹇（jiǎn）：句首发语词。侘傺（chàchì）：惆怅失意的样子。

④汋（chuò）约：本指柔美的样子，这里形容小人谄媚的样子。

⑤谌（chén）：确实，实在。荏（rěn）：弱，软弱。

⑥湛湛（zhàn）：厚重。

⑦被离：分离，离散。鄣：壅蔽，阻塞。

⑧抗：高，高尚。

⑨瞭：明。杳杳（yǎo）：高远的样子。薄：迫近，靠近。

⑩被（pī）：加。不慈：不爱自己的儿子，指尧舜禅让天下于他人而不传给自己的儿子。伪名：与事实不符的名声。

⑪愠惀（yùnlùn）：大约是形容怨思蕴积于心的样子，当是就忠贞君子而言。

⑫夫（fú）人：这里指谗佞小人。忼（kāng）慨：即"慷慨"，形容情绪激昂奋发的样子。

⑬众：这里指表面上故作慷慨之态的谗佞小人。踥蹀（qièdié）：奔走，小步趋进貌。

⑭美：忠贤君子。超：远。逾：跃进，行进。迈：远走高飞。

【译文】

心中长久不快啊，忧和愁绵绵不绝。想到回郢都的路那么遥远啊，江水夏水已难以渡过。恍惚中仿佛刚刚离开故土啊，到如今已有九年未曾回去。心情忧郁愁闷不畅啊，惆怅失落一腔凄楚。小人们表面上奉承君王，一副媚态啊，实际上软弱不堪，难以辅国。忠厚之士愿有所作为啊，谗妒小人却从中阻挠。圣王尧舜德行高尚啊，他明智高远直逼苍穹。谗佞小人心怀嫉妒啊，给他加上不慈爱的恶名。君王嫌恶正直忠贤的君子啊，却喜爱那故作慷慨姿态的伪善小人。众多谗佞小人竞相奔走，日益得势啊，忠臣贤士被日益疏远，却远走高飞。

乱曰：曼余目以流观兮①，冀壹反之何时？鸟飞反故乡兮，狐死必首丘②。信非吾罪而弃逐兮，何日夜而忘之？

【注释】

①曼：本义是引而使长，这里指张大双眼。流观：四处观看。

②"鸟飞"以下两句：这是当时流行的成语。鸟飞虽远，终将返回故乡；狐狸死时，头必朝向其所出生的山丘。比喻对故土深厚而炽热的爱恋情怀。

【译文】

乱辞称：睁大我的眼睛环顾周围啊，盼望什么时候能回去一次？鸟儿远飞终究要返回故林啊，狐狸死时头必朝着故土山丘。实在不是我有罪过啊而被流放，何尝有一日一夜忘怀故都？

抽　思

"抽思"取自某些版本的少歌部分首句"与美人之抽思兮"中的二字。蒋骥《山带阁注楚辞》以为："抽，拔也。抽思，犹言剖露其心思，即指上陈之耿著言。"即剖陈心迹、将心中郁结的情思抒发出来的意思。关于《抽思》的创作时地，清人林云铭提出是屈原在怀王时作于汉北，蒋骥《山带阁注楚辞》也认为："此篇盖原怀王时斥居汉北所作也"，其说大致可信。《抽思》表达屈原被怀王疏远而蛰居汉北时，仍忧心国事，思念郢都，意欲回归的拳拳之情，以及心系怀王，而心境无由上达的愁苦。

心郁郁之忧思兮①，独永叹乎增伤。思蹇产之不释兮②，曼遭夜之方长。悲秋风之动容兮③，何回极之浮浮④。数惟荪之多怒兮⑤，伤余心之忧忧。愿摇起而横奔兮⑥，览民尤以自镇。结微情以陈词兮，矫以遗夫美人⑦。

①郁郁：忧愁的样子。

②蹇（jiǎn）产：情思屈曲而不得舒展的样子，即忧思郁结之义。

③动容：意即动摇。容，即"搈"，动。

④回极：回旋的天极。浮浮：变动不定的样子。

⑤数（shuò）：多次，频频。惟：思。荪：一种香草，这里用来比喻君王。

⑥摇起：迅速地起身、跃起。横奔：大步流星地疾急奔跑。

⑦骄：举起。美人：这里代指怀王。

【译文】

心中忧愁思绪烦乱啊，独自长叹又增感伤。情思郁结不能化解啊，漫漫长夜睡意全无。悲叹秋风猛烈撼动外物啊，何以竟使回旋的天极也变动不定？多次想起君王屡屡发怒啊，使我心伤忧苦无边。我愿疾起大步狂奔啊，看到百姓动辄得罪又静下心来。总结幽隐情思来陈词啊，将之举起送给君王。

昔君与我诚言兮①，曰黄昏以为期②。羌中道而回畔兮③，反既有此他志。骄吾以其美好兮④，览余以其修姱⑤。与余言而不信兮⑥，盖为余而造怒⑦。愿承间而自察兮⑧，心震悼而不敢⑨。悲夷犹而冀进兮⑩，心怛伤之憺憺⑪。

【注释】

①诚言:"诚"当做"成"。成言即已约定的言语。成,定。

②黄昏:日落的时候,古代于此时举行昏礼(即今婚礼)。屈原作品多以男女关系比喻君臣关系。

③羌:楚地方言,句首发语词。回畔:改道,改路。

④侨(jiāo):同"骄",骄傲,矜夸。

⑤览:向他人展示。修姱(kuā):美好。

⑥不信:不守信用,不可靠,即言而无信。

⑦蓋(hé):通"盍"。何,为什么。造怒:发怒,生气。

⑧间(jiàn):间隙,机会。自察:自我表白。

⑨震悼:内心惊恐、震恐的样子。

⑩夷犹:犹豫。进:进言。

⑪怛(dá):痛苦,忧伤。憺憺(dàn):因忧惧惊恐而心情动荡不安的样子。

【译文】

从前君王和我曾约定啊,说好相会在黄昏时分。半路上他却改了主意啊,转身而去有了别的想法。向我矜夸他的美好啊,对我展示他的才能。跟我说好的话不算数啊,为什么还对我怒气冲冲?我希望寻找机会表白自己啊,心里又惊惧不敢随意行动。悲伤犹豫盼望能进言啊,心中痛苦忧愁难安。

兹历情以陈辞兮①,荪详聋而不闻②。固切人之不媚兮③,众果以我为患④。初吾所陈之耿著兮⑤,

岂至今其庸亡⑥？何毒药之謇謇兮⑦，愿荪美之可完⑧。望三五以为像兮⑨，指彭咸以为仪⑩。夫何极而不至兮，故远闻而难亏⑪。善不由外来兮，名不可以虚作。孰无施而有报兮，孰不实而有获？

【注释】

①兹历：当作"历兹"。历，陈列，列举。兹，此。

②详（yáng）：通"佯"，假装。

③切（qiè）：正直，恳切。媚：谄媚，讨好。

④众：这里指跟屈原对立，专以谄媚君王为能事的谗佞小人。

⑤耿著：光明，明白。

⑥庸：乃。亡：忘。

⑦何毒药之謇謇兮：当作"何独乐斯之謇謇兮"。謇謇，形容忠贞切直的样子。

⑧完：当作"光"，发扬光大。

⑨三五：三指三王，即禹、汤、周文王；五指春秋五霸。一说指三皇五帝。像：法式，榜样。

⑩彭咸：传说是殷商时的贤人。仪：法式。

⑪闻：名声，声誉。亏：缺失，消歇。

【译文】

列数心事来陈辞啊，君王却假装耳聋听不见。本来正直的人就不会阿谀谄媚啊，一众小人果然把我当做祸患。当初我所陈说的话明明白白啊，难道如今竟全都忘却？为什么总是这样忠贞耿直啊，是希望君王美德能发扬光大。

仰慕三王五霸以他们为榜样啊，指着古贤彭咸以他为楷模。假若如此，还有什么终极不能达到啊，从此声名远播将会永远流芳。善心不会自外产生啊，名声不会凭空出现。谁能不给予便有回报啊，谁能不播种就有收获？

少歌曰^①：与美人抽怨兮^②，并日夜而无正^③。侨吾以其美好兮^④，敖朕辞而不听^⑤。

【注释】

①少歌：即《荀子·赋篇·佹诗》的"小歌"，是古代乐章结构的组成部分，对前一部分内容起小结、收束的作用。

②怨：朱熹《楚辞集注》本作"思"。

③并日夜：即夜以继日，日夜不分。并，合。无正：无从论证、评断是非。

④侨（jiāo）：同"骄"，骄傲，骄矜。

⑤敖（ào）：同"傲"。

【译文】

少歌说：跟君王剖白心迹啊，夜以继日却得不到评判。向我夸耀他的美好啊，傲慢地将我的言语抛在一边。

倡曰^①：有鸟自南兮^②，来集汉北^③。好婍佳丽兮，牉独处此异域^④。既茕独而不群兮^⑤，又无良媒在其侧^⑥。道卓远而日忘兮^⑦，愿自申而不得。望北山而流涕兮^⑧，临流水而太息。望孟夏之短夜兮^⑨，何晦明之若岁⑩！惟郢路之辽远兮，魂一夕而九逝⑪。曾不知路之曲直兮，南指月与列星⑫。愿径逝而未得兮⑬，魂识路之营营⑭。何灵魂之信直兮，人之心不与吾心同！理弱而媒不通兮⑮，尚不知余之从容⑯。

【注释】

①倡：同"唱"，古代乐章的结构组织形式之一，作用是发端启唱。

②鸟：屈原自喻为鸟。南：这里指郢都。

③汉北：汉水以北的地方，屈原当时被迁于此。

④胖（pàn）：分离，离别。异域：他乡，这里指汉北迁所。

⑤茕（qióng）：孤独。

⑥良媒：好的媒人，这里指能够为作者和怀王之间沟通关系的人。

⑦卓：同"逴（chuō）"，远。日忘：这里指被怀王一天天地淡忘。

⑧北山：当是郢都附近的山，或谓即郢都纪南城北的纪山。

⑨孟夏：阴历四月，初夏时节。

⑩晦明之若岁：形容度日如年，难以入眠。晦明，由夜至曙。晦，昏暗，黑夜。明，白昼。

⑪一夕而九逝：是说灵魂在一夜之内多次前往郢都，表达了对郢都的刻骨思念。夕，晚上。逝，去，往。

⑫南指月与列星：这里是说在由汉北往南去往郢都的路上，靠着月亮与群星来辨认方向。

⑬径逝：一直前往，返回郢都。

⑭识（zhì）：辨认。营营：形容来回走动的样子。

⑮理：媒人，媒介。

⑯从容：举动，行为。

【译文】

倡说：有只鸟儿从南边来啊，飞来栖息在汉北。容貌美好清丽动人啊，却独在异乡离群而居。既已孤身一个不能合群啊，又没好的媒人在旁扶持。道路遥远日渐被人遗忘啊，想要自己陈说却没有机会。望着北山落泪啊，对着流水叹息。初夏夜晚本来短暂啊，为何度日如年却难以入眠？想起回郢都的路途那么遥远啊，灵魂一夜之间多次前往。不知那道路是曲是直啊，只好靠着星月指认南去的方向。多想一直前往到达郢都却不被君王接纳啊，只有灵魂辨认那来往的路途。为何灵魂那么忠信正直啊，别人的心思和我却不一样！信使孱弱，没媒人通路子啊，还有谁知道我的言行思想。

乱曰：长濑湍流①，溯江潭兮②。狂顾南行③，聊以娱心兮。轸石崴嵬④，蹇吾愿兮⑤。超回志度⑥，行隐进兮⑦。低佪夷犹，宿北姑兮⑧。烦冤瞀容⑨，实沛徂兮⑩。愁叹苦神⑪，灵遥思兮。路远处幽，又无行媒兮。道思作颂⑫，聊以自救兮。忧心不遂，斯言谁告兮。

【注释】

①濑（lài）：沙石滩上的水流。湍（tuān）：急流。

②溯（sù）：逆流而上。潭：水深的地方。

③狂顾：心神迷乱而左右顾盼。南行：向着南方郢都
的方向而行。

④轸（zhěn）：通"畛"，田间道路。嵔嵬（wēiwéi）：
形容石头高低不平的样子。

⑤蹇（jiǎn）：使……艰难。

⑥超回：徘徊。志度：通"踜蹬"，意即踯躅，徘徊
不前。

⑦隐进：指一点点慢慢前进。

⑧北姑：大约是汉北一带的地名。

⑨烦冤：形容心中忧愁烦闷的样子。瞀（mào）容：
当为"瞀忬"，心情烦乱不安。瞀，乱。容，通
"忬"，不安。

⑩沛徂（cú）：即颠沛困苦地行进。徂，去往。

⑪苦神：伤神，损伤精神。

⑫道：通"导"，表达，表述。颂：即指本文。

【译文】

乱辞说：长长的沙石滩上流水湍急，沿着深潭逆流而
上啊。心神迷乱顾盼南行，聊且抚慰我的心伤啊。路上石
头高低不平，让我回家的路途艰难啊。徘徊踯躅，慢慢前
行啊。迟疑犹豫，停歇在北姑啊。愁闷烦乱，走得实在艰
辛啊。忧愁叹息，黯然神伤，灵魂仍在思念故乡啊。路途
遥远，居处幽僻，又没人为我通报啊。表达忧思写下歌词，

姑且自我解脱啊。忧郁心绪不得舒畅，这些话该向谁倾诉啊！

怀 沙

　　"怀沙"一名有两种说法：一是认为"沙"即"沙石"，"怀沙"意即怀抱沙石而自沉。东方朔《七谏·沉江》就有"怀沙砾以自沉兮，不忍见君之蔽壅"。此说在汉至宋间颇为流行。另种说法指"沙"为"长沙"，地名。"怀沙"即怀念长沙。明代汪瑗在《楚辞集解》中认为："世传屈原自投汨罗而死，汨罗在今长沙府。……怀者，感也。沙指长沙。题《怀沙》云者，犹《哀郢》之类也。"李陈玉《楚辞笺注》、钱澄之《庄屈合诂》、蒋骥《山带阁注楚辞》，以及今人游国恩、姜亮夫、马茂元等也同意"怀沙"为怀念长沙。因长沙是楚国始祖熊绎始封之地，是楚先王旧居，故此标题有"鸟飞反乡、狐死首丘"的涵义，体现了屈原的宗国故土情结。

　　诗篇虽未必是屈原的绝命辞，但距其投水而死理应不远。本篇一方面重申自己虽然屡受打击挫折，却始终不改高洁的志节；另一方面将批判的矛头指向楚国昏乱颠倒的政治与社会，述说谗佞当道，国君昏愦，"人心不可谓"的深深绝望和将死前的愤激和悲哀。全诗言辞激切，情调哀惨。

　　滔滔孟夏兮①，草木莽莽②。伤怀永哀兮，汨徂南土③。眴兮杳杳④，孔静幽默⑤。郁结纡轸兮⑥，离愍而长鞠⑦。抚情效志兮，冤屈而自抑。

【注释】

①滔滔：这里形容夏季暑热之气旺盛的样子。孟夏：
　阴历四月，初夏时节。

②莽莽：这里形容草木茂盛的样子。

③汩（yù）：快速地行走。徂：去，往。

④眴（shùn）：看。杳杳：昏暗，幽深。

⑤孔：很，甚。幽：幽深，深沉。默：寂静无声。

⑥郁结：形容心中忧郁的情思缠结积聚的样子。纡轸
　（yūzhěn）：形容内心情感扭曲而伤痛的样子。

⑦愍（mǐn）：哀痛，悲哀。鞠（jū）：困苦。

【译文】

暖洋洋的四月初夏啊，草木茂盛葱郁。心情伤感，哀思绵长啊，匆匆又往南迁。眼前景象昏暗幽深啊，静谧幽深万籁悄然。愁绪纠结，内心痛苦啊，遭受悲哀，困苦无边。抚慰忧伤，考量心志啊，暗自压抑内心沉冤。

刓方以为圜兮①，常度未替。易初本迪兮②，君子所鄙。章画志墨兮③，前图未改。内厚质正兮，大人所盛④。

【注释】

①刓（wán）：削，剜刻。圜（yuán）：同"圆"，圆形。

②本迪：常道，本来的路径。

③画：规划，计划。墨：即绳墨，木工画直线用的工具。

④大人：有三种说法：一指君子，二指居高位之人，三指有圣德之人。

【译文】

把方的削成圆的啊，正常的法度不能废弃！改变本心更替常道啊，这向来为君子所鄙薄。彰显原则标举准绳啊，前人的法度不曾更改。内心敦厚品格方正啊，大人君子盛赞不已。

巧倕不斫兮①，孰察其拨正②。玄文处幽兮，矇瞍谓之不章③。离娄微睇兮④，瞽以为无明⑤。变白以为黑兮，倒上以为下。凤皇在笯兮⑥，鸡鹜翔舞⑦。同糅玉石兮⑧，一概而相量⑨。夫惟党人鄙固兮，羌不知余之所臧⑩。任重载盛兮，陷滞而不济。怀瑾握瑜兮⑪，穷不知所示。邑犬之群吠兮⑫，吠所怪也。非俊疑杰兮⑬，固庸态也。文质疏内兮⑭，众不知余之异采。材朴委积兮⑮，莫知余之所有。

【注释】

①倕（chuí）：传说是虞舜时能工巧匠的名字。斫（zhuó）：砍，削。

②察：知道，了解。拨：弯曲。

③矇瞍（méngsǒu）：瞎子。

④离娄：古代传说中视力超强的人。睇（dì）：眼睛微睇着看。

⑤瞽（gǔ）：瞎子。

⑥笯（nú）：笼子。

⑦鹜（wù）：鸭。

⑧糅（róu）：错杂，混杂。玉石：指君子和小人。玉，比喻德行端正的君子。石，比喻谗佞小人。

⑨一概而相量：用一个度量衡标尺来衡量的意思，比喻善恶不分。概，古代称量米粟等时用来刮平斗斛的木板，这里引申为标准、尺度。量（liáng）：衡量。

⑩臧（cáng）：指自己所具备的美好品质。

⑪瑾（jǐn）：美玉。

⑫邑：城镇，城市，人口聚居的地方。

⑬非俊疑杰：非，毁谤，诋毁。俊、杰，都是指才能出众、智识过人的人。

⑭文质：外在和本质。文指外表。质指本质。疏：疏阔，阔略，没有太多繁文缛节。内（nè）：通"讷"，木讷，不善言辞。

⑮材朴：可以使用的木材、木料，这里比喻人的才干。委积：堆积。

【译文】

巧匠倕如果不砍不削啊，谁会知道是曲是直？黑色花纹隐在暗处啊，瞎子也说它不明显。离娄眯着眼睛看啊，盲人认为他没眼力。把白变成黑啊，把上下颠倒过来。凤凰被关进笼子啊，鸡鸭却肆意飞舞。美玉顽石掺杂在一起啊，用一个标尺衡量它们。结党营私之徒卑鄙顽固啊，不知我内蕴的美好。负担太重装载过多啊，陷没停滞难达目标。怀抱美玉，手握宝石啊，身处困境，不知向谁展示。城里的狗一起狂叫啊，对着它们眼中怪异的人事叫嚣。毁谤俊才，猜忌贤才啊，本来就是庸人的常貌。外表质朴秉性木讷啊，众人不知我出众的文采。栋梁之材堆积一旁啊，我的才能无人知晓。

重仁袭义兮^①，谨厚以为丰。重华不可遌兮^②，孰知余之从容^③！古固有不并兮^④，岂知其何故？汤禹久远兮，邈而不可慕^⑤。

【注释】

①重（chóng）：积累，重叠。袭：重累，重叠。

②遌（è）：遇。

③从容：行为，举动。

④不并：指圣君与贤臣不生在一个时代。

⑤邈（miǎo）：远。慕：仰慕，思念。

【译文】

积累宽仁培养忠义啊，谨慎敦厚充实自身。圣王重华不能与他相遇啊，有谁能了解我的言行举动？明君贤臣自古就不常生在一个时代啊，怎知其中的原因？汤禹距今如此久远啊，时代太早让人无从表达思慕之情。

惩连改忿兮^①，抑心而自强。离慜而不迁兮^②，愿志之有像^③。进路北次兮，日昧昧其将暮^④。舒忧娱哀兮^⑤，限之以大故^⑥。

①惩：止住。连：当从《史记·屈原贾生列传》作
"违"，恨的意思。

②愍（mǐn）：同"愍"，祸难。

③像：法则，榜样。

④昧昧：形容昏暗的样子。

⑤舒忧娱哀：舒散、发泄忧愁，使悲哀的情绪快乐
起来。

⑥限：限度，期限。大故：死亡。

【译文】

克制心中怨恨改掉自己的愤怒啊，平抑心情自我勉励。
饱受哀愁却不变心啊，希望志节有所依归。向北进发暂且
停歇啊，天色昏暗快到黄昏。舒散忧愁排遣悲哀啊，期限
已到死亡将临。

乱曰：浩浩沅湘，分流汩兮①。修路幽蔽，道
远忽兮②。怀质抱情，独无匹兮。伯乐既没③，骥焉
程兮④。万民之生，各有所错兮⑤。定心广志，余何
畏惧兮？曾伤爰哀⑥，永叹喟兮⑦。世溷浊莫吾知，
人心不可谓兮。知死不可让，愿勿爱兮。明告君
子，吾将以为类兮⑧。

【注释】

①汩（gù）：水流湍急的样子。

②忽：荒忽，茫茫，辽远阔大的样子。

③伯乐：古代传说中善于识别、挑选马匹的人。没（mò）：通"殁"，死亡。

④骥：好马，良马。程：衡量，测量。

⑤错：安置。

⑥曾：重累。爰：哀伤不止。

⑦喟（kuì）：叹息。

⑧类：法则，标准，榜样。

【译文】

乱辞说：沅湘之水阔大，湍急向前奔流啊。长路幽深昏暗，辽远苍茫无际啊。内心修美品格坚贞，无可匹敌啊。伯乐已死，好马又该怎样衡量啊。万民降生，各有自己的命运啊。安心骋志，我还有什么好畏惧啊。满腹哀伤无休无止，叹息长久不绝啊。世间混浊无人理解，我对人心已无话可说啊。知道死亡不可避免，宁愿不再爱惜自己啊。明白地告诉大人君子，我将以此作为法则啊。

思美人

"思美人"由篇首语"思美人兮，擥涕而伫眙"而来，所谓"美人"，有"怀王"或"襄王"之说，后人多认同王逸《楚辞章句》的"怀王"说。"思美人"，如王逸所说"言己忧思，念怀王也"的意思。《思美人》抒发了思念君王，却得不到表白心志的机会、无法接受变节以从俗邀宠的郁怨，也坚定了始终执守高洁人格与美政理想、宁死不变节的信念。

本篇的创作时地，多沿袭王逸的流放江南时的说法。

至清代林云铭《楚辞灯》则提出："与江南之野所作无涉。"屈复《楚辞新集注》也指出："此亦迁汉北时作也。"近代沈德鸿、姜亮夫、陈子展等人也认为此篇是屈原于怀王时作于汉北，兹从后说。

思美人兮，揽涕而伫眙①。媒绝路阻兮②，言不可结而诒③。蹇蹇之烦冤兮④，陷滞而不发⑤。申旦以舒中情兮⑥，志沉菀而莫达⑦。愿寄言于浮云兮，遇丰隆而不将⑧。因归鸟而致辞兮，羌宿高而难当⑨。

【注释】

①揽（lǎn）涕：擦干、收起眼泪。揽，同"揽"。伫眙（zhùchì）：久久站立，注视前方。

②媒绝：指自己孤单一人，无人为自己和君王沟通。绝，断绝。路阻：这里比喻自己和君王之间存在隔阂，无法互相了解、沟通。

③诒（yí）：赠送。

④蹇蹇（jiǎn）：形容情绪滞塞、郁结而不通畅的样子。烦冤：形容心情烦乱而郁积不得发泄的样子。

⑤陷滞而不发：指愁闷烦乱的情绪郁积于内，无法发泄舒散。

⑥申旦：由夜至曙，通宵达旦。中情：屈原作品习语，即内心情感。

⑦沉菀（yùn）：形容心思郁积而不通的样子。

⑧丰隆：古代神话传说中云神的名号。不将：不听从命令。

⑨羌：楚地方言，句首发语词。宿：当作"迅"，即速度快。当：遇到。

【译文】

思念我那美人啊，擦干眼泪久久伫立，望眼欲穿。媒人断绝了消息，路途多有险阻啊，有话对君王说却言不成句。烦闷愁苦郁积我胸中啊，陷滞停留却难以舒泄。由夜至曙我想要抒怀啊，心思缠结却又无法传达。愿把话儿托付给浮云啊，碰上云神不听我言。想靠归鸟为我传辞啊，它迅疾高飞，转瞬不见。

高辛之灵盛兮①，遭玄鸟而致诒②。欲变节以从俗兮，愧易初而屈志。独历年而离愍兮③，羌冯心犹未化④。宁隐闵而寿考兮⑤，何变易之可为！知前辙之不遂兮⑥，未改此度。车既覆而马颠兮，蹇独怀此异路⑦。勒骐骥而更驾兮⑧，造父为我操之⑨。迁逡次而勿驱兮⑩，聊假日以须时。指嶓冢之西隈兮⑪，与缥黄以为期⑫。

【注释】

①高辛：五帝之一帝喾的名号。灵盛：神灵旺盛充沛。

②玄鸟：燕。致诒：传送礼物。诒，礼物。

③离愍（mǐn）：遭遇忧愁。

④冯（píng）：愤怒，愤懑。

⑤隐闵：隐忍，沉默不言。寿考：终身。

⑥前辙：前面、未来的道路。遂：通达，顺利。

⑦蹇（jiǎn）：通"謇"，句首发语词。异路：与世俗之人不同的道路。

⑧勒：本义是套在马首上的笼头，这里释为拉紧缰绳止马。骐骥：一种骏马的名称。

⑨造父：周穆王时人，以善于驾车著称。操：执辔驾车。

⑩迁：迁延不进的样子。逡（qūn）次：徘徊不前的样子。

⑪嶓冢（bōzhǒng）：山名。大约是蜿蜒于陕甘交界处的山脉名称，汉水的发源处。隈（wēi）：山崖。

⑫纁（xūn）黄：日落、黄昏的时候。

【译文】

古帝高辛神灵多么荣盛啊，遇上玄鸟为他传送礼物。想要改变志节追随流俗啊，我又以改变节操委屈心志为愧。常年独自经受忧痛熬煎啊，一腔怨懑依旧不能化解。宁愿隐忍不言了此穷苦一生啊，又怎能改辙变节呢？明知前方道路艰难不通啊，却不更改这种处世原则。车已颠覆，马已颓倒啊，这路与众不同却仍是我的选择。勒住骏马，重套车驾啊，造父为我执辔驾驭。要他慢慢前行且莫纵马疾驰啊，姑且偷闲一番等待时机。指着嶓冢山的西面山崖啊，约好黄昏时分在那里相见。

开春发岁兮，白日出之悠悠。吾将荡志而愉乐兮①，遵江夏以娱忧②。擥大薄之芳茝兮③，搴长洲之宿莽④。惜吾不及古人兮⑤，吾谁与玩此芳草？解萹薄与杂菜兮⑥，备以为交佩⑦。佩缤纷以缭转兮，遂萎绝而离异。吾且僴佪以娱忧兮⑧，观南人之变态⑨。窃快在中心兮，扬厥凭而不竢⑩。芳与泽其杂糅兮，羌芳华自中出⑪。纷郁郁其远承兮⑫，满内而外扬。情与质信可保兮⑬，羌居蔽而闻章。

【注释】

①荡志：放纵情思，开怀。荡，放荡，放纵。

②娱忧：排解忧愁。

③搴：持取，摘取。薄：草木丛生的地方。茝（zhǐ）：香草名，或即白芷。

④搴：拔取。长洲：即形状长而大的沙洲。洲，沙洲，岛屿。宿莽：一种越冬生长的草本植物，或即卷葹草。

⑤不及古人：未能和古代的圣贤君子同处一个时代。

⑥萹（biān）薄：丛生的萹蓄。萹，萹蓄，一名萹竹。蓼科，一年生平卧草本植物。薄，丛生的杂草。

⑦交佩：两两相交的佩饰物。

⑧僴（chán）佪：徘徊不前的样子。

⑨南人：郢都以南之人。变态：不正常的情态。

⑩凭：愤懑，愤怒。竢（sì）：等待。

⑪羌：句首发语词，楚地方言。芳华：即芬芳的花朵。华，同"花"。自中出：从里面凸显出来。

⑫纷：疑当作"芬"，芳香之气。郁郁：这里形容香气浓郁的样子。远承：指香气向远处飘散。"承"即"烝"，气味向外飘扬发散。

⑬情：指人的外在感情。质：指人的内在本体的特质、
　特征，即本质。

【译文】

　　春天到来新年开始啊，白天的时间越来越长。我将敞
开心扉寻找快乐啊，沿着江水、夏水消解忧愁。摘下丛林
里芬芳的茞草啊，拔取大沙洲上生长的宿莽。可惜我没能
生在古代先贤的时代啊，如今与谁一起玩赏这些芳香的花
草？采折丛生的蒿蓄杂菜啊，备作左右相交的佩饰。它们
缤纷繁盛缭绕周身啊，最终却枯萎凋落，被扔在一旁。我
且徘徊闲行消愁解闷啊，瞧瞧这些南人不正常的情态。一
丝快意暗自浮上心头啊，舒散愤懑不必再有所期待。虽然
芳香、污秽混杂在一处啊，花朵的芬芳依旧难以掩盖。浓
郁香气远远飘散啊，充盈于内自然会发散于外。我的心志
若能真的保持啊，居处虽然蔽塞，也能名声显扬。

　　令薜荔以为理兮①，惮举趾而缘木。因芙蓉而
为媒兮，惮褰裳而濡足②。登高吾不说兮③，入下吾
不能。固朕形之不服兮，然容与而狐疑。广遂前画
兮④，未改此度也。命则处幽⑤，吾将罢兮⑥，愿及
白日之未暮⑦。独茕茕而南行兮⑧，思彭咸之故也。

【注释】

①薜荔：香草名，一种缠绕着树木生长的藤本植物。
　理：媒人，媒介。
②褰（qiān）：通"搴"，提起。濡（rú）：沾湿，浸湿。

③说：通"悦"，喜爱，喜欢。

④遂：道路。画：分布。

⑤处幽：居处于幽暗僻远的地方，这里指被疏遭逐而出居汉北荒凉之地。

⑥罢：即休止，作罢。一通"疲"，指疲乏，疲劳。

⑦白日之未暮：比喻尚有时日，要抓紧时间，及时有所作为。

⑧茕茕（qióng）：形容孤独的样子。

【译文】

命令薜荔去做信使啊，却恐怕如同抬脚攀援树木。依靠芙蓉去做媒人啊，却担心提起裤子将双脚弄湿。向高处攀爬我不喜欢啊，往低处行走我也不愿。本来是我的形貌不适应当世啊，我却仍然犹豫不决徘徊踯躅。广阔道路向前方延伸啊，我却仍然不改一贯法度。命中注定居于幽僻之地，我将就此停止下来啊，但仍愿趁年轻有所作为。独自一人往南行走啊，这是思念彭咸的缘故。

惜往日

《惜往日》记载了屈原的一些生平史实，是屈原临终前不久的作品，这一点学界大都认可，但是否为屈原的绝笔，尚有争议。蒋骥《山带阁注楚辞》、夏大霖《屈骚心印》、陆侃如《屈原评传》、郭沫若《屈原研究》、游国恩《楚辞论文集》、姜亮夫《楚辞今绎讲录》等，均持肯定态度。从文中"宁溘死而流亡兮，恐祸殃之有再。不毕辞而赴渊兮，惜壅君之不识"语气看，此篇应是绝命词。

关于本篇内容，姜亮夫《屈原赋校注》说："言己初见信任，楚几于治。而怀王不知君子小人之情，以忠为邪，以谮为信，贞臣无辜，遂以见逐。然楚君昏暗，任私无法，而秦方朝夕以谋东略，则国亡无日，义恐再辱，遂欲赴渊，又惧无益君国，徒死无用，遂剀切以陈，思以牖启昏暗；然法度已隳，罔可救药，故毕辞赴渊以成其忠爱之忱矣！"其说颇为允当。而钱澄之在《庄屈合诂》中进一步引申说"《惜往日》者，思往日之王之见任而使造为宪令也。始曰'明法度之嫌疑'，终曰'背法度而心治'，原一生学术在此矣。楚能卒用之，必且大治；而为上官所谮，中废其事，为可惜也。原之惜，非惜己身不见用，惜己功之不成也。"此见解甚为精辟。

　　惜往日之曾信兮①，受命诏以昭诗②。奉先功以照下兮③，明法度之嫌疑④。国富强而法立兮，属贞臣而日娭⑤。秘密事之载心兮⑥，虽过失犹弗治。心纯庞而不泄兮⑦，遭谗人而嫉之。君含怒而待臣兮⑧，不清澈其然否。蔽晦君之聪明兮⑨，虚惑误又以欺⑩。弗参验以考实兮⑪，远迁臣而弗思。信谗谀之溷浊兮，盛气志而过之。何贞臣之无罪兮，被离谤而见尤⑫。惭光景之诚信兮⑬，身幽隐而备之⑭。

【注释】

①往日：这里指屈原青壮年时被怀王信任并重用的那一段时期。

②命诏：君王发布的命令或文告。昭：明。诗：当从朱熹本作"时"，时世。

③先功：指楚国前代君王的功业、业绩。功，指对国而言的事功、功绩。照下：昭示下民。

④法度：指国家的章程、法令、制度。嫌疑：指法度中不明确或有疑难的地方。

⑤属（zhǔ）：托付。娱（xī）：游乐，嬉戏。

⑥秘密：即"黾勉"，勤勉，勤恳。

⑦庞（máng）：敦厚，厚道。不泄：出言谨慎，不随便乱说话。泄，泄漏。

⑧君含怒而待臣：《史记·屈原贾生列传》："怀王使屈原造为宪令，屈平属草稿未定。上官大夫见而欲夺之，屈平不与。因谗之曰：'王使屈平为令，众莫不知，每一令出，平伐其功，曰以为非我莫能为也。'王怒而疏屈平。"大约即指此事。

⑨蔽晦：遮蔽、蒙蔽从而使之昏暗不明。聪明：聪就听觉而言，明就视觉而言，所谓"耳聪目明"，即视听感官敏锐的意思。引申则指判断、辨别是非善恶的能力。

⑩虚：空虚不实，假而伪。惑：使……疑惑。误：使……行为举动颠倒错讹。

⑪参：参互比较。考实：考察、考核事实真相。

⑫被：蒙受。离：当从洪兴祖及朱熹本作"谎"，诽谤。尤：罪过，罪责。

⑬景（yǐng）：同"影"。

⑭幽隐：这里形容其居所的偏僻荒凉。备：具备。

【译文】

痛惜年轻时曾受信任啊，传达君王的诏令昭明时世。承袭先王的功业昭示下民啊，辨明法度决断疑难。国家富强法度建立啊，国政托付忠臣而君王轻松游乐。勤于国事时刻在心啊，即使有过失也没有治罪。心性敦厚而不随便说话啊，竟遭谗佞小人妒嫉。君王满含怒火对待臣下啊，不去澄清其中对错是非。小人蒙蔽了君王耳目啊，用假话误导君王又欺骗了他。君王不去比较核查事情的真相啊，远远把我放逐不加考虑。君王听信谗言奉承的话啊，对我怒气冲冲大加责备。为何忠臣本无罪过啊，却遭到诽谤承受罪过？惭愧的是日月光影真实无伪啊，身处僻远之地也得蒙其光辉。

临沅湘之玄渊兮①，遂自忍而沉流？卒没身而绝名兮，惜壅君之不昭②。君无度而弗察兮③，使芳草为薮幽④。焉舒情而抽信兮，恬死亡而不聊⑤。独鄣壅而蔽隐兮⑥，使贞臣为无由。

【注释】

①玄渊：水呈黑色的深渊。
②壅（yōng）君：被壅蔽、蒙蔽的君王。
③度：法度，客观的衡量标准。
④薮（sǒu）幽：水泽幽暗的地方。
⑤恬：安适，安静。聊：苟且偷生。

⑥鄣壅：阻塞，阻隔。鄣，同"障"。壅，义近"障"，
又写作"雍"。

【译文】

走近沅湘这深渊啊，就此忍心自沉江流？最终身死名
声磨灭啊，痛惜君王被蒙蔽而不觉悟。君王没有原则不能
明察啊，把香草丢弃在深暗水沼。该如何打开心扉、展示
诚信啊，安静地死亡，我决不苟且偷生。只因有着重重阻
碍啊，令忠贞的臣子无从接近君王。

闻百里之为虏兮①，伊尹烹于庖厨②。吕望屠于
朝歌兮③，宁戚歌而饭牛④。不逢汤武与桓缪兮，世
孰云而知之？吴信谗而弗味兮⑤，子胥死而后忧⑥。
介子忠而立枯兮⑦，文君寤而追求⑧。封介山而为之
禁兮⑨，报大德之优游⑩。思久故之亲身兮，因缟素
而哭之⑪。

【注释】

①百里：即百里奚，春秋时人。初为虞国大夫，晋献
公灭虞时被俘，后作为陪嫁媵臣入秦国。后又亡秦
入楚，为楚人所执。时秦穆公闻其贤能，遣人至
楚，以五张羊皮赎得其身，用为大夫，故又称之为
"五羖（gǔ）大夫"。

②伊尹：商初成汤的大臣，名挚，尹是官名，因其母
居伊水，故称伊尹。庖（páo）厨：厨房。庖厨烹饪
之事古代视为下贱者所为。

③吕望：即俗称所谓姜太公、姜子牙。其佐周文、武王，乃灭商功臣，后封于齐，为齐国始祖，其族世代为姬周姻亲。朝（zhāo）歌：古地名，殷纣时国都，在今河南淇县。

④宁戚：春秋时卫人，曾至齐国国都经商，喂牛而歌，为齐桓公所闻，桓公认为他是贤人，遂任用其为大夫。

⑤吴：这里指吴王夫差。

⑥子胥：即伍子胥。后忧：指日后的亡国之忧。

⑦介子：介子推。春秋时晋国人，曾跟随晋文公重耳在外流亡十九年，文公归国继位后，介子推携母隐于绵山中。立枯：抱着树而被烧死。

⑧文君：晋文公，晋献公子，犬戎女所生，姬姓，名重耳，"春秋五霸"之一。寤（wù）：觉醒，醒悟。

⑨介山：古代山名。因介子推而得名，在今山西介休。禁：禁止民众上介山砍柴打猎，因为晋文公将介山作为介子推的封地。

⑩优游：形容德行至高至大。

⑪缟（gǎo）素：本义是白色的织物，这里指白色的丧服。

【译文】

听说百里奚做过俘虏啊，伊尹在厨房里烹制过食物。吕望在朝歌做过屠夫啊，宁戚边唱歌边喂过牛。若非遇到商汤、周武王、齐桓公、秦穆公啊，世上谁会说知道他们的好处？夫差听信谗言不加思量啊，伍子胥死后国家败亡。介子推忠于晋文公却被烧死啊，晋文公醒悟后立刻去访求。将介山作为他的封地禁止樵猎啊，来报答他的仁厚大德。

怀念他是多年亲密的故人啊，穿上白色丧服痛哭泪流。

或忠信而死节兮，或讪谩而不疑^①。弗省察而按实兮^②，听谗人之虚词。芳与泽其杂糅兮^③，孰申旦而别之^④？何芳草之早夭兮^⑤，微霜降而下戒。谅聪不明而蔽壅兮^⑥，使谗谀而日得。

【注释】

①讪谩（tuómán）：欺骗，诈伪。

②省（xǐng）：检察，审察。按：考察。

③泽：当为"臭"字之误。

④申旦：意即日复一日。申，重复。旦，天亮。

⑤夭（yāo）：夭折，死亡。

⑥谅：确实，的确。聪不明：即听觉不敏锐，引申就是偏听偏信，不辨是非忠奸。

【译文】

有人忠贞诚信却为节操而死啊，有人欺诈虚伪却没有人怀疑。不审察验证核对事实啊，却听信小人的不实之言。芳香腐臭混杂一处啊，谁能日复一日来加以辨析？为什么芳草过早夭亡啊，寒霜从天而降，给以警示。实在是君王偏听偏信受到蒙蔽啊，才使谗谀之徒日益得势。

自前世之嫉贤兮，谓蕙若其不可佩^①。妒佳冶之芬芳兮，嫫母姣而自好^②。虽有西施之美容兮^③，谗妒入以自代。愿陈情以白行兮^④，得罪过之不意。

情冤见之日明兮⑤，如列宿之错置⑥。

【注释】

①蕙若：两种香草的名称。

②嫫（mó）母：传说是黄帝的妃子，貌丑。后世作为丑女的代名词。这里比喻奸邪小人。姣：容貌美丽。

③西施：春秋时越国人，以貌美著称，越人将其献于吴王夫差，令夫差荒淫不理政事，后卒亡吴国。

④白行：表白、说明自己的所作所为。

⑤情冤：指是非曲直。情，真情，真实。冤，冤枉，委屈。见（xiàn）：同"现"，表现，显现。日明：一天天地变得明白起来。

⑥列宿：排列在天幕上的众多星宿。错：通"措"，放置，安放。

【译文】

自古以来小人嫉贤妒能啊，都说芬芳的蕙草、杜若不可佩带。妒忌佳人芳美袭人啊，丑妇嫫母却自认为美丽而装出媚态。即使有西施那样的美艳容貌啊，谗妒小人也要钻进来取代。希望陈述衷情，表白所为啊，却无意之间招致罪过。事实与冤屈终究会得到澄清啊，就像天上星宿般排列有序。

乘骐骥而驰骋兮，无辔衔而自载①；乘氾泭以下流兮②，无舟楫而自备。背法度而心治兮③，辟与此其无异④。宁溘死而流亡兮⑤，恐祸殃之有再。不毕辞而赴渊兮，惜壅君之不识。

【注释】

①辔（pèi）：马缰绳。衔：马嚼子。

②氾淰（fànfú）：筏子。

③心治：依着一己的私心去治理。

④辟：通"譬"，譬如，好像。

⑤溘（kè）：忽然，快速。流亡：随流水而去。

【译文】

骑上骏马我自由驰骋啊，没有缰绳和衔铁自行驾驭。乘着筏子顺流而下啊，却无船桨而要自己准备。背离法度自行治理啊，这跟以上情形没有两样。宁愿突然死去随流水飘逝啊，只怕再一次遭受祸殃。不把话说完便投赴深渊啊，痛惜君王被蒙蔽却一无所知。

橘 颂

洪兴祖《楚辞补注》曰："美橘有是德，故曰颂。"《橘颂》即对橘树的颂歌，是屈原自比志节如橘，不可移徙。关于《橘颂》的创作时间，王逸以来的注家均认为是顷襄时，如林云铭《楚辞灯》认为是在流放地"触目所见，借以自写"等。至明代汪瑷提出质疑，清之学者姚鼐更确切地说"疑此篇尚在怀王朝初被逸时所作，故首言'后皇'，末言'年岁虽少'，与《涉江》'年既老'之时异矣。"今人多认同为屈原青年时代担任三闾大夫一职时的作品。

《橘颂》是我国文学史上第一首文人咏物诗，开后世咏物诗的先河。本篇以细腻生动的笔触从橘树外形开始描绘，全景观照、细节刻画、内外结合、总分交汇，在有限的篇幅内腾挪变化，成功地塑造了橘树的美丽外表。随后由外转向里，将橘树绰约风姿比拟为坚守操守、保持公正无私品格的君子，挖掘其超乎寻常的品性：独立不迁、深固难移、遗世独立、闭心自慎、柔德无私。创设出咏橘述志，描物喻人的圆融诗境。

后皇嘉树①，橘徕服兮②。受命不迁③，生南国兮④。深固难徙，更壹志兮。绿叶素荣⑤，纷其可喜兮⑥。曾枝剡棘⑦，圆果抟兮⑧。青黄杂糅⑨，文章烂兮⑩。精色内白⑪，类可任兮⑫。纷缊宜修⑬，姱而不丑兮⑭。

【注释】

①后：后土。后土是古人对土地的尊称，大地在古人心目中地位极为崇高，是具有神性、神格的事物。

②徕（lái）：来。服：习惯，适应。

③迁：迁移，迁徙。橘是南方特有的植物，所以说"不迁"。

④南国：泛释之为南方之义。在屈原的时代南方即楚国之地。

⑤素：白。荣：花。

⑥纷：这里形容橘树花叶茂盛的样子。

⑦曾：层层叠叠。剡（yǎn）：尖，锐利。棘：刺。

⑧抟（tuán）：圆。

⑨青黄：橘的果实未成熟时外皮呈青色，成熟时则呈黄色。杂糅：各种不同的东西混杂在一起，这里指青、黄两色交织、混杂。

⑩文章：文采，错综华美的色彩或花纹。文，同"纹"。章，文采。烂：色彩鲜明灿烂。

⑪精色：指橘实外表皮色明亮。内白：指橘实内部瓤肉色泽洁白。

⑫类可任兮：如同肩负重任的君子。当依洪兴祖、朱熹等校语作"类任道兮"。类，似，好像。任，承担，担任，肩负。

⑬纷缊（yūn）：纷繁茂盛，是针对橘树枝、叶、花、果各个方面而言的。宜修：修饰得宜，恰到好处。

⑭姱（kuā）：美好。

【译文】

后土皇天的美好橘树，它生来适应这片土地啊。禀承天地之命决不外迁，扎根生长在南方大地啊。根深牢固难以迁移，更加具有专一的心志啊。绿色的叶子白色的花朵，缤纷茂盛惹人喜爱啊。层叠的树枝尖锐的利刺，圆圆的果实簇聚成团啊。青黄两色混杂在一起，色泽文采多么美丽啊。外表鲜丽，内在纯洁，如同肩负重任的君子啊。枝叶花果纷繁茂盛，修饰得宜，美丽没有一点瑕疵啊。

嗟尔幼志①，有以异兮。独立不迁，岂不可喜兮？深固难徙，廓其无求兮②。苏世独立，横而不流兮^③。闭心自慎^④，不终失过兮^⑤。秉德无私，参天地兮^⑥。愿岁并谢^⑦，与长友兮。淑离不淫^⑧，梗其有理兮。年岁虽少，可师长兮。行比伯夷^⑨，置以为像兮^⑩。

【注释】

①嗟（jiē）：表示感叹语气的虚词。

②廓：广大，空阔。这里指橘树的心境、品格的阔大，申言之即超脱旷达的意思。

③横：充满。不流：不随波逐流、媚俗从众、与世沉浮。

④闭心：将心灵关闭，如此则能排除外界的诱惑与干扰，保持自身内心世界的纯净。

⑤不终失过：当作"终不失过"，即始终不犯错误。

⑥参：三。这里指与天地相配，合而成三。

⑦谢：离去，这里指岁月流逝。

⑧淑离：鲜明美好的样子。

⑨伯夷：商代末年孤竹国国君的长子，因与弟叔齐互相谦让王位而双双去国弃位，来到周国。后谏阻周武王伐纣，武王不纳其言，遂双双逃隐于首阳山，耻食周粟而饿死在山里。

⑩置：建立，树立。像：法式，榜样。

【译文】

惊叹你从小志向便与众不同啊。巍然独立而不变更，怎能不令人欢喜啊。根深蒂固难以移动，胸襟开阔无所欲求啊。清醒卓立在人间浊世，志节充盈，决不随波逐流啊。

闭敛心扉，摒除物扰，保持审慎，始终不犯过错啊。秉持道德，公正无私，和天地同在啊。愿与岁月一起流逝，和你长久相伴永远为友啊。心灵美好而不淫乱，坚强正直而有条理啊。年纪虽小，可为人师啊。高洁德行与伯夷比肩，把你作为榜样来学习啊。

悲回风

"悲回风"一名取自篇首句"悲回风之摇蕙兮"，其写作时间历来学界多有歧义，如陆侃如等怀王十六年放逐汉北时说；林云铭等襄王六、七年间说；蒋骥等自沉汨罗前一年秋天说；王夫之等自沉之时所作等四种意见。从篇中所流露的感情来看，当是屈原自沉前不久，因秋夜愁苦不堪，难以入睡，感回风吹起，凋伤万物，抒发兰草独芳，君子遭乱而不变其志的内心愤懑之情。

《悲回风》没有叙事成份，全篇为诗人内心的独白。由诗人见"回风之摇蕙"的观物之感，联想到美好事物因遭受暴力摧残而毁灭，内心感情沉郁，意境迷离，充满了悲伤的气氛和绝望的情绪。

悲回风之摇蕙兮①，心冤结而内伤②。物有微而陨性兮③，声有隐而先倡④。夫何彭咸之造思兮⑤，暨志介而不忘⑥！万变其情岂可盖兮，孰虚伪之可长！鸟兽鸣以号群兮，草苴比而不芳⑦。鱼葺鳞以自别兮⑧，蛟龙隐其文章。故荼荠不同亩兮⑨，兰茝幽而独芳。惟佳人之永都兮⑩，更统世而自贶⑪。眇远志之所及兮⑫，怜浮云之相羊⑬。介眇志之所惑兮，窃赋诗之所明。

【注释】

①回风：疾风，旋风。蕙：一种香草。

②冤结：形容心情忧伤、愁闷的样子。伤：悲伤，哀痛。

③物：这里指蕙而言。陨（yǔn）：陨落，凋丧。性：生命，性命。

④声：这里指风声。隐：这里指风声藏匿无形。倡：起始，先导。

⑤造思：树立的思想。造，制造，造就。

⑥暨（jì）：与，和。介：坚固，坚定，坚贞。

⑦苴（chá）：枯草。比：合在一起。

⑧葺（qì）：整理，修饰。

⑨荼（tú）：苦菜。荠（jì）：一种味甘的野菜。

⑩惟：思念。佳人：这里或是屈原自谓。佳，美好。都：美好。

⑪更：经历，经过。统世：经过几世几代，历时久远。贶（kuàng）：给与，赐与。

⑫眇（miǎo）：远。及：至，到达。

⑬相羊：形容飘浮、游荡、没有凭依的样子。

【译文】

悲悯疾风摇落蕙草啊，内心忧伤愁思郁结。蕙草微小而丧失了性命啊，风声隐匿无形却能发出声响。为什么彭咸树立的思想啊，和他那坚定志节让我无法忘怀？情态万变，怎能掩盖内心的真实啊，虚伪的事物哪会绵延久长？鸟兽鸣叫招呼同类啊，荣草、枯草不能一起散发芳香。鱼儿修饰鳞片显示其与众不同啊，蛟龙则将身上文采隐藏。所以苦菜和甘荠不能在同一块田里生长啊，兰花芷草在幽僻之地独自散发芬芳。想起君子永远那么美好啊，经历几世几代却自求多福。志向远大与天比高啊，怜惜浮云游荡无依。我志向远大坚定让世人迷惑啊，暗自写作诗篇表明心志。

　　惟佳人之独怀兮①，折若椒以自处②。曾歔欷之嗟嗟兮③，独隐伏而思虑。涕泣交而凄凄兮④，思不眠以至曙。终长夜之曼曼兮，掩此哀而不去。寤从容以周流兮，聊逍遥以自恃⑤。伤太息之愍怜兮⑥，气於邑而不可止⑦。纠思心以为𦆯兮⑧，编愁苦以为膺⑨。折若木以蔽光兮⑩，随飘风之所仍⑪。存髣髴而不见兮⑫，心踊跃其若汤⑬。抚珮衽以案志兮⑭，超惘惘而遂行⑮。岁忽忽其若颓兮⑯，时亦冉冉而将至⑰。蘋蘅槁而节离兮⑱，芳以歇而不比⑲。怜思心之不可惩兮，证此言之不可聊。宁逝死而流亡兮⑳，不忍为此之常愁。孤子吟而抆泪兮㉑，放子出而不还。孰能思而不隐兮，照彭咸之所闻。

【注释】

①惟：思念，想念。独怀：独特的胸襟、怀抱。怀，胸怀，襟怀。

②若：杜若，一种香草的名称。椒：一种芳香的植物，

或即花椒。

③曾（céng）：重累。歔欷（xūxī）：哭泣，哽咽。嗟嗟（jiē）：不断叹息。

④凄凄：形容悲伤的样子。

⑤逍遥：遨游嬉戏以自适其心怀。恃：怙恃，依赖，依靠。

⑥愍（mǐn）怜：怜悯。

⑦於（wū）邑：呜咽，哽咽。

⑧纠（jiū）：编结，缠扎。纕（xiāng）：佩带。

⑨膺：大约是紧贴前胸的衣物。

⑩若木：古代神话传说中的神木。

⑪飘风：疾风，旋风。仍：跟从，跟随。

⑫髣髴（fǎngfú）：仿佛，好像。

⑬踊跃：跳动，跳跃。汤：热水。

⑭珮：玉佩，一种玉制的装饰品。袵（rèn）：衣襟。案：抑制。

⑮超惘惘（wǎng）：惆怅，怅惘。

⑯智智（hū）：即"忽忽"，这里形容时间流逝的样子，有迫促、迅疾的含义。颓：下坠，流逝，过去。

⑰时：这里指老年，老境。冉冉：形容渐渐前进的样子。

⑱蘋（fán）：一种水草的名称。蘅（héng）：一种香草的名称，即杜蘅。槁（gǎo）：枯。节离：枝节脱落、断开。

⑲不比：即不再茂盛，不再显得生机勃勃。比，茂盛。

⑳宁逝死而流亡兮：当作"宁溘死而流亡兮"。这是

屈赋成句，又见于《离骚》、《惜往日》等。

㉑吟：叹息。抆（wěn）：擦拭。

【译文】

想那美人有独特的胸襟啊，采折杜若芸椒独自居住。哭泣不止，频频叹息啊，独自隐居，思索考虑。涕泪交流如此悲伤啊，沉思无眠直到天亮。熬过这漫漫长夜啊，压抑心头哀愁却萦绕不去。醒来后优游四处观览啊，姑且畅怀自我娱乐。伤感长叹实在可怜啊，气息哽咽无法抑止。缠扎忧心作为佩带啊，编结愁苦作为心衣。折下若木遮蔽阳光啊，随着疾风任意飘摇。仿佛存在的一切已经模糊不见啊，心如沸水猛烈悸动。抚摸玉佩、衣襟来抑制情绪啊，在惆怅迷惘中起身前行。岁月流逝匆匆过去啊，时光冉冉人生也将渐入老境。白蘋、杜蘅已然枯落啊，芳香消散生机全无。可怜思念君国的心绪无法悔改啊，证明克制忧愁的话靠不住。宁愿快点死去而随流水飘逝啊，不能忍受这没完没了的愁苦。独自叹息，擦拭泪水啊，被放逐的人一去不返。谁能想到这些不忧伤啊，我明白了彭咸的传说的真假。

登石峦以远望兮①，路眇眇之默默②。入景响之无应兮③，闻省想而不可得④。愁郁郁之无快兮，居戚戚而不可解⑤。心鞿羁而不形兮⑥，气缭转而自缔⑦。穆眇眇之无垠兮⑧，莽芒芒之无仪⑨。声有隐而相感兮，物有纯而不可为⑩。藐蔓蔓之不可量兮⑪，缥绵绵之不可纡⑫。愁悄悄之常悲兮⑬，翩冥冥之不可娱⑭。凌大波而流风兮⑮，托彭咸之所居。

【注释】

①峦：小而锐峭的山。一说指形状狭长的山。

②眇眇（miǎo）：遥远的样子。默默：寂静的样子。

③景：同"影"，阴影。

④闻省想：耳听目视心想。闻，听。省，看，审视。想，心想，思考。

⑤居：疑为"思"之误。戚戚：忧愁、愁苦的样子。

⑥靮（jī）羁：靮，马嚼子，马缰绳。羁，马络头，马笼头。靮和羁都是控御马匹的用具，这里引申作束缚解。形：当作"开"，排解，开释。

⑦缭转：纠缠、缠绕，无法排解的样子。缔：缠结在一起而无法解开。

⑧穆：深远，幽微。垠：边际，涯岸。

⑨莽：苍莽，广大。芒芒：空间广阔的样子。仪：景象，容仪，仪貌。

⑩纯：精纯，粹美。不可为：有无能为力，无可奈何的含义。

⑪藐：通"邈"，远。蔓蔓：与"漫漫"声义相同，漫长、久远的样子。量（liáng）：计算，度量。

⑫缥（piāo）绵绵：细微绵长的样子。纡：弯曲，萦绕。

⑬悄悄（qiǎo）：忧愁的样子。

⑭翩：快速地飞。冥冥：形容飞得又高又远的样子。

⑮凌：乘。流：跟随，跟从。

【译文】

登上小山眺望远方啊，路途遥遥寂静无声。进入空旷阴影万籁俱静啊，耳听目视心想都已徒然。忧愁苦闷心不快乐啊，思绪忧苦愁郁不解。内心纠缠不得排解啊，气息郁结不能发散。四周幽远无垠无际啊，莽莽苍苍茫茫无边。仿佛有幽微的声音在相互感应啊，纯洁美好的事物却无奈陨殁。思绪悠远不能测量啊，细微绵长而无法绕回。忧愁满怀常自悲苦啊，远走高飞也无欢娱。乘着滚滚波浪随风飘逝啊，投身于彭咸所在的深渊。

上高岩之峭岸兮①，处雌蜺之标颠②。据青冥而摅虹兮③，遂倏忽而扪天④。吸湛露之浮源兮⑤，漱凝霜之雰雰⑥。依风穴以自息兮⑦，忽倾寤以婵媛⑧。冯昆仑以瞰雾兮⑨，隐岷山以清江⑩。惮涌湍之礚礚兮⑪，听波声之汹汹⑫。纷容容之无经兮⑬，罔芒芒之无纪⑭。轧洋洋之无从兮⑮，驰委移之焉止⑯。漂翻翻其上下兮⑰，翼遥遥其左右⑱。氾潏潏其前后兮⑲，伴张弛之信期⑳。观炎气之相仍兮㉑，窥烟液之所积㉒。悲霜雪之俱下兮，听潮水之相击。借光景以往来兮㉓，施黄棘之枉策㉔。求介子之所存兮㉕，见伯夷之放迹㉖。心调度而弗去兮，刻著志之无适㉗。

【注释】

①岸：这里指山崖的侧畔，即崖壁。

②雌蜺（ní）：古人称彩虹色彩较暗淡的外环部分为

蜺，因其暗淡，则属阴、属雌，所以叫做雌蜺。与
之相对，彩虹色彩较明亮的内环部分则叫做虹，其
属阳、属雄，所以又叫雄虹。标颠：顶端，最高处。

③青冥：青天，天空。摅（shū）：舒展。

④倏（shū）忽：迅疾，快速。扪（mén）：抚摸。

⑤湛：浓重，浓厚。浮源：疑本作"浮浮"，形容露水
浓重的样子。

⑥雰雰（fēn）：形容霜雪缤纷的样子。这里当是就霜
而言。

⑦风穴：古代神话传说中的一个洞穴，是产生风的地方。

⑧倾寤：全都明白了。倾，全，都。寤，领悟，明白。
婵媛：伤感，悲伤。

⑨冯（píng）：凭依，依靠。瞰（kàn）：俯视。

⑩隐：凭依，依靠。岷山：即岷山。清江：看清江流
的面貌。一说作"清澈的江水"解。

⑪磕磕（kē）：本指石头发出的声音。这里当指水石
相激而发出的声音。

⑫洶洶（xiōng）：波浪澎湃相击发出的声音。

⑬容容：形容变动不居、纷乱的样子。无经：没有法
度，缺乏条理。

⑭罔（wǎng）：怅惘，惆怅。芒芒：这里形容迷乱的
样子。纪：头绪。

⑮洋洋：彷徨而不知何去何从的样子。

⑯委移：同"逶迤"，曲折前行的样子。

⑰漂：漂浮，飞动。翻翻：形容上下翻飞、不安定的

样子。

⑱翼：飞动。遥遥：摇摆。

⑲氾（fàn）：泛滥。潏潏（yù）：形容水流奔涌而出的样子。

⑳张弛：这里指潮水的涨落。弛，同"弛"。信期：潮水涨落是有一定的时间、期限的，仿佛信守约定一般，所以叫做"信期"。

㉑炎：通"焰"，火焰。仍：跟从，跟随。

㉒烟：指云。液：指雨。

㉓光景：这里是时日、岁月的意思。景，同"影"。

㉔黄棘：是一种带刺植物的名称。枉：弯曲。策：鞭子，马鞭。

㉕介子：即介子推。所存：即所在，指介子推生前居住过的地方。

㉖放：为放逐。一说作远、故旧解。

㉗刻著志：下定决心，打定主意。刻，刻镂，铭刻。著，附着而不分离。

【译文】

登上高高山岩陡峭崖壁啊，处在彩虹的最高点。倚靠苍穹，舒展一道虹彩啊，于是刹那间抚摸到青天。吸吮浓厚的露水啊，含漱着飞落的凝霜。凭依风穴独自停歇啊，忽然领悟一切的奥秘，不禁忧思伤感。倚靠昆仑俯瞰云雾啊，凭依岷山看清江流湍急。激流冲击岩石发出骇人响声啊，听到波浪汹涌涛声震天。心里纷乱没个条理啊，情思芜杂缺乏头绪。要止住彷徨却不知如何下手啊，悲愁纠缠，何处才是终点？心绪漂荡上下翻飞啊，高高飞起徬徨不定。如同泛滥水流前后涌动啊，伴随着潮水涨落的固定约期。看那火焰与烟气相随而生啊，窥见云雨聚积显现。悲伤那霜雪一齐降下啊，听取那潮水击荡的巨响。借时间的光影驰骋往来啊，用那黄棘制成的弯曲神鞭来驾驭。访求介子推生前的居所啊，去看伯夷远遁的高山。心中思量，不能释怀啊，下定决心，决不离开。

曰^①：吾怨往昔之所冀兮，悼来者之悐悐^②。浮江淮而入海兮，从子胥而自适^③。望大河之洲渚兮^④，悲申徒之抗迹^⑤。骤谏君而不听兮^⑥，重任石之何益^⑦。心绲结而不解兮^⑧，思蹇产而不释^⑨。

【注释】

①曰：这里的"曰"的作用类似"乱曰"，用来总结全篇。

②悐悐（tì）：形容忧虑、恐惧、不安的样子。

③自适：意即自求适意，自适己志。适，安适，逸乐。

④洲：水中的陆地。渚：水中的小块陆地。

⑤申徒：指申徒狄。传说其谏君不听，不容于世，于是投水自尽。其年代则说法不一。抗：高，高尚。

⑥骤：屡次。

⑦任：背负。一说为抱。

⑧绲（guà）结：心中郁结。

⑨蹇（jiǎn）产：思绪郁结，不顺畅。

【译文】

乱辞说：我哀怨以前所抱的期望啊，悲悼未来感到忧惧不安。顺着江淮漂流入海啊，追随伍子胥以求心安。望着大河中的洲渚啊，为申徒狄的高尚行为而伤感。屡次向君王进谏却不被接受啊，抱石投水又有何益处？心绪纠结难以解脱啊，思理不畅无法释怀。

远　游

　　《远游》篇名既取自首句"悲时俗之迫阨兮，愿轻举而远游"，内容也切合题意。本篇主旨大体有两说：一是朱熹等认为屈原流放后抒发忧悁之情的作品；另说如屈复等认为是屈原殉身的寓言，即"自沉汨罗，即是远游。远游之乐，即是自沉之乐"。本文认为后说喻意合理。关于《远游》的创作时间，王逸认为是受谗后，朱熹也认为是放逐期间，汪瑗认为在遭谗前，王夫之认为是怀王时，姜亮夫先生认为作于晚年，"可能是在《怀沙》之前，屈原写好《远游》后怀沙而死"，本书认同姜亮夫先生之论。

　　《远游》在内容上分为两部分：一是描写诗人神游天上，感受超离世风恶浊后的由衷快乐；二是从"重曰"开始到篇末，写诗人养生炼形，充满了道家的出世思想。特别是篇中所描绘的想象活动，是诗人精神与灵魂在天上漫游或虚幻的朦胧梦想，表达了对卑污世俗的谴责和对纯真世界的追求，开后世"游仙诗"之先河。

悲时俗之迫阨兮①，愿轻举而远游②。质菲薄而无因兮③，焉托乘而上浮④。遭沉浊而污秽兮⑤，独郁结其谁语！夜耿耿而不寐兮⑥，魂茕茕而至曙⑦。

【注释】

①迫阨（è）：困阻灾难。迫，胁迫，逼迫。阨，阻塞，困厄。

②轻举：升，登仙。

③质：素质，禀性。菲薄：鄙陋，指德才等，常用为自谦之词。

④托乘：指攀附仙人之车乘，比喻得人援引。

⑤沉浊：污浊，多喻指风俗败坏的时世。

⑥耿耿：烦躁不安，心事重重。

⑦茕茕（qióng）：孤独的样子。

【译文】

悲伤时俗使人困厄啊，真想飞升登仙去远处周游。禀性鄙陋又没机缘啊，怎能攀附仙车上天周游？生逢浑浊尘世充满污秽啊，心中郁闷向谁倾诉？夜里心事重重辗转反侧难以入睡啊，孤单独守直到天明。

惟天地之无穷兮，哀人生之长勤①。往者余弗及兮②，来者吾不闻。步徙倚而遥思兮③，怊惝恍而乖怀④。意荒忽而流荡兮⑤，心愁悽而增悲。神倏忽而不反兮⑥，形枯槁而独留。内惟省以端操兮⑦，求正气之所由⑧。漠虚静以恬愉兮⑨，澹无为而自得⑩。

【注释】

①勤：艰辛，愁苦。

②往者：过去的人事。

③徙倚：徘徊不定，逡巡。

④怊（chāo）：惆怅，失意。惝怳（chǎnghuǎng）：惆怅，失意，伤感。乖：背离，违背。

⑤荒忽：恍惚，神思不定。流荡：心神不定，无所依托。

⑥倏（shū）忽：形容迅速的样子。反：同"返"，回归，回返。

⑦惟省（xǐng）：思索，审察。

⑧所由：所由来的途径和方法。

⑨漠：清静淡泊。虚静：清虚恬静。

⑩澹（dàn）：恬淡，淡泊。无为：道家主张清静虚无，顺应自然，称为"无为"。

【译文】

想到天地无穷无尽啊，哀叹人生愁苦艰辛。过去的我没能赶上啊，未来的我也无法闻知。我徘徊不定而思绪邈远啊，惆怅失意而违背初衷。意绪恍惚而心神不定啊，心中愁苦而悲伤日深。我的灵魂忽然远去而不复返啊，只留下枯槁的肉身。内心审察以端正我的操守啊，寻求天地正气从何而生。我清虚恬静以安然自乐啊，淡泊无为而怡然自得。

闻赤松之清尘兮①，愿承风乎遗则。贵真人之休德兮②，美往世之登仙。与化去而不见兮③，名声著而日延。奇傅说之托辰星兮④，羡韩众之得一⑤。形穆穆以浸远兮⑥，离人群而遁逸。因气变而遂曾举兮⑦，忽神奔而鬼怪⑧。时髣髴以遥见兮⑨，精晈晈以往来⑩。绝氛埃而淑尤兮⑪，终不反其故都。免众患而不惧兮，世莫知其所如。

【注释】

① 赤松：即赤松子，相传为上古时神仙。清尘：比喻清静无为的境界。

② 真人：道家称存养本性或修真得道的人，亦泛称"成仙"之人。休德：美德。

③ 化：变化，转化。这里有改变形体固有状态，羽化升仙，与天地造化共往来的意思。

④ 傅说（yuè）：殷高宗武丁的贤相，传说他死后，精魂乘星上天。辰星：星宿名，此指二十八宿中的房星，位于东方天幕。

⑤ 韩众：古代传说中的仙人。得一：道家术语，即得道，"一"即"道"。

⑥ 穆穆：宁静，静默。浸：渐渐。

⑦ 曾（zēng）举：高举，向上高高飞升。

⑧ 神奔而鬼怪：形容神出鬼没的样子。

⑨ 髣髴（fǎngfú）：同"仿佛"，好象，类似。

⑩ 精：精灵，灵魂。晈晈（jiǎo）：明亮的样子。

⑪ 氛埃：污浊之气，秽浊之物。淑尤：到达奇异的境界。

【译文】

听说赤松子无为自得高风超俗啊，我愿禀承他的遗则风范。崇尚得道之人的美德啊，羡慕古人能得道升天。形体虽然物化消失不见啊，名声却显著而流传。惊奇傅说死后能乘星上天啊，羡慕韩众得道成仙。形体寂静而渐渐远去啊，离开人群而避世隐逸。凭借精气的变化而高飞天上啊，飘飘忽忽就像神鬼出没。仿佛远远看见啊，精灵闪闪正来来往往。超越浊世到达奇异的境界啊，不再返回故国。摆脱群小再无所畏惧啊，世人都不知道我的去处。

恐天时之代序兮^①，耀灵晔而西征^②。微霜降而下沦兮，悼芳草之先零。聊仿佯而逍遥兮^③，永历年而无成。谁可与玩斯遗芳兮，晨向风而舒情。高阳邈以远兮，余将焉所程。

【注释】

①天时：天道运行的规律，亦指时序。代序：时序相代。

②耀灵：太阳的别称，亦喻指帝王。晔（yè）：闪闪发光。

③仿佯（pángyáng）：同"彷徉"，彷徨，徜徉，徘徊。

【译文】

担心岁月流逝啊，太阳闪闪发光向西下行。薄薄的秋霜降下而沉沦啊，伤悼香草最先凋零。我姑且徘徊聊以散心啊，年复一年却事业无成。谁能和我同赏这残留的芳草啊？清晨迎着清风舒怀心情。古帝高阳离我已太邈远啊，我将如何承继他的风轨？

　　重曰①：春秋忽其不淹兮，奚久留此故居②？轩辕不可攀援兮③，吾将从王乔而娱戏④！餐六气而饮沆瀣兮⑤，漱正阳而含朝霞⑥。保神明之清澄兮，精气入而粗秽除⑦。顺凯风以从游兮⑧，至南巢而壹息⑨。见王子而宿之兮，审壹气之和德⑩。

【注释】

①重：表示动作行为的重复，相当于"再"、"又"、"重新"。这里应该是乐章歌节的名称，如同"乱曰"、"少歌曰"、"倡曰"之类。

②奚（xī）：为何，为什么。

③轩辕：古代帝王黄帝的名字，传说姓公孙，居于轩辕之丘，故名曰轩辕。曾战胜炎帝于阪泉，战胜蚩尤于涿鹿，诸侯尊为天子。后人以之为中华民族的始祖。

④王乔：传说中的仙人，传说是周灵王太子晋，即王子乔。

⑤六气：大约是指朝旦之气（朝霞）、日中之气（正阳）、日没之气（飞泉）、夜半之气（沆瀣）、天之气、地之气。沆瀣（hàngxiè）：夜间的水气、露水，或谓是仙人所饮。

⑥漱：吮吸，饮。正阳：日中之气。

⑦粗秽：粗浊污秽之气。

⑧凯风：和暖的风，指南风。

⑨南巢：南方古国名。壹息：稍稍歇息一下。

⑩壹气：元气，纯一不杂之气。和德：大约指一种高妙的修养境界。汪瑗《楚辞集解》："和德，言正气之中和也。"

【译文】

又说：春去秋来光阴不停留啊，又何必长久滞留此故地？圣君轩辕不可攀附相援啊，我将跟随王子乔嬉戏游赏。吞食天地六气而啜饮清露啊，吸着正阳之气含着朝霞的芬芳。保持精神心灵清明澄澈啊，把精气吸入将浊气排弃。我乘着南风到处游历啊，到了南巢国稍作休息。看见王子乔我且停下脚步啊，向他询问成仙之道。

曰：道可受兮①，不可传②；其小无内兮，其大无垠；无滑而魂兮③，彼将自然④；壹气孔神兮⑤，于中夜存；虚以待之兮，无为之先；庶类以成兮⑥，此德之门。

【注释】

①受：心领神会。

②传：说，描述，用语言表达。

③滑（hǔ）：乱。而：你。

④彼：即上面的"魂"。自然：天然，非人为。

⑤孔：甚，很。

⑥庶类：万物，万类。

【译文】

王子乔说："道"只可以心领神会啊，却无法口说言传；它小到不能再分啊，大到没有边缘；不要搅乱你的神魂啊，它自然而然地就会出现；这一元之气非常神秘啊，往往在半夜寂静之时留存；请虚心安静等待着它啊，不要先有接物的心愿；万物都是这样生成啊，这就是得道的法门。

闻至贵而遂徂兮^①，忽乎吾将行。仍羽人于丹丘兮^②，留不死之旧乡。朝濯发于汤谷兮^③，夕晞余身兮九阳^④。吸飞泉之微液兮^⑤，怀琬琰之华英^⑥。玉色頩以脕颜兮^⑦，精醇粹而始壮^⑧。质销铄以汋约兮^⑨，神要眇以淫放^⑩。嘉南州之炎德兮^⑪，丽桂树之冬荣^⑫。山萧条而无兽兮，野寂漠其无人^⑬。载营魄而登霞兮^⑭，掩浮云而上征^⑮。命天阍其开关兮^⑯，排阊阖而望予^⑰。召丰隆使先导兮^⑱，问大微之所居^⑲。集重阳入帝宫兮^⑳，造旬始而观清都^㉑。

【注释】

①至贵：非常珍贵，即要言妙道。徂：往，去。

②仍：因，就此。羽人：神话传说中的仙人。丹丘：传说中神仙所居之地，或谓其地昼夜常明。

③濯（zhuó）：洗。汤（yáng）谷：即旸谷，古代神话传说中日出之处。

④晞（xī）：晒干，曝晒。九阳：古时传说旸谷有扶桑树，上枝有一个太阳，下枝有九个太阳，十个太阳

轮流值班一天。

⑤飞泉：谷名，即飞谷，在昆仑西南。微液：微，细微，精细。液，汁液。

⑥琬琰（wǎnyǎn）：泛指美玉。华英：这里指玉的精华。

⑦頩（pīng）：面色光润。睕（wàn）：有光泽，美好。

⑧醇粹：精纯不杂，纯粹完美。

⑨质：这里指凡庸、世俗的形体、形质。销铄（shuò）：消亡，熔化。汋（chuò）约：绰约，姿态柔媚。

⑩要眇（miào）：精深微妙。淫放：这里形容精神充沛旺盛。

⑪南州：泛指南方地区。炎德：火德。阴阳家将东、西、南、北、中分属五行，南方属火，故称。

⑫丽：与"嘉"互文见义，都是"赞美"的意思。

⑬寂漠：同"寂寞"。

⑭营魄：魂魄。

⑮掩：遮没，遮蔽。这里指被云气缭绕覆盖。上征：向上飞升。

⑯天阍（hūn）：天帝的守门人。关：本指门闩。《说文·门部》："关，以木横持门户也。"这里指门。

⑰阊阖（chānghé）：神话传说中的天门。

⑱丰隆：古代神话中的雷神，后多作雷的代称。一说云神。

⑲大微：亦作"太微"，古代星名，神话传说中天庭之所在。

⑳重阳：指天。

㉑旬始：星名。清都：神话传说中天帝居住的宫阙。

【译文】

听了至理妙言就想前往啊，匆匆忙忙我就起程。跟随仙人到达丹丘仙境啊，停留在神仙的不死之乡。早晨在汤谷洗洗头发啊，傍晚在九阳之中晒干我的全身。吸饮昆仑飞泉的美液啊，怀抱美玉的精华。我的面色如玉光泽鲜润啊，精神纯美气息渐强。凡胎脱尽而显得柔美啊，神气幽远而精神充沛。赞美南国气候温暖啊，赞美桂树冬天也吐芬芳。山林萧条没有野兽啊，原野寂静不见人踪。载着魂魄登上彩霞啊，拥披着浮云而飞升。我叫帝宫门神打开天门啊，他推开大门朝我打量。我招来丰隆作我的先导啊，访问天庭太微星所在的地方。升上九天进帝宫游览啊，造访旬始星参观天庭清都。

朝发轫于太仪兮①，夕始临乎于微闾②。屯余车之万乘兮，纷溶与而并驰③。驾八龙之婉婉兮，载云旗之逶蛇④。建雄虹之采旄兮⑤，五色杂而炫燿⑥。服偃蹇以低昂兮⑦，骖连蜷以骄骜⑧。骑胶葛以杂乱兮⑨，斑漫衍而方行⑩。撰余辔而正策兮，吾将过乎句芒⑪。历太皓以右转兮⑫，前飞廉以启路⑬。阳杲杲其未光兮⑭，凌天地以径度。风伯为余先驱兮，氛埃辟而清凉。凤皇翼其承旂兮⑮，遇蓐收乎西皇⑯。擥慧星以为旍兮⑰，举斗柄以为麾⑱。叛陆离其上下兮⑲，游惊雾之流波。时暧曃其曭莽兮⑳，召

玄武而奔属㉑。后文昌使掌行兮㉒，选署众神以并
毂㉓。路曼曼其修远兮，徐弭节而高厉㉔。左雨师使
径侍兮，右雷公以为卫。欲度世以忘归兮㉕，意恣
睢以担挢㉖。内欣欣而自美兮，聊媮娱以自乐㉗。涉
青云以汎滥游兮㉘，忽临睨夫旧乡㉙。仆夫怀余心悲
兮，边马顾而不行。思旧故以想像兮㉚，长太息而
掩涕。汜容与而遰举兮㉛，聊抑志而自弭。指炎神
而直驰兮㉜，吾将往乎南疑㉝。

【注释】

①发轫（rèn）：拿掉支住车轮的木头，使车前进。借
　指出发、起程。太仪：天帝的宫廷。

②于微闾：神话传说中的山名，在东北方，盛产美玉，
　即所谓"医巫闾"，也叫"微母闾"。

③溶与：即"容与"，迟缓不进。

④逶蛇（wēiyí）：同"逶迤"，形容车旗迎风飘扬的
　样子。

⑤雄虹：古人认为彩虹由两部分组成，外侧较鲜艳的
　部分称为虹，属雄性；内侧较暗较少光彩的部分
　称为霓，属雌性。采旄（máo）：用旄牛尾装饰的
　彩旗。

⑥炫燿：闪耀，光彩夺目。燿，同"耀"。

⑦服：古代一车驾四马，居中的两匹称服。偃蹇
　（jiǎn）：形容马匹高大娇健。低昂：起伏，这里就
　马奔跑时的状况与姿态而言。

⑧骖（cān）：驾车时位于两边的马。连蜷：这里形容骖马矫健、健美。骄骜：纵恣奔驰。

⑨骑：指车马。胶葛：交错纷乱的样子。

⑩斑：这里形容车骑排列得缤纷盛多而显得错杂的样子。漫衍：绵延伸展的样子。方行：并行，一齐前行。方，合并，并在一起。

⑪句（gōu）芒：古代神话传说中的主木之官。又为木神名。

⑫太皓：即"太暤"，传说中古帝名。

⑬飞廉：风神。启路：开路。

⑭杲杲（gǎo）：明亮。

⑮旂（qí）：古代画有两龙并在竿头悬铃的旗。

⑯蓐（rù）收：古代神话传说中的西方神名，司秋。西皇：古代神话传说中西方的尊神。

⑰旌（jīng）：亦作"旌"，古代用牦牛尾以及五彩羽饰竿头的旗子。

⑱斗柄：北斗柄。指北斗的第五至第七星，即玉衡、开泰、摇光。北斗，第一至第四星像斗，第五至第七星像柄。麾（huī）：古代用以指挥军队的旗帜，后又成为宫廷演奏音乐时的指挥工具。

⑲叛：纷繁。

⑳曖曃（àidài）：昏暗不明的样子。晻（tǎng）莽：晦暗朦胧的样子。

㉑玄武：古代神话传说中的北方之神，其形为龟，或龟蛇合体。奔属（zhǔ）：追随，跟随。

㉒文昌：星座名，共六星，在斗魁之前，形成半月形状。亦指星神。掌行：带领从行的队伍，犹领队。

㉓选署：选择，部署安排。并毂（gǔ）：车辆并行。毂，车轮中心的圆木，周围与车辐的一端相接，中有圆孔，可以插轴。

㉔驿节：驻节，停车。高厉：上升，高高腾起。

㉕度世：犹"出世"，即超脱尘世为仙。

㉖恣睢（suī）：放任自得的样子。担挢（jiējiǎo）：高举。

㉗媮（yú）：同"愉"，乐。

㉘涉：徒步过河。汎滥游：四处漫游。

㉙临睨（nì）：俯视，察看。

㉚想像：想见其形象，即思念、缅怀、回忆的意思。

㉛遝举：远行，飞行。

㉜炎神：南方火神祝融。

㉝南疑：即九疑山，山在南方，故称。王逸《楚辞章句》："过衡山而观九疑也。"

【译文】

早晨从天宫出发啊，傍晚到达医巫闾山。万辆马车聚集一处啊，从容安详并驾向前。驾着八匹神骏迤逦而行啊，载着云旗飘扬飞动。竖起插着旄头绘有颜色鲜艳的雄虹的彩旗啊，五色缤纷光彩夺目。居中的马高大矫健俯仰自然啊，两边的马健壮而纵恣奔驰。车马参差交错杂乱啊，队列绵绵不绝并行向前。我抓紧缰绳握好马鞭啊，将经过那东方木神句芒。经过东帝太皓再向右转啊，让风伯飞廉在前开路。明亮的太阳尚未放射光芒啊，超越天地径直向前。

风伯为我做车队的先驱啊，扫荡尘埃迎来清凉。凤凰的彩翼连接着云旗啊，在西帝那里遇见金神蓐收。摘下彗星充当旌旗啊，举起斗柄用以指挥。五色斑斓上下闪耀啊，在云海波涛中漫游流连。天色渐暗四周朦胧啊，我叫来玄武跟随相伴。让文昌在车后为我掌管行程啊，安排众神并驾前行。前方道路多么漫长遥远啊，我掌控车节缓缓驰向云天。左边让雨师相伴随侍啊，右边让雷公保驾扈从。想超脱尘世而忘却归去啊，放纵心志而高飞远举。我心中喜乐自认为美好啊，所以姑且娱戏以自乐。飞越层云漫游四面八方啊，忽然俯瞰到故乡田原。车夫感怀我心悲伤啊，车驾两侧的马也频频回望不肯向前。思念故友想见到他们啊，我长长叹息涕泪滂沱。从容泛游而逍遥远去啊，聊且抑制情感而自我宽慰。追寻南方火神径直奔驰啊，我将前往九疑山。

　　览方外之荒忽兮①，沛罔象而自浮②。祝融戒而还衡兮③，腾告鸾鸟迎宓妃④。张《咸池》奏《承云》兮⑤，二女御《九韶》歌⑥。使湘灵鼓瑟兮⑦，令海若舞冯夷⑧。玄螭虫象并出进兮⑨，形蟉虬而逶蛇⑩。雌蜺便娟以增挠兮⑪，鸾鸟轩翥而翔飞⑫。音乐博衍无终极兮⑬，焉乃逝以俳佪。舒并节以驰骛兮⑭，逴绝垠乎寒门⑮。轶迅风于清源兮⑯，从颛顼乎增冰⑰。历玄冥以邪径兮⑱，乘间维以反顾⑲。召黔嬴而见之兮⑳，为余先乎平路。经营四荒兮㉑，周流六漠㉒。上至列缺兮㉓，降望大壑㉔。下峥嵘而无地兮㉕，上寥廓而无天。视倏忽而无见兮㉖，听惝怳而无闻㉗。超无为以至清兮，与泰初而为邻㉘。

【注释】

①荒忽：形容朦胧恍惚的样子。

②沛（pèi）：形容水流动的样子。罔（wǎng）象：本指水怪或水神名。此处引申指水势盛大。

③祝融：神名，帝喾时的火官，后尊为火神，命曰祝融，亦以为火或火灾的代称。还衡：回车。衡，车辕前木，此指代车。

④腾告：传告。宓（fú）妃：神话传说中的洛水女神。

⑤《咸池》：古乐曲名。相传为尧乐。一说为黄帝之乐，尧增修沿用。一说为舜乐。《承云》：传说为黄帝乐曲。或曰是颛顼时乐曲。

⑥二女：这里指尧之二女，即娥皇、女英。御：侍奉弹奏，吹奏。《九韶》：亦作"九磬"、"九招"，舜时乐曲名。

⑦湘灵：古代神话传说中的湘水之神。

⑧海若：古代神话传说中的海神。冯（píng）夷：古代神话传说中的河神，即河伯。

⑨玄螭（chī）：玄，黑色。螭是龙一类的神物。虫象：一种水中生物，大约颇有灵异之处。

⑩蟉虬（liúqiú）：屈曲盘绕的样子。逶蛇：又写作"委蛇"、"逶迤"等，形容蜿蜒曲折的样子。

⑪便（pián）娟：轻盈美好。挠：缠绕。

⑫轩鹭（zhù）：高飞。

⑬音乐：古代音、乐有别。《礼记·乐记》："音之起，由人心生也。人心之动，物使之然也，感于物而动，故形于声。声相应，故生变，变成方谓之音。比音而乐之，及干戚、羽旄，谓之乐。"博衍：这里形容乐声博大广远、舒展绵延的样子。

⑭并节：两两相并的马鞭。驰骛（wù）：疾驰，快跑。

⑮逴（chuō）：远。绝垠：极远的地方。寒门：古代神话传说中北方极寒冷的地方。

⑯轶（yì）：本义是后车超前车。引申为超越。迅风：疾风。清源：指北极寒风的源头，传说中的八风之府。

⑰颛顼（zhuānxū）：上古帝王名，"五帝"之一，号高阳氏。增冰：层层积累的冰雪，乃北方严寒景象。

⑱玄冥：北方水神。邪径：斜路，弯路。

⑲间维：指天地之间。古称天有六间，地有四维，故称。

⑳黔嬴（yíng）：造化之神。

㉑经营：周遍往来。四荒：四方荒远之地。

㉒周流：遍游，四处游观。六漠：犹"六幕"、"六合"，指天地四方。

㉓列缺：亦作"列缼"，指高空中闪电所显现的空隙。

㉔大壑（hè）：大海。

㉕峥嵘：深远，深邃。

㉖倏（shū）忽：这里形容看不清楚。

㉗惝恍（chǎnghuǎng）：这里形容听起来模糊不清。

㉘泰初：道家指天地未分之前的混沌元气，后亦指天
　　地形成前的时期。

【译文】

　　遥览世外浩渺无垠啊，我仿佛在汪洋大海里上下浮游。
火神祝融劝告我掉转车头啊，我传告鸾鸟去迎接宓妃。张
设《咸池》之乐，演奏《承云》之曲啊，娥皇、女英奏起
《九韶》之歌。让湘水之神敲奏瑟乐啊，让海神与河神共同
跳舞。黑龙与水怪一起戏乐啊，形体屈曲婉转自如。彩虹
轻盈层层环绕啊，青鸾神鸟高翔飞舞。音乐宏博没有终止
啊，我于是远去周游徘徊。放松缰绳任马狂奔啊，远到天
边北极的冰寒之地。超越急风来到清气之源啊，跟随颛顼
到达冰天雪地之所。通过水神的崎岖小路啊，在天地之间
顾盼不已。召唤造化之神前来相见啊，叫他为我先行铺平
道路。我往来四方荒凉之地啊，周游六合广漠之境。向上
直触闪电之至高空隙啊，向下俯瞰大海之至深。下面高远
深邃不见大地啊，上面辽阔空远不见苍天。模模糊糊什么
也看不见啊，恍恍惚惚什么也听不清。超越无为清静的境
界啊，和太初原始结伴为邻。

卜　居

　　"卜居"即问卜居处之意,通过占卜决定用何态度对待社会现实。关于本篇的作者至今多有争议,王逸说:"《卜居》者,屈原之所作也。屈原体忠贞之性,而见嫉妒。念谗佞之臣,承君顺非,而蒙富贵。已执忠直,而身放弃,心迷意惑,不知所为。乃往至太卜之家,稽问神明,决之蓍龟,卜己居世何所宜行,冀闻异策,以定嫌疑。故曰《卜居》也。"这很好地解释了作者及题义。

　　本篇采用散文笔法叙述,一连提出十几个问题来卜问处世方式,表达了屈原对黑暗现实的激愤和抗争、对美善的坚持和对丑恶的弃绝,以及对人生态度的选择及选择之后的痛苦心情。事实上,屈原并无待决之疑,他的选择取舍,早已通过问话一目了然。最后郑詹尹的回答也极富哲理警策:"夫尺有所短,寸有所长,物有所不足,智有所不明",这是对屈原的开导、安慰,让其顺应自然,于顺应中找方法,自然中觅出路。这种问答体常为后人称颂,被视为后世辞赋杂文宾主问答体的滥觞。

屈原既放，三年不得复见。竭知尽忠①，而蔽鄣于谗②。心烦虑乱，不知所从。往见太卜郑詹尹曰③："余有所疑，愿因先生决之④。"詹尹乃端策拂龟⑤，曰："君将何以教之⑥？"屈原曰："吾宁悃悃款款朴以忠乎⑦？将送往劳来斯无穷乎⑧？宁诛锄草茅以力耕乎？将游大人以成名乎？宁正言不讳以危身乎？将从俗富贵以媮生乎⑨？宁超然高举以保真乎⑩？将哫訾栗斯⑪，喔咿儒儿以事妇人乎⑫？宁廉洁正直以自清乎？将突梯滑稽⑬，如脂如韦⑭，以洁楹乎⑮？宁昂昂若千里之驹乎？将氾氾若水中之凫乎⑯，与波上下，偷以全吾躯乎？宁与骐骥亢轭乎⑰？将随驽马之迹乎？宁与黄鹄比翼乎⑱？将与鸡鹜争食乎⑲？此孰吉孰凶？何去何从？世溷浊而不清，蝉翼为重，千钧为轻⑳；黄钟毁弃㉑，瓦釜雷鸣㉒；谗人高张㉓，贤士无名。吁嗟默默兮㉔，谁知吾之廉贞！"詹尹乃释策而谢，曰："夫尺有所短，寸有所长，物有所不足，智有所不明，数有所不逮㉕，神有所不通。用君之心，行君之意，龟策诚不能知事㉖。"

【注释】

①知：同"智"，智慧，才干。

②蔽鄣：遮蔽，阻挠。蔽，雍塞，蒙蔽。鄣，通"障"，阻塞。

③太卜：古代官名，周时属春官，为卜官之长。郑詹

尹：太卜的姓名。一说郑，表示郑国，或即是姓。詹，即"占"，占卜、占筮的意思。尹，官名。

④因：通过，凭借，依靠。决：分辨，判断。

⑤端：摆放整齐。策：古代卜筮用的蓍草。龟：龟甲，古代用作占卜之具。

⑥教：告诉。

⑦宁：宁可，宁愿，愿意，想做。悃悃（kǔn）款款：忠诚勤勉的样子。朴：本性，本质。

⑧送往：送别去者。劳来：慰问、劝勉归服的人。来，归服，此指归服的人。

⑨媮（tōu）生：苟且求活，无所作为地生活。

⑩超然：形容远走高飞、遗世独立的样子。高举：远离尘嚣，这里指退隐山林。

⑪呢訾（zúzī）：阿谀奉承。栗斯：献媚之态。

⑫喔咿（wōyī）：献媚强笑的样子。儒儿：强颜欢笑的样子。

⑬突梯滑（gǔ）稽：委婉从顺，圆滑随俗。

⑭韦：本指熟牛皮，此处意为"柔软"。

⑮楹（yíng）：厅堂的前柱。

⑯氾氾：飘浮、浮行的样子。亦作"汎汎"。凫（fú）：野鸭。乎：一本无"乎"字，当从之。

⑰亢轭：齐驱并驾。

⑱黄鹄（hú）：鸟名，这里喻指高才贤士。

⑲鸡鹜（wù）：鸡和鸭，这里喻指小人或平庸的人。

⑳千钧：代表最重的东西。古制三十斤为一钧。

㉑黄钟：古乐中十二律之一，是最响最宏大的声调。
　　这里指声调合于黄钟律的大钟。

㉒瓦釜：陶制的锅，这里代表鄙俗音乐。

㉓高张：居高位而嚣张跋扈。

㉔吁嗟（xūjiē）：感慨，叹息。默默：形容无话可说
　　的样子。

㉕不逮：比不上，不及。

㉖知事：一作"知此事"，当从之。

【译文】

　　屈原已经遭到放逐，三年没有再见到楚王。他竭尽智慧与忠诚，却因小人的谗言而受到冤蔽。心中烦闷，思虑烦乱，不知应该怎么办。就去拜访太卜郑詹尹，屈原说："我心里有所疑虑，特请教先生帮我决断。"詹尹就摆好占卜用的蓍草，拂拭灵龟，说："不知您想说什么事？"屈原说："我应该诚实勤恳、朴实忠厚呢，还是无休无止地应酬、周旋？我是应该锄草铲田过此一生，还是游说权贵求取功名？应该忠言直谏奋不顾身，还是追求富贵苟且偷生？应该超然世外保持真性，还是像取媚妇人一样奴颜婢膝？应该廉洁正直洁身自处，还是圆滑世故，如油脂滑腻，似熟牛皮柔能缠柱？应该气宇轩昂像矫健的千里马，还是浮游不定像水中的野鸭为保全性命而随波逐流？应该与骏马并驾齐驱，还是跟劣马亦步亦趋？应该与黄鹄比翼齐飞，还是和鸡鸭一道争食？这些事哪个吉利，哪个凶险？哪样不能做，哪样可以干？这世道浑浊，是非不清，薄薄的蝉翼被认为很重，千钧之物却被认为太轻；音响宏亮的黄钟被

毁坏抛弃，鄙俗的瓦釜却作乐器雷鸣震天；谗佞小人嚣张跋扈，贤能之士则默默无名。不说了吧，谁了解我的廉洁忠贞！"詹尹于是放下筹策辞谢，说："一尺有嫌它太短之处，一寸有觉其太长之时，万物都有不足之处，智者也有不懂的地方，卦数有时会推算不到，神灵的法力也有所不至。就随您的心意而为，龟卜蓍占实在不能料知此事。"

渔　父

　　《渔父》是篇思想性和可读性很强的优美辞篇。因屈原遭楚王放逐，心情沮丧、形容枯槁，在漫步江畔、且歌且行之际，遇到渔父。渔父见屈原憔悴不堪，便向屈原发出两个疑问：一问其身份，二问其如此落魄的原因，由此引出屈原的答话。通过屈原与渔父的问答，揭示了屈原的处世态度，表现了他洁身自好，不与世俗同流合污的节操以及不惜舍生取义的精神。而渔父是位主张"与世推移"、高蹈遁世、游戏人生的隐者，他随俗俯仰、与时浮沉的处世思想与屈原形成强烈的对比：一方面是屈原面对黑暗现实执著坚守自己清白高洁的人格精神和宁可抛弃珍贵的生命也决不与污秽尘俗同流合污的决心；一方面是渔父看透尘世纷扰而恬淡自安，随性自适，寄情于自然，乐天知命的隐者劝诫。全诗在对比中进行问答，简短而凝练地塑造出两种对立的人生态度和处世哲学。

屈原既放，游于江潭，行吟泽畔，颜色憔悴①，形容枯槁②。渔父见而问之曰③："子非三闾大夫与④？何故至于斯？"屈原曰："举世皆浊我独清⑤，众人皆醉我独醒⑥，是以见放。"渔父曰："圣人不凝滞于物⑦，而能与世推移。世人皆浊，何不淈其泥而扬其波⑧？众人皆醉，何不铺其糟而歠其醨⑨？何故深思高举⑩，自令放为？"屈原曰："吾闻之：新沐者必弹冠⑪，新浴者必振衣⑫。安能以身之察察⑬，受物之汶汶者乎⑭？宁赴湘流，葬于江鱼之腹中。安能以皓皓之白，而蒙世俗之尘埃乎？"渔父莞尔而笑⑮，鼓枻而去⑯。

【注释】

①颜色：面容，脸色，气色。

②形容：形态，容貌。枯槁：这里是形容清瘦的样子。

③渔父（fǔ）：打渔的老人。父，对老年男子的尊称。这里的渔父是隐士的化身。

④三闾大夫：楚国官职名，掌管教育楚国王族屈、景、昭三姓宗族子弟。

⑤举世皆浊我独清：浊、清，指品德行为而言。汪瑗《楚辞集解》："清，比己之洁，而浊比世之秽也。"王夫之《楚辞通释》："没于宠利曰浊。"

⑥众人皆醉我独醒：醉、醒，指对楚国形势的认识而言。蒋骥《山带阁注楚辞》："昧于危亡曰醉。"蒋天枢《楚辞校释》："醒，己虽处沉昏之世，仍有所

灼见。”

⑦凝滞：拘泥，固执。

⑧淈（gǔ）：搅混，扰乱。

⑨铺（bū）其糟：本义指吃酒糟，比喻为屈志从
　俗，随波逐流。《说文·米部》："糟，酒滓也。"歠
　（chuò）其酾（lí）：本义指饮薄酒，比喻为随波逐
　流，从俗浮沉。歠，饮，喝。酾，通"醨"，薄酒。

⑩深思：思虑很深，即"独醒"。高举：高出流俗，
　即"独清"。

⑪沐：洗头。《说文·水部》："沐，濯发也。"弹
　（tán）冠：弹去冠上的灰尘，整冠。

⑫浴：洗澡。振衣：抖衣去灰尘。

⑬察察：清洁，洁白的样子。

⑭汶汶（mén）：玷辱、污浊的样子。

⑮莞（wǎn）尔：形容微笑的样子。

⑯鼓枻（yì）：亦作"鼓栧"，划桨泛舟。

【译文】

　　屈原被流放以后，在江边游荡独行，他一边行走一边
吟哦，面容憔悴，模样枯瘦。有位打渔的老人看见他，便
问道："您不是三闾大夫吗？为什么会沦落到这步田地？"
屈原答道："世上的人都混浊，只有我清白；大家都醉了，
只有我清醒着，因此被放逐。"渔父问："有圣德的人不被
事物所束缚，而能随着世道一起变化推进。既然世上的
人都混浊，你何不搅混泥水，扬起浊波？既然大家都醉
了，你何不吃酒糟，喝薄酒？为什么要思虑深远，行为高

尚，使自己被放逐？"屈原说："我曾听到古人说：刚洗过头的人一定要弹弹帽子上的灰尘，刚洗好澡的人一定要整理一下衣服。怎能让清白无比的身体，沾染上污秽不堪的外物？我宁愿跳入湘江，葬身鱼腹。怎能让洁白纯净之身，蒙上世俗的尘泥？"渔父听了，微微一笑，摇起船桨动身离去。

　　歌曰："沧浪之水清兮，可以濯吾缨；沧浪之水浊兮，可以濯吾足①。"遂去，不复与言。

【注释】

① "沧浪之水清兮"以下四句：以上渔父所唱的《沧浪歌》，亦名《孺子歌》，又见于《孟子·离娄上》，可能是流传于江湘一带的古歌谣。沧浪，古水名。有汉水、汉水之别流、汉水之下流、夏水诸说。濯（zhuó），洗涤。缨，系冠的带子，以二组系于冠，结在颔下。

【译文】

　　唱道："沧浪之水清又清啊，可以洗我的帽缨；沧浪之水浊又浊啊，可以洗我的双脚。"渔父于是远去，不再和屈原说话。

九　辩

　　"九辩"是"九阕"或"九遍"的意思,据《离骚》、《天问》、《山海经·大荒西经》的说法,《九辩》与《九歌》一样,是夏启从天上带来的古乐,宋玉借曲名而撰成由若干乐章组合成的新曲调。宋玉,楚人,生卒年不详,《史记》有其传。《九辩》是继《离骚》之后又一首自叙性长篇抒情诗。作品以衰败的楚国社会现实为背景,通过叙经历、叹遭际、抒情志,以悲秋、思君为主题,表现了诗人忧国、忠君的高尚节操,从中反映出的社会状况及个人忧思具有很强的时代感和民族性。

　　《九辩》开篇即把萧瑟的秋景与贫士的遭际联系起来加以细致描摹,接着反复抒写悲秋的原因,将个人不能为世所用的孤独感与绵长不尽的悲哀倾注其间。诗人清醒地认识到楚国君臣的腐败无能,他不愿顺从世俗,丢弃自己的人格与尊严,为不受世俗污染,诗人欲远走高飞,然而,现实社会中,秋天仍然草木凋落,贫士依旧难为世用。通过现实与想象的强烈对比,把悲秋主题渲染得淋漓尽致,给读者带来悲怆的情感冲击。

　　《九辩》是宋玉的代表作,全诗各章既各有宗旨,又彼此关联,整体结构精美。其中秋景的描绘脍炙人口,成为后世学习典范。

悲哉秋之为气也！萧瑟兮草木摇落而变衰①，憭慄兮若在远行②，登山临水兮送将归，泬寥兮天高而气清③，寂寥兮收潦而水清④，憯凄增欷兮薄寒之中人⑤，怆怳懭悢兮⑥，去故而就新，坎廪兮贫士失职而志不平⑦，廓落兮羁旅而无友生⑧。惆怅兮而私自怜。燕翩翩其辞归兮⑨，蝉寂漠而无声⑩。雁廱廱而南游兮⑪，鹍鸡啁哳而悲鸣⑫。独申旦而不寐兮，哀蟋蟀之宵征⑬。时亹亹而过中兮⑭，蹇淹留而无成⑮。

【注释】

①萧瑟：草木被秋风吹拂所发出的声音。

②憭慄（liáolì）：亦作"憭栗"，形容凄凉的样子。

③泬寥（xuèliáo）：亦作"沆漭"、"沆瀁"，形容晴朗空旷，天高气清的样子。

④寂寥（jìliáo）：清澄平静的样子。寂，即"寂"。潦（lǎo）：雨水，积水。

⑤憯（cǎn）凄：悲痛，感伤。欷（xī）：叹息。薄寒：秋天轻微的寒气。中（zhòng）：侵袭，伤害。

⑥怆怳（chuànghuǎng）：失意悲伤。懭悢（kuǎnglǎng）：失意怅惘。

⑦坎廪（lǐn）：坎坷不平，这里指困顿，不得志。

⑧廓（kuò）落：空虚孤寂。羁旅：作客异乡。羁，寄居在外。旅，旅行者。友生：友人，朋友。生，语缀，无实义。

⑨翩翩：飞行轻快的样子。

⑩宗（jì）漠：同"寂寞"。静默无声的意思。

⑪廱廱（yōng）：这里指雁鸣声。

⑫鹍（kūn）：鹍鸡，古代指像鹤的一种鸟。喌唶（zhāozhā）：形容声音烦杂而细碎。

⑬宵征：夜行。

⑭亹亹（wěi）：行进不停的样子。过中：过了中年，趋于老境。

⑮蹇（jiǎn）：发语词。淹留：滞留，久留。

【译文】

悲凉啊秋天！大地萧瑟啊草木在凋零陨落而衰黄，心中凄凉啊好像人在远行，又像登山临水送人踏上归程，空旷清朗啊天宇高远空气清爽，平静清澈啊积水消退水流澄清，凄凉叹息啊微寒袭人，恍惚惆怅啊离乡背井前往新地，世途坎坷啊贫士丢官心中不平，空虚孤独啊流落在外没有亲朋。失意悲伤啊自我怜悯。燕子翩翩辞北归南啊，寒蝉静寂没有声音。大雁鸣叫着向南飞翔啊，鹍鸡不住地啾啾悲鸣。独自通宵达旦难以入眠啊，蟋蟀的彻夜哀鸣勾起了我的悲伤。时光流逝已过了半生啊，仍然滞留在外而一事无成。

悲忧穷戚兮独处廓①，有美一人兮心不绎②。去乡离家兮徕远客③，超逍遥兮今焉薄④？专思君兮不可化，君不知兮可奈何！蓄怨兮积思，心烦憺兮忘食事⑤。愿一见兮道余意，君之心兮与余异。车既驾兮揭而归⑥，不得见兮心伤悲。倚结轹兮长太息⑦，涕潺湲兮下沾轼⑧。忼慨绝兮不得⑨，中瞀乱兮迷惑⑩。私自怜兮何极，心怦怦兮谅直⑪。

【注释】

①穷戚：困顿。戚，通"促"，迫促，局促。廓：空旷辽廓，这里指空虚寂寞的地方。

②绎（yì）：通"怿"，喜悦。

③徕（lái）：字同"来"，一本即作"来"。

④超：远。逍遥：这里指漂泊无依。

⑤烦憺（dàn）：烦闷忧愁。

⑥揭（qiè）：离去。

⑦结轹（líng）：车栏，古代车箱的前、左、右三面，用木条一横一竖交叉结成许多方格，形似窗棂。

⑧涕：眼泪。潺湲（chányuán）：本指水流不断的样子，这里形容泪流不断。轼：古代设在车箱前供立乘者凭扶的横木。

⑨忼慨（kāngkǎi）：激昂，愤激。

⑩瞀（mào）乱：昏乱，烦乱。

⑪怦怦（pēng）：心急的样子。

【译文】

悲愁困顿啊独处空寂大地，有一位美人啊心中郁结。远离家乡啊身为异客，漂泊无依啊去哪里？一心思念君王啊不可改变，君王不知道啊该怎么办？蓄满哀怨啊积满思虑，心中烦闷啊饭都不想吃。但愿见一面啊诉说我的心意，君王的心思啊却和我迥异。驾好马车啊驶去又返回，不得见君王啊伤悲郁悒。倚靠着车栏啊长长叹息，泪水涟涟啊沾湿车前的横木。愤激不平想决绝啊又做不到，心中烦乱啊心惑神迷。独自哀怜啊何时终了，忧心如焚啊诚实正直。

　　皇天平分四时兮①，窃独悲此廪秋②。白露既下百草兮，奄离披此梧楸③。去白日之昭昭兮，袭长夜之悠悠。离芳蔼之方壮兮④，余萎约而悲愁⑤。秋既先戒以白露兮，冬又申之以严霜。收恢台之孟夏兮⑥，然欿傺而沉藏⑦。叶菸邑而无色兮⑧，枝烦挐而交横⑨；颜淫溢而将罢兮⑩，柯彷彿而萎黄⑪；萷櫹槮之可哀兮⑫，形销铄而瘀伤⑬。惟其纷糅而将落兮⑭，恨其失时而无当⑮。擥骐辔而下节兮⑯，聊逍遥以相佯⑰。岁忽忽而遒尽兮⑱，恐余寿之弗将。悼余生之不时兮，逢此世之俇攘⑲。澹容与而独倚兮⑳，蟋蟀鸣此西堂。心怵惕而震荡兮㉑，何所忧之多方！卬明月而太息兮㉒，步列星而极明㉓。

【注释】
①皇天：对天及天神的尊称。
②窃（qiè）：私下，私自。多用作谦词。廪秋：犹言寒秋。廪，通"凛"，寒冷。
③奄（yǎn）：快速。离披：形容树叶凋零，树枝扶疏的样子。梧楸（qiū）：梧桐与楸树。二木皆逢秋而早凋。

④芳蔼：芳香而繁盛。

⑤萎约：萎靡而穷困。

⑥恢台：亦作"恢炱"，"恢胎"，形容旺盛、广大的样子。

⑦然：与"焉"同，用为句首发端词。欿傺
（kǎnchì）：停止，敛藏。

⑧菸（yū）邑：因枯萎而呈黯淡之色。

⑨烦挐（rú）：牵缠，纷乱。

⑩颜：形貌。淫溢：形容体貌枯槁瘦弱的样子。罢
（pí）：疲劳，衰弱。

⑪柯：草木的枝茎。仿佛：亦作"仿佛"，犹模糊，指
颜色不鲜明。

⑫萷（shāo）：树梢。椮椮（xiāosēn）：形容树木光
秃秃的样子。

⑬销铄：销毁，摧残。瘀（yū）伤：气血郁积成病。
瘀，血液凝积。

⑭惟：思，想。纷糅：众多而杂乱。这里指枯枝败草
相杂。

⑮恨：遗憾，痛惜。当（dāng）：值，遇到。

⑯挚：抓住。騑（fēi）辔：指马缰。騑，驾在车辕两
旁的马。辔，缰绳。下节：停鞭，使马徐行。

⑰相佯：亦作"相羊"、"相徉"，徘徊，盘桓。

⑱忽忽：形容时光流逝之快。遒（qiú）尽：迫近于尽
头，终了。遒，迫近。

⑲徨（kuāng）攘：纷乱不安的样子。

⑳澹（dàn）：恬淡，淡泊。容与：闲散的样子。倚：

凭靠。

㉑怵（chù）惕：亦作"怵惕"，戒惧，惊惧。震荡：心神不定。

㉒卬（yǎng）：同"仰"，仰望，抬头向上。

㉓步：行走。列星：罗布天空，定时出现的恒星。

【译文】

皇天平分一年为四季啊，我独为这寒秋黯然悲伤。秋天的露水已经降落在百草上啊，衰黄的树叶瞬间飘离梧楸枝头。离别光明的白日啊，继之以漫漫的长夜。告别了壮年的繁茂芬芳啊，衰老困窘令我悲入愁肠。秋天先用白露来警示啊，冬天又加上层层寒霜。收尽了盛夏草木繁茂的景象啊，万物的生机都深深隐藏。叶子枯萎没有光彩啊，枝条纷乱杂错无章；色泽黯淡将要凋零啊，枝干枯朽已然干黄；树梢光秃秃令人悲怆啊，外形颓败似乎内有瘀伤。想到草木错杂将凋零啊，怅恨错失了美好时光。抓住缰绳停鞭徐行啊，姑且逍遥徘徊游荡。岁月匆匆流逝待尽啊，恐怕我的寿命也难以久长。伤感我生不逢时啊，遭逢这世道纷乱不宁。淡漠闲散独自靠立啊，听见蟋蟀在西堂哀鸣。内心忧惧而心神不定啊，为何百感交集如此忧伤！仰望明月长长叹息啊，徘徊在星光下直到天明。

　　窃悲夫蕙华之曾敷兮①，纷旖旎乎都房②。何曾华之无实兮，从风雨而飞飏③。以为君独服此蕙兮，羌无以异于众芳。闵奇思之不通兮④，将去君而高翔。心闵怜之惨悽兮，愿一见而有明。重无怨而生离兮⑤，中结轸而增伤⑥。岂不郁陶而思君兮⑦？君之门以九重⑧。猛犬狺狺而迎吠兮⑨，关梁闭而不通⑩。皇天淫溢而秋霖兮⑪，后土何时而得漧⑫！块独守此无泽兮⑬，仰浮云而永叹。

【注释】

①蕙华：蕙草的花。华，同"花"。曾（céng）：通"层"，重叠。敷：展布，开放。

②旖旎（yǐnǐ）：盛多美好的样子。都：广大，美盛。

③飞飏（yáng）：飘扬，飘荡。

④闵：哀伤，怜念。后多作"悯"。

⑤重：深深思考。无怨：言行无可埋怨，即无罪。生离：被生生隔离，指被弃逐。

⑥结轸（zhěn）：形容内心忧思缠结，悲愁不已的样子。

⑦郁陶：形容忧思积聚的样子。

⑧九重：旧说天子之门有九重，此极言其深邃难进。洪兴祖《楚辞补注》："天子九门，谓关门、远郊门、近郊门、城门、皋门、库门、雉门、应门、路门也。"

⑨狺狺（yín）：犬吠声。

⑩关：本义为门闩，这里引申作"关塞"解。

⑪淫溢：过度，这里指久雨连绵。秋霖：秋日的淫雨。

⑫后土：本指土神，这里泛指土地，泥土。漧（gān）：同"乾"，干燥。

⑬块：孤独。无泽：荒芜的水泽。无，或为"芜"的借字。

【译文】

暗自悲叹那层叠开放的蕙花啊，繁盛娇美布满华美的宫殿。为何花朵累累却没有结果啊，随着风雨四处飘扬。原以为君王独爱佩带这蕙花啊，谁知在他眼里与众花没什么不同。伤心出众的谋略不能通达于君王啊，我将要离开君王远走他方。内心多么忧愁凄凉啊，希望见君王一面倾诉衷肠。念自己无罪却要被弃逐啊，内心郁结沉痛更加悲伤。哪能不忧思郁结思念君王？怎奈君门幽深重重关防。守门的猛犬迎面狂叫啊，关塞和桥梁都闭塞不通。上天降下连绵秋雨啊，大地何时才能干燥！独守在这荒芜的沼泽啊，仰望浮云长声哀叹。

何时俗之工巧兮，背绳墨而改错①！却骐骥而不乘兮②，策驽骀而取路③。当世岂无骐骥兮，诚莫之能善御。见执辔者非其人兮，故驹跳而远去④。凫雁皆唼夫粱藻兮⑤，凤愈飘翔而高举⑥。圜凿而方枘兮⑦，吾固知其鉏铻而难入⑧。众鸟皆有所登栖兮，凤独遑遑而无所集⑨。愿衔枚而无言兮⑩，尝被君之渥洽⑪。太公九十乃显荣兮⑫，诚未遇其匹合。谓骐骥兮安归？谓凤皇兮安栖？变古易俗兮世衰，今之相者兮举肥⑬。骐骥伏匿而不见兮，凤皇高飞而不下。鸟兽犹知怀德兮，何云贤士之不处⑭？骥不骤进而求服兮⑮，凤亦不贪餧而妄食⑯。君弃远而不察兮，虽愿忠其焉得？欲寂漠而绝端兮，窃不敢忘初之厚德。独悲愁其伤人兮，冯郁郁其何极⑰！

霜露惨悽而交下兮，心尚幸其弗济^⑱。霰雪雰糅其增加兮^⑲，乃知遭命之将至。愿微幸而有待兮^⑳，泊莽莽与埜草同死^㉑。愿自往而径游兮，路壅绝而不通^㉒。欲循道而平驱兮，又未知其所从。然中路而迷惑兮，自压桉而学诵^㉓。性愚陋以褊浅兮^㉔，信未达乎从容^㉕。

【注释】

①绳墨：本指木工画直线时用的墨斗、墨线，这里比喻规矩、法度。

②骐骥：骏马，这里比喻贤士。

③策：本义指马鞭，这里是驾驭、驱使的意思。驽骀（nútāi）：劣马，喻庸人。

④騞（jú）跳：跳跃。

⑤凫雁：野鸭与大雁，有时单指大雁或野鸭。唼（shà）：水鸟或鱼吃食。粱：粟米。藻：植物名，指藻类植物，含叶绿素和其他辅助色素的低等植物。

⑥高举：高飞远去。这里有小人居位，贤者遁世的含义。

⑦圜：同"圆"。凿：榫眼，插孔。枘（ruì）：榫头。

⑧钮锘（jǔyǔ）：亦作"钮吾"，互相抵触，格格不入。

⑨遑遑：匆忙，往来不定。这里形容凤凰无处可栖而不安的样子。集：鸟栖止于树。

⑩衔枚：原指横枚衔于口中，以防喧哗或叫喊。这里谓闭口不言。枚，形如筷子，两端有带，可系于颈上。

⑪被：蒙受，受到。渥（wò）洽：深厚的恩泽。

⑫太公：即太公望吕尚。

⑬相（xiàng）：看，观察。举肥：相马只选肥壮，这里讽刺当政者只根据表面现象来挑选人才。

⑭处（chǔ）：留，留下。

⑮骤进：疾速前进。服：驾车。

⑯馁（wèi）：喂养。妄：胡乱，随便。

⑰冯：通"凭"，愤懑。

⑱季：同"幸"，希望。济：成功。

⑲霰（xiàn）：雪珠。雰（fēn）：雨雪纷飞的样子。糅：混杂。

⑳徼（jiǎo）幸：希望获得意外成功或由于偶然的原因而得到成功或免去灾害。徼，通"侥"。

㉑泊（bó）：留止，止息。莽莽：草类茂盛的样子。埜：同"野"。

㉒壅（yōng）绝：阻塞，断绝。

㉓压：克制，按捺。桉（àn）：通"按"，克制。学诵：学习写宜于读诵的韵文。

㉔褊（biǎn）浅：心地、见识等狭隘短浅。褊，原指衣服狭小，后泛称小。

㉕达：通晓，明白。从容：举动，行为。

【译文】

为什么时下风气是善于投机取巧啊，违背法度且改变正常的举措！拒绝骏马不去骑乘啊，却鞭赶劣马去上路。当世难道真的没有骏马啊，实在是没有人能好好驾御。看见拿缰绳的人不合适啊，骏马就会扬蹄飞奔而去。野鸭、大雁吞食着粟米水藻啊，凤凰则更加向高处飞翔远去。圆榫孔配上方榫头啊，我本来就知道两者相抵触而难以插入。群鸟都有了栖身之所啊，只有凤凰难寻安身之处。我本想闭口不语啊，但又难忘曾受君王深厚恩泽。姜太公九十岁才得显贵荣耀啊，实在是之前没遇上明主。良马啊归宿在哪里？凤凰啊栖息在何处？改变古风旧俗啊世道衰微，如今的相马人啊只看马的膘肥。骏马都藏匿起来不出现啊，凤凰都高高飞翔不落凡尘。鸟兽尚知道怀恩报德啊，怎能说贤士不肯留于仕途？骏马不会为了求进用而甘愿驾车啊，凤凰也不会贪图喂饲而乱吃。君王远弃贤士不能明察啊，贤士虽愿效忠又怎么能够？想自甘寂寞断绝对君王的眷恋之情啊，私下里又不敢忘记当初的恩德。独自悲愁多么伤人啊，满腔愤懑哪有终极！霜露齐降悲惨又凄清啊，心中还希望它们的破坏不会成功。雪珠雪花纷杂越下越大啊，才知道厄运即将要降临。想心存着侥幸再等待啊，却将与无边野草一同枯败。想径自前行畅游一番啊，道路阻塞断绝不能通行。想遵循大道平稳地驱驰啊，却又不知道何去何从。走到半路内心迷惑啊，只好克制情感作歌吟诵。本性愚笨孤陋而又狭隘肤浅啊，实在不知道如何行事。

窃美申包胥之气盛兮①，恐时世之不固。何时俗之工巧兮？灭规矩而改凿②。独耿介而不随兮，愿慕先圣之遗教。处浊世而显荣兮③，非余心之所乐。与其无义而有名兮，宁穷处而守高④。食不偷而为饱兮⑤，衣不苟而为温⑥。窃慕诗人之遗风兮⑦，愿托志乎素餐⑧。蹇充倔而无端兮⑨，泊莽莽而无垠⑩。无衣裘以御冬兮，恐溘死不得见乎阳春⑪。

【注释】

①窃美：私下、暗自赞美。美，称赞，赞美。申包胥：春秋时楚国大夫。公元前506年冬天，吴国伐楚，占领郢都，楚昭王逃到随国。申包胥到秦国请派救兵，在宫廷上痛哭七昼夜，终于感动秦哀公出兵救楚，使昭王复国。

②规矩：画圆形和方形的工具，比喻法度。凿：当作"错"。错，通"措"，措施，法度。

③显荣：显赫荣耀，多指仕宦而言。

④穷处（chǔ）：穷，处境艰难、困窘。处，居。高：清高，高尚。

⑤偷（tōu）：苟且，怠惰。

⑥苟：随便，马虎，不审慎。

⑦诗人：指前代的先贤圣哲们。遗风：前代或前人遗留下来的风教。

⑧素餐：本指无功受禄，不劳而食，这里指俭朴的饮食。

⑨蹇：通"謇"，句首发语词。充倔：断绝阻塞。

⑩泊莽莽：无边无际。

⑪溘（kè）：突然。

【译文】

暗自赞美申包胥志气高扬啊，恐怕时世和那时不同。为什么时下风气是善于投机取巧呢？要毁弃规矩改变法度。

我光明正直不随波逐流啊，愿取法前代圣贤的遗范。身在浑浊的世界而得到显贵荣耀啊，决不是我心中所乐意的事。与其没有道义而徒有虚名啊，宁愿身居困穷境地而保持操守。不能为饱腹而苟且求食啊，不能为穿暖而苟且索衣。暗自追慕前代先贤的遗风啊，在粗茶淡饭中磨砺志节。媒理断绝无路可走啊，就像荒野没有边际。没有皮袄来抵御寒冬啊，怕会突然死去看不见春日。

靓杪秋之遥夜兮^①，心缭悷而有哀^②。春秋逴逴而日高兮^③，然惆怅而自悲^④。四时递来而卒岁兮^⑤，阴阳不可与俪偕^⑥。白日晼晚其将入兮^⑦，明月销铄而减毁^⑧。岁忽忽而遒尽兮^⑨，老冉冉而愈弛^⑩。心摇悦而日幸兮^⑪，然怊怅而无冀^⑫。中憯恻之悽怆兮^⑬，长太息而增欷^⑭。年洋洋以日往兮^⑮，老嶚廓而无处^⑯。事亹亹而觊进兮^⑰，蹇淹留而踌躇。

【注释】

① 靓（jìng）：通"静"，平和。杪（miǎo）秋：晚秋。杪，本义是树枝尽头，多指年月或季节的末尾。

② 缭悷（lì）：亦作"缭戾"，形容忧思萦绕缠结的样子。

③ 春秋：代指时间，这里指年纪、年龄。逴逴（chuō）：愈走愈远的样子。高：这里指时光流逝，一天天地老去。

④ 然：与"焉"同，用为句首发语词。

⑤ 递（dì）：同"遰"，交替，轮流。

⑥俪（lì）偕：偕同，在一起。

⑦晼（wǎn）：太阳偏西，日将暮。

⑧销铄（shuò）：亏缺，消损。

⑨道（qiú）尽：迫近于尽头，终了。

⑩弛：同"驰"，本义指放松弓弦，这里指放松，松弛。

⑪摇悦：喜悦，犹心旌摇荡。季：同"幸"。

⑫怊（chāo）怅：犹"惆怅"。

⑬憯（cǎn）恻：悲痛。悽怆：凄惨悲伤。

⑭欷（xī）：悲伤地叹息。

⑮洋洋：形容岁月匆匆流逝的样子。

⑯嵺（liáo）廓：同"寥廓"，空虚，空阔。

⑰亹亹（wěi）：勤勉不倦的样子。觊（jì）：希望，企图。

【译文】

寂静的暮秋长夜啊，心里缠结着无限悲愁。岁月如流年事渐高啊，令人惆怅自感悲凉。四季交替一年将尽啊，冬夏不同不能同时出现。太阳昏暗将要西下啊，月亮亏缺而消损。一年匆匆将要过完啊，老境渐至而身心释然放纵自己。心旌摇荡天天抱着侥幸的想法啊，但最终布满忧虑失去希望。心中惨痛凄然欲绝啊，声声长叹增加悲伤。时光匆匆一天天流逝啊，老来倍感空虚无处托身。不断勤勉企图进取啊，滞留不前徒自彷徨。

何氾滥之浮云兮^①，焱壅蔽此明月^②！忠昭昭而愿见兮^③，然霠曀而莫达^④。愿皓日之显行兮^⑤，云蒙蒙而蔽之^⑥。窃不自聊而愿忠兮^⑦，或黕点而污之⑧。尧舜之抗行兮⑨，瞭冥冥而薄天⑩。何险巇之嫉妒兮⑪，被以不慈之伪名⑫？彼日月之照明兮，尚黯黮而有瑕⑬。何况一国之事兮，亦多端而胶加⑭。

【注释】

①氾：亦作"汎滥"、"泛滥"，这里形容浮云层层涌现。

②猋（biāo）：本为犬奔貌、群犬奔貌，引申为疾进貌。

③见：同"现"，显现，显露，剖白心迹。

④霒（yīn）：同"阴"，乌云蔽日。曀（yì）：天阴而有风，天色阴暗。

⑤皓日：明亮的太阳，比喻君主。显行：光耀地运行。显，光明。

⑥蒙蒙：形容幽暗、模糊不清的样子。

⑦聊：同"料"，考虑，估量。

⑧點（dǎn）点：污垢。

⑨抗行：高尚的行为。

⑩瞭（liǎo）：明亮。冥冥：深远。薄：逼近，靠近。

⑪险巇（xī）：亦作"险戏"，崎岖险恶，这里指奸险小人。

⑫被（pī）：加在身上。

⑬黯黮（dǎn）：昏暗不明。瑕：斑点，瑕疵。

⑭胶（jiāo）加：乖戾，缠绕无绪。

【译文】

为什么浮云漫天涌现啊，迅速飘动遮蔽了明月！忠心耿耿愿剖白心迹啊，但乌云蔽日难以如愿。希望太阳光明显耀地运行啊，迷蒙的云气却把它遮罩。奋不顾身只想着效忠啊，有人却无端诽谤把我污蔑。唐尧和虞舜的高尚德行啊，光辉明亮直上云天。为什么险恶小人如此嫉妒啊，使他们蒙受不慈的冤名？太阳和月亮光辉朗照啊，尚且有昏暗出现斑点之时。何况一个国家的政事啊，更是头绪纷繁、杂乱无绪。

被荷裯之晏晏兮①，然潢洋而不可带②。既骄美而伐武兮③，负左右之耿介④。憎愠惀之修美兮⑤，好夫人之慷慨⑥。众踥蹀而日进兮⑦，美超远而逾迈⑧。农夫辍耕而容与兮，恐田野之芜秽⑨。事绵绵而多私兮⑩，窃悼后之危败。世雷同而炫曜兮⑪，何毁誉之昧昧⑫！今修饰而窥镜兮⑬，后尚可以窜藏⑭。愿寄言夫流星兮，羌倏忽而难当⑮。卒壅蔽此浮云兮，下暗漠而无光。尧舜皆有所举任兮，故高枕而自适。谅无怨于天下兮，心焉取此怵惕⑯？乘骐骥之浏浏兮⑰，驭安用夫强策⑱？谅城郭之不足恃兮⑲，虽重介之何益⑳？遭翼翼而无终兮㉑，忳惛惛而愁约㉒。生天地之若过兮㉓，功不成而无效。愿沉滞而不见兮㉔，尚欲布名乎天下㉕。然潢洋而不遇兮㉖，直怐愗而自苦㉗。莽洋洋而无极兮㉘，忽翱翔之焉薄？国有骥而不知乘兮，焉皇皇而更索㉙？宁戚讴于车下兮㉚，桓公闻而知之。无伯乐之善相兮㉛，今谁使乎誉之。罔流涕以聊虑兮㉜，惟著意而得之㉝。纷纯纯之愿忠兮㉞，妒被离而鄣之㉟。

【注释】

①荷：植物名，即莲，多年生水生宿根草本，夏天开花，色淡红或白，有清香，供观赏。裯（dāo）：祇裯，贴身短衣。晏晏（yàn）：漂亮轻柔的样子。

②潢洋：这里形容衣服宽大、宽松的样子。

③骄美：自负有美德。伐：自我夸耀。

④负：依恃，凭借。左右：近臣，侍从。耿介：这里指近臣的貌似雄武。

⑤愠愉（yùnlún）：心有所蕴积而不善表达。

⑥夫人：那些小人。夫，发语词。慷慨：巧言令色，能说会道。

⑦踥蹀（qièdié）：奔走，小步趋进。

⑧美：有美德的人。超远：引身远去。逾（yú）迈：过去，消逝。

⑨芜秽：荒芜，指土地因缺少整治而杂草丛生。

⑩绵绵：形容长而细小，且连续不绝的样子。

⑪雷同：这里比喻世人随声附和、众口一词。炫曜（yào）：夸耀，吹捧。

⑫昧昧：昏暗，模糊不清，这里指是非不明。

⑬修饰：梳妆打扮，这里指整顿国家事务。

⑭窜（cuàn）藏：隐匿，潜藏，这里指逃过危险，谨慎自保。窜，伏匿，隐藏。

⑮羌：句首发语词。当：值，遇到。

⑯怵惕：亦作"怵惖"，戒惧，惊惧。

⑰浏浏：本义指水流清澈。这里形容马匹如水流动一

般奔跑，即行云流水，顺畅无阻的意思。

⑱驭（yù）：驾驭车马。策：驱赶骡马役畜的鞭棒。

⑲城郭：亦作"城廓"，城墙。城，指内城的墙。郭，指外城的墙。

⑳重介：厚重的铠甲。

㉑邅（zhān）：难行不进。翼翼：恭敬谨慎的样子。

㉒忳（tún）：忧郁，愁闷。惛惛（hūn）：精神昏愦，神志不清。愁约：悲愁困苦。

㉓若过：若白驹过隙，形容时间过得快。

㉔沉滞：沉抑埋没，不得伸展。

㉕布名：扬名。天下：古时多指中国范围内的全部土地。

㉖潢洋：形容无所遇合的样子。

㉗恂愗（kòumào）：亦作"恂瞀"，愚昧，愚钝。

㉘莽洋洋：形容荒野辽阔的样子。

㉙皇皇：即"惶惶"，形容惶惑、迷惑的样子。

㉚宁戚：春秋卫人，齐大夫。讴：清唱，唱歌。

㉛伯乐：春秋时人，善于相马。

㉜罔：同"惘"，忧愁，怅惘。聊虑：深思。

㉝著（zhuó）意：集中注意力，用心。

㉞纯纯：形容忠诚、诚挚的样子。

㉟被离：通"披离"，纷乱的样子。鄣（zhàng）：同"障"，阻隔，遮掩。

【译文】

披上荷叶短衣漂亮而轻柔啊，但是太过宽松不能束腰带。自我夸耀美德和武功啊，依恃貌似雄武的近臣。嫌弃不善表达的忠诚之士啊，喜欢小人的巧言令色。群小竞相钻营愈来愈腾达啊，贤士孤傲脱俗愈来愈疏远。农夫停止耕作放任闲散啊，恐怕田地将要荒芜。事情琐细又充满私欲啊，暗自担心国家以后会败亡。世人随声附和相互夸耀啊，好坏不分是非不明！如今修饰容貌照照镜子啊，今后还能够逃过危险。想托流星传语君王啊，但它飞掠迅速难以追遇上。终于被浮云遮蔽啊，世间暗淡没有光亮。唐尧虞舜都能选拔任用贤士啊，所以高枕无忧从容安逸。确实不受天下人埋怨啊，心中哪来忧惧不安？乘着骏马畅快地奔驰啊，驾驭之道岂在马鞭的劲悍？内城外郭实在不足依恃啊，即使盔甲再厚重又有什么用？谨慎前行看不到结果啊，忧郁烦闷穷愁潦倒。生于天地之间若白驹过隙啊，功业无成没有结果。想要埋没于人群无所表现啊，又想在世间声名远播。然而世事茫茫很难知遇贤君啊，只是愚钝不堪自讨苦吃。荒野辽阔没有边际啊，飘忽飞翔在哪停宿？国家的骏马却不知道驾乘啊，为什么糊里糊涂另外索求？宁戚在牛车下唱歌啊，齐桓公听了便知道他才能出众。没有伯乐相马的好本领啊，如今谁能使骏马被称扬？怅惘流泪姑且思量啊，用心访求才能得贤士。满怀热忱愿效忠君王啊，却被形形色色的嫉妒所阻碍。

愿赐不肖之躯而别离兮①，放游志乎云中。乘精气之抟抟兮②，骛诸神之湛湛③。骖白霓之习习兮④，历群灵之丰丰⑤。左朱雀之茇茇兮⑥，右苍龙之躍躍⑦。属雷师之阗阗兮⑧，通飞廉之衙衙⑨。前轻辌之锵锵兮⑩，后辎乘之从从⑪。载云旗之委蛇兮，扈屯骑之容容⑫。计专专之不可化兮，愿遂推而为臧⑬。赖皇天之厚德兮，还及君之无恙⑭。

【注释】

①不肖：自谦之称。

②精气：阴阳精灵之气，古谓天地间万物皆秉之以生。抟抟（tuán）：形容凝聚如团的样子。抟，聚集。

③骛（wù）：追求，追逐。湛湛：聚集在一起的样子。

④霓：处于彩虹外侧色泽较暗淡的部分。习习：形容频频飞动的样子。

⑤群灵：群神，指众多星宿之神。丰丰：众多。

⑥朱雀：星宿名，二十八宿中南方七宿的总称。茇茇（pèi）：形容飞翔的样子。

⑦苍龙：星宿名，二十八宿中东方七宿的总称。躍躍（qú）：蜿蜒而行的样子。

⑧属（zhǔ）：联接，跟着。阗阗（tián）：形容声音洪大，这里指雷声而言。

⑨通：当作"道"，开路、引导。衙衙（yú）：行走的样子。

⑩轻（zhì）：车顶前倾的样子。辌（liáng）：古代的卧车。锵锵：形容金石撞击发出的洪亮清越的声音，这里指车铃声。

⑪辎（zī）乘：辎重车辆。辎，古代有帷盖的载重车。

乘，乘坐，后亦泛指车辆。从从：车铃声。

⑫扈（hù）：随从，护卫，多指随侍帝王。屯骑（jì）：聚集车骑。屯，聚集。容容：形容车驾侍卫众多，场面盛大的样子。

⑬臧（zāng）：善，好。

⑭无恙：没有忧患烦恼，幸福安康。恙，传说中的一种啮虫，人们以之为祸患，所以"恙"有忧患、祸患义。

【译文】

请赐我远去啊，我将纵情于江湖云水之中。乘着天地的一团团精气啊，去追随一群群的神灵。驾着飞动的白虹啊，穿过闪烁的繁星。左边的朱雀翩翩飞舞啊，右边的苍龙蜿蜒前行。雷师跟着咚咚敲鼓啊，风伯在前习习开路。前有卧车锵锵作响啊，后有辎车隆隆轰鸣。载着云旗首尾绵延啊，随从车骑聚集蜂拥。我心专一不可改变啊，但愿能推广成为善行。仰仗上天的深厚恩德啊，保佑楚国君王无灾无病。

招　魂

　　"招魂"在古丧礼中称为"复"，即在死者尸体安置好之后，带着死者的衣物登上屋顶向北高呼其名，以招回客死他乡的迷途亡魂。《招魂》的作者及招魂的对象历来颇有争议：一说是宋玉招屈原魂。王逸说："宋玉之所作也。""宋玉怜哀屈原忠而斥弃，愁懑山泽，魂魄放佚，厥命将落，故作《招魂》，欲以复其精神，延其年寿。外陈四方之恶，内崇楚国之美，以讽谏怀王，冀其觉悟而还之也"；另说是屈原自招而作，或屈原招楚怀王之魂。本书倾向于屈原奉命为楚怀王招魂而作。

　　屈原吸收了古代巫术招魂仪式的形式，改造其成为独特的叙事艺术，即将天地四方罪恶艰危的诅咒和对故园闾里舒适惬意的赞美融合成强烈的对比艺术张力，并在结束曲中将对被招魂者的深切同情升华为对国家民族前景的忧虑，这一点是独特的。梁启超称《招魂》"实全部《楚辞》中最酣肆、最深刻之作"，实不为过。

　　朕幼清以廉洁兮①，身服义而未沬②。主此盛德兮③，牵于俗而芜秽④。上无所考此盛德兮，长离殃而愁苦。帝告巫阳曰⑤："有人在下⑥，我欲辅之⑦。魂魄离散⑧，汝筮予之⑨！"巫阳对曰："掌梦⑩。上帝其难从。""若必筮予之⑪，恐后之谢，不能复用巫阳焉。"

【注释】

①朕：我。廉洁：行为正派、高洁无私。廉，本义指堂室边缘，后引申为正直端方。

②服：践行，履行。沬（mèi）：昏暗不明。

③主：固守，秉持。盛德：充实、充盛的德行。

④牵：牵制，拖累。芜秽：借喻污浊混乱的现实环境。芜，指田地中野草丛生。秽，杂草。

⑤帝：天帝。巫阳：叫做阳的神巫，古神话中的神医。

⑥有人：此指杰出人才。在下：在下界，人间。

⑦辅：原意指附于车辐中心的圆木，起加固作用，后引申为辅佐，祐助。

⑧魂魄：魂即独立于人身体之外存在的精神。魄，古人认为是依附肉体存在的精神。

⑨筮（shì）：用筮草占卜。予：给予，这里是使魂魄返还其身的意思。

⑩掌梦：专管解梦之官。掌，本指手心，引申为主管。

⑪若：你，指巫阳。这里是天帝对巫阳称"若"。

【译文】

　　我自小就高洁无私啊，亲身践行道义而未昏暗不明。固守这种充盛的德行啊，却受制于流俗，埋没于污浊的现实。上天不能明察这种大德呀，令我长久遭受祸患而愁思终日。天帝诏告巫阳说："有位贤人在下界，我打算帮助他。他的魂魄就要飘散，你可以用占卜的方式为他还魂！"巫阳回答道："这是解梦官的事，天帝你的命令我难以遵从。""你必须卜筮还魂给他，晚了它们就要消散，那时再用你巫阳也无济于事了。"

　　乃下招曰：魂兮归来！去君之恒干①，何为四方些②？舍君之乐处，而离彼不祥些！魂兮归来！东方不可以托些。长人千仞③，惟魂是索些。十日代出，流金铄石些④。彼皆习之，魂往必释些。归来兮！不可以托些。魂兮归来！南方不可以止些。雕题黑齿⑤，得人肉以祀，以其骨为醢些⑥。蝮蛇蓁蓁⑦，封狐千里些⑧。雄虺九首⑨，往来倏忽，吞人以益其心些。归来兮！不可以久淫些⑩。魂兮归来！西方之害，流沙千里些。旋入雷渊⑪，靡散而不可止些⑫。幸而得脱，其外旷宇些⑬。赤蚁若象⑭，玄蜂若壶些⑮。五谷不生⑯，藂菅是食些⑰。其土烂人，求水无所得些。彷徉无所倚，广大无所极些。归来兮！恐自遗贼些。魂兮归来！北方不可以止些。增冰峨峨⑱，飞雪千里些。归来兮！不可以久些。魂兮归来！君无上天些。虎豹九关，啄害下人些^⑲。一夫九首，拔木九千些。豺狼从目^⑳，往来侁侁些^㉑；悬人以娭^㉒，投之深渊些。致命于帝^㉓，然后得瞑些^㉔。归来！往恐危身些。魂兮归来！君无下此幽都些^㉕。土伯九约^㉖，其角觺觺些^㉗。敦脄血拇^㉘，逐人趂趂些^㉙。参目虎首^㉚，其身若牛些。此皆甘人^㉛，归来！恐自遗灾些。魂兮归来！入修门些^㉜。工祝招君^㉝，背行先些^㉞。秦篝齐缕，郑绵络些^㉟。招具该备，永啸呼些。魂兮归来！反故居些^㊱。

【注释】

① 去：离开。恒干：这里指魂魄平常所寄托的躯体、躯壳。恒，常。干，躯干，躯体。

② 四方：去四方，为古代祭礼仪式。些（suò）：楚语中常用的语末助词，类同"兮"、"焉"、"矣"等。

③ 长人：神话传说中东方的巨人族。仞（rèn）：为古制长度单位，周制八尺，汉制七尺，东汉末为五尺六寸。

④ 金：古代金属通称。铄（shuò）：高温销熔。

⑤ 雕题：此指南方蛮夷国度。雕，描画。题，额头。在额头上描画花纹图案是南方民族的习俗。黑齿：东南、华南一带民族有将牙齿染黑的风习。

⑥ 醢（hǎi）：得人肉以祀，以其骨为醢，大约是一种杀人以祭祀的风俗。醢，肉酱。

⑦ 蝮（fù）蛇：一种毒蛇，体色灰褐，有斑纹，口内有毒牙。蓁蓁（zhēn）：形容聚集、众多的样子。

⑧ 封狐：大狐。

⑨虺（huǐ）：蛇。

⑩淫：淹留。

⑪旋（xuàn）：旋转，卷入。雷渊：古水名。

⑫糜（mí）散：像粉末那样被碾碎。

⑬旷宇：空无一人的荒野。旷，空阔，广大。宇，荒野。

⑭蚁：红色蚂蚁。

⑮玄蜂：即土蜂，体黑，较木蜂略大，土中作巢，呈
　　圆壶形。

⑯五谷：古指五种谷物，后泛指一切谷物。

⑰蔽（cóng）：同"丛"，草木丛生的样子。菅
　　（jiān）：又称菅草、苞子草，茎可编绳，织幔覆盖
　　房顶。

⑱增冰：层积高累的冰块或冰山。增，通"层"，厚积
　　貌。峨峨：形容高耸的样子。

⑲啄害：咬害，吞噬。啄，本指鸟用喙取食，此泛指
　　一般动物的咬食动作。

⑳从目：眼睛竖长。从，通"纵"。

㉑侁侁（shēn）：众多的样子。

㉒娭（xī）：玩弄，戏弄。

㉓致命：复命。致，传达，回复。帝：天帝。

㉔瞑（míng）：假寐，小睡。

㉕幽都：古指北方极地，日落于此，物象昏暗，故称。
　　幽，昏暗。都，城邑。

㉖土伯：土地神。伯，古指地方长官，此指神名。九
　　约：形容土伯身上插满矛戟，杀气腾腾。约，即

"稍"，矛。

㉗ 齺齺（yí）：形容尖利的样子。

㉘ 敦脄（méi）：厚实的脊背。拇：大拇指。

㉙ 驱驱（pī）：形容疾行的样子。

㉚ 参（sān）目：三只眼。参，通"三"。

㉛ 甘人：以人为美味，食人之义。甘，美味。

㉜ 修门：高大城门，此指楚郢都城门。

㉝ 工祝：即"巫祝"，巫祝都是主持祭祀仪式的人。巫
　　以乐舞降神娱神，祝则主要负责诵读祷词。工，巫。

㉞ 背行先：巫者背向前方，面向魂灵，倒退而行，来
　　为魂作导引。

㉟ "秦篝（gōu）"以下两句：篝、缕、绵络（luò），
　　都是招魂时所用器具。篝，竹笼。缕，丝线。绵络，
　　丝絮之类织物，编缀于竿头，作为招魂的灵幡。

㊱ 反：同"返"，回归，回返。

【译文】

巫阳于是下界招魂说：灵魂啊回来！为什么离开躯
体四处游荡？离弃你的乐土，却遭受那些灾殃！灵魂啊回
来！不能到东方安身啊。巨人族高达千仞，专门索要魂灵
啊。十个太阳交替出现，金属石块全能销熔啊。它们都习
惯了高温，灵魂一到必然离散啊。回来吧！那里不能落脚
啊。灵魂啊回来！不能在南方停留。土著们在额头刺青，
涂黑牙齿，以人牲祭，用人骨作肉酱啊。毒蛇丛聚，巨狐
驰骋千里啊。九头雄蛇转瞬来去，吃人满足它们的贪欲啊。
回来吧！不要长时间逗留啊。灵魂啊回来！西方险恶，有

方圆千里的流沙啊。裹挟流入雷渊便会被碾成碎末，千万不能逗留啊。即使侥幸逃脱，外面是人迹罕至的荒野啊。红蚁如象一般庞大，土蜂鼓腹与葫芦相仿啊。各种谷物不能生长，它们只能以丛生的菅草为食啊。这里的地温能将人蒸烂，水源到处找寻不到啊。徘徊游荡无所凭依，广阔辽远走不到尽头啊。回来吧！恐怕你招来祸害啊！灵魂啊回来！不能在北方停留啊！冰山高耸，雪花飘飞弥漫千里啊。回来吧！不要再耽搁了啊。灵魂啊回来！不要登上天去啊！虎豹把守九座关口，吞噬伤害下界的人啊。有怪物长着九个脑袋，一口气拔掉树木九千啊。豺狼眼睛倒竖，群来群往片刻不停啊；将人悬挂起来戏弄，然后投到深渊里去啊。它们向天帝复命，之后才能小睡一会儿啊。回来吧！去了恐怕危及生命啊！灵魂啊回来！不要北上到日没的幽暗之处啊。土神剑戟森森，头角锐利啊。厚厚的脊背，血淋淋的手爪，急速地追着人们乱跑啊。他有虎头三眼，身体像牛一样啊。这些都以人为美味，回来吧！恐怕要自受其害啊！灵魂啊回来！从郢都国门进入啊。巫祝为你招魂，他背对前方，倒走为你作先导啊。秦地竹笼，齐地丝线，用郑国丝絮做成的灵幡啊。招魂的器具一应全备，再就是长声叫喊啊。灵魂啊回来！回到你的故园啊！

天地四方，多贼奸些①。像设君室②，静闲安些。高堂邃宇③，槛层轩些④。层台累榭⑤，临高山些。网户朱缀，刻方连些⑥。冬有突厦⑦，夏室寒些。川谷径复⑧，流潺湲些⑨。光风转蕙⑩，氾崇兰些^⑪。经堂入奥^⑫，朱尘筵些^⑬。砥室翠翘^⑭，挂曲琼些^⑮。翡翠珠被^⑯，烂齐光些。蒻阿拂壁^⑰，罗帱张些^⑱。纂组绮缟^⑲，结琦璜些^⑳。室中之观，多珍怪些。兰膏明烛^㉑，华容备些^㉒。二八侍宿^㉓，射递代些^㉔。九侯淑女^㉕，多迅众些^㉖。盛鬋不同制^㉗，实满宫些。容态好比^㉘，顺弥代些。弱颜固植^㉙，謇其有意些^㉚。姱容修态^㉛，絙洞房些^㉜。蛾眉曼睩^㉝，目腾光些。靡颜腻理^㉞，遗视矊些^㉟。离榭修幕^㊱，侍君之闲些。翡帷翠帐，饰高堂些。红壁沙版^㊲，玄玉梁些^㊳。仰观刻桷^㊴，画龙蛇些。坐堂伏槛，临曲池些^㊵。芙蓉始发，杂芰荷些^㊶。紫茎屏风^㊷，文缘波些^㊸。文异豹饰^㊹，侍陂陁些^㊺。轩辌既低^㊻，步骑罗些。兰薄户树^㊼，琼木篱些。魂兮归来！何远为些？

【注释】

①贼奸：危害，险恶，即上文所陈说的害人、怖人之物。

②像：楚地旧俗，人死后设其遗像于室中供拜祀。

③邃（suì）：深邃的房屋。邃，深。宇，房屋。

④槛（jiàn）：栏杆。层：多重。轩：楼板，建筑物的上层结构部分。

⑤层台：多层的高台。台，四方而高的建筑物。累榭：累，重叠。榭，台上起建的高屋。

⑥方连：即方正形状叠和相连，是一种装饰图案。

⑦宎（yào）：深邃。厦：高大的堂屋。

⑧径复：径或为"往"之误，往复即水流曲折、回环往复的意思。

⑨潺湲（chányuán）：水流动的样子。

⑩光风：晴朗的日子里，风吹动蕙草，令其翻动，其叶子在日光映照下显得闪闪发光，所以叫光风。转：摇动。

⑪氾：摇动。崇：通"丛"。

⑫奥：室内西南角，指屋子深处。

⑬尘：遮隔尘土的幕布。筵（yán）：竹席。

⑭砥（dǐ）室：平整的屋室，有如砥石、磨刀石一般。翠翘：翠鸟羽毛，作装饰用。翠，鸟名，即青羽雀。翘，鸟尾的长羽毛。

⑮曲琼：弯曲之玉，即玉钩。用来挂衣物。

⑯翡翠：鸟名，嘴长而直，生活在水边，以鱼虾为食，羽毛有蓝、绿、赤、棕等色，可做装饰品。

⑰蒻（ruò）：一种蒲草，可以制席。这里即指蒲席。阿（ē）：细缯，一种织物。拂（fú）：这里指把蒻阿铺在壁上。

⑱罗：绮罗，丝织物。帱（chóu）：帐子。

⑲纂（zuǎn）组：都是丝带。纂，赤色带子。绮缟（qǐgǎo）：都是丝织物。绮，素地织纹起花的丝织物，织采为文称绵，织素为文称绮。缟，白绢。

⑳琦璜（qíhuáng）：都是玉器。琦，美玉。璜，半圆形玉璧。

㉑兰膏明烛：用兰草来熬制油脂，以此来做成蜡烛。

膏，一种油脂。

㉒华容：这里或是形容灯具上饰纹的华美。

㉓二八：一说即二列，古代乐舞表演以八人为一列，二八即女乐十六人。一说即十六岁。

㉔射（yì）：通"斁"，厌倦。

㉕九侯：殷代诸侯，纣以姬昌（周文王）、九侯、鄂侯为三公，九侯有美女送给纣，纣不喜欢，把她杀掉，并把九侯剁成肉酱。

㉖多迅众：盛多貌。

㉗盛鬋（jiǎn）：鬓发盛美。鬋，鬓。制：发型样式。

㉘好比：美丽温柔。比，温柔和顺，易于亲近。

㉙弱颜固植：外表柔弱，内心坚贞。

㉚謇（jiǎn）：楚地方言，发语词。

㉛姱（kuā）容修态：姱容，美好的容貌。姱，美好。修态，美好的仪态。修，本义修饰，引申则为美好义。

㉜絙（gèn）：通"亘"，连续周遍，此处指美丽的侍女罗列、周遍于房室之内。洞房：深邃的内室。

㉝蛾眉：女子细长而好看的眉毛。蛾，形容眉毛细长如蚕蛾的样子。睩（lù）：目明貌。

㉞靡（mǐ）：细密。理：肌理。

㉟遗视：目光停留。遗，停留。矊（mián）：远视貌。

㊱离榭：离宫别馆。修幕：长大的帷幕。

㊲红壁：用红色垩土粉刷墙壁。沙版：以丹砂涂饰隔板。沙，通"砂"，即丹砂。版，堂宇间的隔版。

㊳玄玉梁：玄玉梁即用黑玉装饰的屋梁。玄，黑色。

梁，屋梁。

㊴桷（jué）：椽子。

㊵曲池：堂前因地建池，形制曲回，故称。

㊶芰（jì）：菱，俗称菱角。

㊷屏风：水葵，又称凫葵，一种水生植物。

㊸文缘波：紫茎屏风的纹理随着水波上下摇曳浮动。

㊹文异豹饰：侍从们以豹皮为服饰，其纹彩颇为奇异。

㊺陂陁（bēituó）：山坡水岸高低不平处。陂，泽畔障水之岸。陁，倾斜貌。

㊻轩辌（liáng）：轩，一种曲辕有幡的车，为卿大夫及诸侯夫人所乘。辌，卧车。低：停止，停下。

㊼薄：形容草木丛生的样子。

【译文】

天地上下，四面八方，多是狡诈害人的东西啊。你的遗像摆在中堂，显得如此宁谧安详啊。堂室高大，屋宇深广，回廊曲合，围栏绵延啊。台榭层叠，依山而建，自然居高临下啊。房门漆红网状文饰，其间刻镂连方图案啊。冬天房屋深幽宽敞，夏天内室清凉怡人啊。溪流注入低谷动荡往复，水声潺潺动听啊。晴风吹动蕙草闪闪发光，又使兰丛摇摆不定啊。由正屋进入内室，里面有红色隔尘的竹席啊。室壁平整饰以翠羽，又有玉钩悬挂衣物啊。衾被内充鸟羽镶有珠玉，光辉灿烂夺目啊。蒲席、细缯蒙着墙面，绮帐设置其间啊。红白绶带、素洁的绮缟，缀结起美玉、圆璧啊。内室中的陈设，多是世所罕见啊。兰花混制的蜡烛通彻明亮，富丽堂皇的景象无以复加啊。妙龄女子服侍起宿，看厌就让其轮值更换啊。她们如同九侯献送的美女，多得不可胜数啊。鬓发浓密发型各异，充满栋宇宫室啊。容貌仪态娇媚柔婉，和顺可人举世无双啊。柔心弱骨而坚贞不渝，她们都意态缠绵啊。美丽面容姿态闲雅，连绵不绝充满房屋啊。美丽眉宇曼妙相视，秋波神光腾越荡漾啊。红颜光洁肌理细腻，凝视远方久久不移啊。别馆长幕，庭院深深，在你悠闲时倾心服侍啊。饰有翠羽的帷帐，挂满高大的厅堂啊。朱砂漆遍墙壁、隔版，屋梁嵌有黑色的美玉啊。抬头观望刻花的椽子，上面有龙蛇雕绘满眼啊。坐在中堂凭栏远望，目下正是庭院曲池啊。莲花初开，菱荷接天，碧色无穷啊。水葵紫色茎株，其纹理随波映漾啊。侍从们的服装绘有奇纹、带有云豹的绘饰，在岸边等待侍候啊。轻便的轩车、卧车停下，徒步、乘马的随从纷陈罗聚啊。丛生的兰花在门外种植，以玉树作为篱障啊。灵魂啊回来！为什么要去危险的远方啊？

　　室家遂宗①，食多方些。稻粢穱麦②，挐黄粱些③。大苦醎酸④，辛甘行些⑤。肥牛之腱，臑若芳些⑥。和酸若苦，陈吴羹些。胹鳖炮羔⑦，有柘浆些⑧。鹄酸臇凫⑨，煎鸿鸧些⑩。露鸡臛蠵⑪，厉而不爽些⑫。粔籹蜜饵⑬，有餦餭些⑭。瑶浆蜜勺⑮，实羽觞些⑯。挫糟冻饮⑰，酎清凉些⑱。华酌既陈⑲，有琼浆些⑳。归来反故室，敬而无妨些。肴羞未通㉑，女乐罗些。陈钟按鼓㉒，造新歌些。《涉江》、《采菱》，发《扬荷》些㉓。美人既醉，朱颜酡些㉔。娭光眇视㉕，目曾波些㉖。被文服纤㉗，丽而不奇些㉘。长发曼鬋，艳陆离些㉙。二八齐容㉚，起郑舞些㉛。衽若交竿㉜，抚案下些㉝。竽瑟狂会㉞，搷鸣鼓些㉟。宫庭震惊㊱，发《激楚》些㊲。吴歈蔡讴㊳，奏大吕些㊴。士女杂坐，乱而不分些。放陈组缨㊵，班其相纷些。郑卫妖玩㊶，来杂陈些。《激楚》之结㊷，独秀先些。菎蔽象棋㊸，有六簙些㊹。分曹并进㊺，遒相迫些㊻。成枭而牟㊼，呼五白些㊽。晋制犀比㊾，费白日些。铿钟摇簴㊿，揳梓瑟些(51)。娱酒不废，沉日夜些。兰膏明烛，华镫错些(52)。结撰至思(53)，兰芳假些(54)。人有所极，同心赋些(55)。酎饮尽欢，乐先故些。魂兮归来！反故居些。

【注释】

①室家：家人及宗族。遂宗：闾里宗族。

②粢（zī）：稷，粟米。穱（zhuō）：早熟的麦子。

③挐（rú）：杂糅。

④大苦：特别苦的味道。

⑤行：味道调和组成。

⑥臑（ér）：通"胹"，形容熟烂的样子。若：而。

⑦胹（ér）：煮。炮（páo）：烧烤。羔：小羊。

⑧柘（zhè）浆：蔗浆，糖浆。柘，通"蔗"。

⑨鹄：天鹅，似雁而大，颈长，羽毛纯白，能高飞。酸：用酸的调料熟制鹄肉。臇（juǎn）凫：用少量汁水烹制凫肉。臇，少汁。凫，野鸭。

⑩鸿：大雁。鸧（cāng）：一种鸟类，大如鹤，青苍色或灰色。

⑪露鸡：露天生长的鸡。臐蠵（huòxī）：把大龟做成羹汤。臐，肉羹。蠵，大龟。

⑫厉：味道浓烈。爽：败坏、变质或口感差。

⑬粔籹（jùnǚ）：搓面成细条，组之成束，扭作环形，油炸，今称馓子。蜜饵（ěr）：掺和蜂蜜制成的糕饼。饵，糕饼。

⑭饧餭（zhānghuáng）：饴糖之类的食品。

⑮瑶浆：指美酒。瑶，美玉。蜜勺：甜酒。勺，通"酌"，引申为酒。

⑯羽觞（shāng）：刻有鸟雀羽纹的酒杯。觞，酒杯。

⑰挫糟：挤压清除酒糟。挫，挤压。糟，酒糟，带有渣滓的酒。冻饮：冷饮。

⑱酎（zhòu）：经过多次反复酿成的美酒。

⑲华酌：华美的酒斗。酌，盛酒的容器，酒斗。

⑳琼浆：像红色美玉颜色的仙汁。琼，红色的玉。

㉑肴：酒肉之类的荤菜。差：同"馐"，美味。通：这里是菜上齐的意思。

㉒按：击打。

㉓发：歌唱，演奏。《扬荷》：与《涉江》、《采菱》皆为楚乐。

㉔酡（tuó）：饮酒微醉，面颊红润。

㉕娭（xī）光：目光、眼神俏皮的意思。娭，嬉戏。眇视：微视，偷看。

㉖曾波：眼波频送、眉目多情的意思。曾，通"层"。

㉗被文服纤：被、服都是穿的意思。文，有花纹的丝
织衣物。纤，轻薄细软的丝织衣物。

㉘奇（jī）：单一，单调。

㉙陆离：形容美艳的样子。

㉚二八：十六人，将十六位舞者分列两厢，奏乐起舞。

㉛郑舞：郑地舞蹈。郑，古国名，本为西周王畿内之
地，周宣王封季弟友于此。其后郑武公迁居东都畿
内，都新郑，即春秋时郑国，战国时为韩所灭。

㉜交竿：颇难解，兹录数解，以备参考：第一，"竿"
通"干"，即盾牌。汤炳正《楚辞今注》认为交竿
即交干，也即起舞时，彼此飞袿交接如盾牌并举。
第二，"竿"当作"笄"，即簪子。王泗原《楚辞校
释》："或当作笄，则'袿若'谓舞人袿袖皆随旋转
而顺向；'交竿'谓舞人首饰交接皆整齐。"第三，
"袿若交竿"犹言舞者襟袖上的皱纹有如竹竿相交。
第四，"竿"作羽毛解。姜亮夫《楚辞通故·文物
部》："袿若疑为枲若之误，言舞容委蛇柔弱也；竿
当指舞者所持之羽，即《陈风·宛邱》所谓'无冬
无夏，值其鹭羽'之羽。"

㉝抚：循依。案下：按节奏徐缓前行。案，即"按"，
按照节拍。

㉞竽瑟：竽，管乐器名。瑟，弦乐器名。狂：猛烈。

㉟搷（tián）：击打，敲击。

㊱宫：堂屋，房室。庭：堂前之地。

㊲激楚：古代楚国乐曲名，或是取声音高亢凄清之意。

㊳吴歈（yú）：吴地歌曲。吴，古国名，可参《史记·吴太伯世家》。歈，歌曲。蔡讴：蔡地歌曲。蔡，周时国名，周武王弟叔度封蔡，可参《史记·管蔡世家》。讴，歌唱，歌曲。

㊴大吕：古代乐律律调名。据《汉书·律历志》：古乐按音的高低分十二律，阴阳各六，六阳律称律，六阴律称吕，第四阴律为大吕。

㊵放陈：放，解开。陈，陈列。组：丝带。缨：系在领下固定帽子的绳子。

㊶卫：古国名，周武王弟康叔封地，可参《史记·卫康叔世家》。妖玩：妖，艳丽。玩，供玩赏的什物或人。

㊷结：发髻，特指《激楚》之舞者特异的发式。

㊸菎蔽（jùnbì）：一种竹制的赌具。菎，通"筼"，竹名。蔽，通"箷"。象棋：以象牙制作的棋子。棋，古时博弈用的器物。

㊹六簙（bó）：古代簙戏的一种。因为簙箸有六根，棋子双方各六枚，故俗称六簙。簙，同"博"。

㊺分曹：两两对局。曹，偶。

㊻逎（qiú）：急迫。

㊼枭：本指猫头鹰，此指博戏采名。枭，通"骁"。博弈中棋子先期到达者称"骁棋"，亦"成枭"之义。牟：同"侔"，相等，即势均力敌。

㊽五白：五枚竹片内侧向上，此法用于两方均"成枭"

后决定谁最后胜出。

㊾晋：古国名，周成王封弟叔虞于唐，叔虞子燮父改国号为晋。参《史记·晋世家》。犀比：将犀牛角集中作赌具的加工原料。犀，犀牛角。比，集中。

㊿铿钟：击钟。铿，撞击。簴（jù）：支持簨的两根立柱。古代悬钟、磬、鼓的木架，其横木谓之簨，簨旁所立二柱谓之簴。字又作“虡”。

(51)揳（jiá）：弹奏。梓（zǐ）瑟：梓木制成的瑟。梓，树名，木质轻，易割，古常用作琴瑟及棺椁的木料。

(52)错：这里指灯上错镂雕饰的花纹。

(53)结撰（zhuàn）：构思写作。至思：穷思竭虑。

(54)假：至，到来。

(55)赋：诵读，带有一定的韵律节奏。

【译文】

闾里宗族聚集一处，饮食丰盛花色众多啊。稻谷稷麦，杂糅着黄灿灿的粟米啊。苦、咸、酸味道纯正，加以甜、辣两味调和相成啊。肥牛的肌腱，煮熟后香味扑鼻啊。调剂酸、苦，将吴地风味的肉羹摆出啊。笼蒸龟鳖烧烤羊羔，一并浇上糖浆啊。风干天鹅和野鸭，烹煎大雁和鸧鸹啊。晾制风鸡煎煮龟羹，味道浓烈而不变质败坏啊。油炸馓子蜜藨糕饼，还有饴糖食品啊。琼浆玉酿蜜制甜酒，倒满雕刻羽纹的酒杯啊。抉剔糟粕将酒冷却，美酒甘醇清冽啊。摆好华美的酒器，里面盛满晶莹透亮的酒浆啊。回到以前居住的地方，众人毕恭毕敬毫无违碍啊。佳肴、珍馐尚未上齐，歌妓舞乐列队侍候啊。敲起钟来打起鼓，演奏新制的歌曲啊。《涉江》、《采菱》奏响，《扬荷》一曲清扬啊。美人醉酒后，双颊更加红润啊。俏皮的目光偷偷微视，秋波频送眉目传情啊。身着文饰斑斓轻缓的绢素，雍容华贵而纷繁富丽啊。鬓发修长，风采华艳，令人目眩神迷啊。十六名艺妓容仪一致，跳起郑舞翩翩高举啊。舞动的衣襟飞起交叠，依循节奏徐缓行进啊。吹竽鼓瑟强烈交织，击打鼓面铿铿作响啊。满堂瞠目惊骇，只因《激楚》高奏啊。吴歌蔡曲合声共唱，弹奏大吕这一宏大的调式啊。男男女女混坐一起，打破礼防不分彼此啊。系冠丝带散开放下，低垂纷乱难解难分啊。郑卫两地奇美珍玩，随意弄来摆放一地啊。《激楚》舞姬发髻特异，奇特秀美独一无二啊。蒬蔽和象牙棋子，还有博弈的六簿啊。两两对局齐头并进，厉声催促分毫不让啊。双方骁棋功力悉敌，喧哗一片高呼五白啊。晋地的犀角赌具聚集一处，旷日持久欲罢不能啊。钟声铿铿磬鸣悠扬，弹起梓木制做的琴瑟啊。饮酒欢娱不肯中止，夜以继日沉迷不返啊。兰花膏油浇制成通透的蜡烛，华丽的灯具错彩镂金啊。精心构思殚思竭虑，以芳洁兰花借喻斯人啊。众人竭尽才智，一心一意颂扬赞美啊。欢饮醉酒不留遗憾，娱乐祖先，宴会故旧啊。灵魂啊回来！回到你的故居啊。

　　乱曰：献岁发春兮[①]，汩吾南征[②]，菉蘋齐叶兮白芷生[③]。路贯庐江兮左长薄[④]，倚沼畦瀛兮遥望博[⑤]。青骊结驷兮齐千乘[⑥]，悬火延起兮玄颜烝[⑦]。步及骤处兮诱骋先[⑧]，抑骛若通兮引车右还[⑨]。与王趋梦兮课后先^⑩。君王亲发兮惮青兕^⑪，朱明承夜兮时不可以淹^⑫。皋兰被径兮斯路渐^⑬。湛湛江水兮上有枫^⑭，目极千里兮伤春心。魂兮归来哀江南^⑮！

【注释】

①献岁：岁星又增一躔度，新的一年开始了。献，进。岁，岁星，即木星，其十二年运行一周天，称为一纪。发春：春天来临。

②汩（yù）：急速貌。

③菉（lù）萍：菉，草名，又称王刍，可制黄色染料。萍，植物名，又称田字草，生浅水，叶有长柄，夏秋开小白花。齐叶：指叶子长齐。

④庐江：在今湖北宜城县一带。长薄：高大浓密的树林。薄，丛生植被。

⑤倚：站立。沼：水池，水泽。畦：成块的田。瀛（yíng）：池沼，水泽。博：广大平整。

⑥骊（lí）：黑色的马。结驷：一车四马谓之驷，结驷即车乘相连。齐千乘：众多马车一齐进发。齐，一齐，一同。乘，四马驾一车为乘。

⑦悬火：夜间打猎而点起火把。延起：光焰四射，连成一片。玄颜：黑暗的天色。玄，黑色，此指玄天，即天空。颜，色。烝（zhēng）：光热上腾。

⑧步：徐行。骤：奔跑。处：歇止。诱：引导，导路。

⑨抑骛：或进或止。抑，停止。骛，快跑。若：顺畅。

⑩梦：云梦，这里泛指楚王狩猎区。课：考核，比较。

⑪发：射箭。惮：通"殚"，杀死。兕（sì）：兽名。

⑫朱明：太阳。承：接续。淹：停留。

⑬皋兰：水边兰草。渐：掩盖，淹没。

⑭湛湛（zhàn）：形容江水平稳深广的样子。枫：树名，枫叶似白杨，叶圆而分角，秋时呈红色，可分泌树脂，有香味。

⑮江南：长江以南楚国土地。

【译文】

乱辞称：一年复始春意发萌啊，我将匆匆南下，王刍、青萍叶刚长齐啊，白芷刚好欣欣向荣。征途要通过庐江啊，我的左边是高大浓密的树林，站在池塘田界之间啊，远远眺望楚地广袤无边。黑色骏马以骊驾连结啊，齐整阵容多达千乘，高挂夜灯火光蔓延啊，蒸腾的火气照亮黑色的天空。或徐行，或追逐，或奔驰，或歇止啊，向导们一马当先，指挥进退通畅自如啊，向右掉转车头胜利而还。我与先王在云梦狩猎啊，考课猎物多少与追猎中的表现。国君御驾亲狩啊，射杀了贞祥的青兕，太阳破晓而出啊，不能够再作盘桓。水边的兰草布满小路啊，这条路芜没不见。清澈的江水啊，高处还有红枫，纵目千里一望无垠啊，充满春愁的心低落伤感。魂魄啊归来！为如今的江南楚地而哀叹！

大　招

　　《大招》的作者及为谁招魂学界多有争议，一说是景差招屈原魂，或认为是屈原招怀王魂。因文献不足征，至今尚无定论。但从本篇铺陈描写的名物、制度及场景来看，多序帝王致治之事，其所招之魂的身份当为帝王诸侯，这跟《招魂》颇为类似，故屈原招楚怀王之魂比较合乎情理。

　　从内容上看，《大招》没有叙文与乱辞，全文皆为招魂辞。与《招魂》所招对象应为同一人。据史料记载，怀王被骗入秦国后，在顷襄王三年（公元前 296）卒于秦，后归葬于楚国，这中间有相当长一段时间。因此，怀王死讯传到楚国时，楚国应在国内举行招魂仪式，以招其魂归国不离散。到归葬时，则又举行更隆重的国葬仪式，因而须有两篇招魂辞，这或许正是《招魂》与《大招》的来历。《大招》在内容上可分两部分：一是极力渲染四方的种种凶险怪异，二是着意烘托楚国故居之美，最后又大力称颂楚国任人唯贤、政治清明、国势强盛等，以诱使灵魂返回楚国。

青春受谢^①，白日昭只^②。春气奋发，万物遽只^③。冥凌浃行^④，魂无逃只。魂魄归来！无远遥只。

【注释】

①青：在上古人的观念中，是把东方、春季、青色、草木联系在一起的。这里的青春即春天、春季的意思。谢：去，离去。

②昭：光明，灿烂。只：语气词。如同《招魂》之"些"字。

③遽（jù）：竞相，争相。

④冥：幽冥，幽暗。这里或指北方之神玄冥。凌：驰骋。浃（jiā）：遍，周遍。

【译文】

冬去春来，阳光多么明媚灿烂啊。春的气息喷薄而出，世间万物竞相生长啊。幽冥之神遍行于天地之间，魂你不要逃啊。魂魄归来，不要远远离开啊！

魂乎归来！无东无西，无南无北只。东有大海，溺水浟浟只^①。螭龙并流^②，上下悠悠只^③。雾雨淫淫^④，白皓胶只^⑤。魂乎无东！汤谷寂只^⑥。魂乎无南！南有炎火千里，蝮蛇蜒只^⑦。山林险隘，虎豹蜿只^⑧。鲲鳙短狐^⑨，王虺骞只^⑩。魂乎无南！蜮伤躬只^⑪。魂乎无西！西方流沙，漭洋洋只^⑫。豕首纵目^⑬，被发鬤只^⑭。长爪踞牙^⑮，诶笑狂只^⑯。魂乎无西！多害伤只。魂乎无北！北有寒山，逴龙赩只[17]。代水不可涉[18]，深不可测只。天白颢颢[19]，寒凝凝只。魂乎无往！盈北极只[20]。

【注释】

①溺水：这里指水很深，容易使人沉没于其中。浟浟（yóu）：形容水流迅疾的样子。

②螭（chī）：传说中一种没有角的龙。

③悠悠：形容游动、行走的样子。

④淫淫：形容连绵不断的样子。

⑤皓胶：形容烟雨濛濛，天地间白茫茫一片的样子。

⑥汤（yáng）谷：古代神话传说中的日出之地。宋（jì）：同"寂"。

⑦蝮（fù）蛇：大蛇。蜒（yán）：形容长的样子。

⑧蜿（wān）：形容行走的样子。

⑨鰅鳙（yúyóng）：神话传说中一种鱼的名称。短狐：神话传说中一种能含沙射人的动物。王逸《楚辞章句》："短狐，鬼蜮也。"

⑩王虺（huǐ）：大蛇。骞（qiān）：抬头，昂首。

⑪蜮（yù）：即短狐。躬：身体。

⑫漭（mǎng）洋洋：这里形容流沙广大、无边无际的样子。

⑬豕（shǐ）首：猪头。纵：竖。

⑭被：同"披"。曩（ráng）：形容毛发蓬乱的样子。

⑮踞（jù）牙：锋利的牙齿。踞，通"锯"。

⑯诶（xī）笑：嬉笑，这里似指让人感到厌恶的狰狞的笑。

⑰逴（chuō）龙：当为古代神话传说中的"烛龙"，是居于北方的神祇。觺（xì）：赤色。据《山海经》，则烛龙神体呈"赤色"。

⑱代水：水名，大约是古代传说中的北方大河。

⑲颢颢（hào）：白茫茫。

⑳北极：北方至极至远之地，严寒之所在。

【译文】

魂啊归来！不要往东，不要往西，不要往南，不要往北啊。东面有浩瀚海洋，水深流急啊。螭龙随着水流，上下游动啊。烟雾雨水绵绵不绝，天地间白茫茫一片啊。魂啊不要往东！日出之地的汤谷死一般寂静啊。魂啊不要往南！南面有火焰千里，巨大的蝮蛇长得吓人啊。山林险峻狭隘，虎豹横行啊。又有怪鱼鳂鳙和含沙射人的短狐，大蛇昂着头啊。魂啊不要往南！鬼蜮短狐会伤害你的身体啊。魂啊不要往西！西方有流沙，无边无际啊。那里的怪物长着猪的脑袋，眼睛竖长，披头散发，乱蓬蓬啊。长长的爪子，利齿如锯，发出狞笑，十分癫狂啊。魂啊不要往西！那里有太多害人之物。魂啊不要往北！北方有寒冷的山岭，烛龙神遍体通红啊。又有代水无法渡过，它的水深得无从测知啊。天空一片白茫茫，寒气冻结了大地啊。魂啊不要前往！整个北极都是冰天雪地啊。

魂魄归来，闲以静只。自恣荆楚^①，安以定只。逞志究欲^②，心意安只。穷身永乐，年寿延只。魂乎归来！乐不可言只。

【注释】

①恣（zì）：无拘束，任凭。

②逞：快意，称心。究：穷尽。

【译文】

魂魄归来，这里闲适又安静啊。在荆楚大地上自在遨游，是多么安定啊。合你心意，穷尽你的喜好，一切如愿，心情可以安适畅快啊。终身长乐，延年益寿啊。魂那归来！这儿的快乐妙不可言啊。

五谷六仞①，设菰粱只②。鼎臑盈望③，和致芳只④。内鸧鸽鹄⑤，味豺羹只⑥。魂乎归来！恣所尝只。鲜蠵甘鸡⑦，和楚酪只⑧。醢豚苦狗⑨，脍苴蓴只⑩。吴酸蒿蒌⑪，不沾薄只⑫。魂兮归来！恣所择只。炙鸹烝凫⑬，煔鹑陈只⑭。煎鲼臛雀⑮，遽爽存只⑯。魂乎归来！丽以先只⑰。四酎并孰⑱，不涩嗌只⑲。清馨冻歆⑳，不歠役只㉑。吴醴白糵㉒，和楚沥只㉓。魂乎归来！不遽惕只㉔。

【注释】

①仞：长度单位，古代以七尺或八尺为一仞。

②菰（gū）粱：菰米，可煮食。菰，茭笋，又名“蒋”，多年生水生宿根草本植物。

③鼎：古代烹煮用的器物，多用青铜制成，圆形三足两耳，也有方形四足的。臑（ér）：通“胹”，熟烂。

④和致芳：调和五味，以使其芳香。

⑤内：通"肭（nà）"，肥美。鸧（cāng）：一种形似雁与鹤，青黑色的鸟。鹄：天鹅。

⑥味：调和味道。豺：兽名，俗称豺狗，犬科动物，形似狼，较瘦小，吠声如犬。

⑦蠵（xī）：大龟。

⑧酪（lào）：乳浆。

⑨醢（hǎi）：肉酱。豚（tún）：小猪。苦：用胆调和肉酱以使苦。

⑩脍（kuài）：细切。苴蓴（jūpò）：襄荷，姜科，多年生草本植物，根状茎淡黄色，有辛辣味。

⑪吴酸：吴地人调和酸咸，腌制菜肴。吴，吴地，吴地人。蒿蒌（hāolóu）：两种草本植物的名称。王逸《楚辞章句》："蒿，蘩草也。蒌，香草也。"

⑫不沾薄：即味道不浓不淡。沾，多汁。薄，无味。

⑬炙（zhì）：烤肉。鸹（guā）：鸟名。《说文·鸟部》："鸹，麇鸹也。"烝：同"蒸"，用火烘烤使熟。凫：野鸭。

⑭甜（qián）：把肉浸在锅里，即煮肉。鹑：鸟名，即鹌鹑。

⑮鲫（jì）：鲫鱼。臛（huò）：不加菜，全用汤煮，做成肉羹。

⑯遽爽：极其爽口。

⑰丽：美，美味。

⑱四酎（zhòu）：四重酿之醇酒。

⑲涩（sè）：即"涩"，滞涩，不顺滑。这里是使喉咙

感到苦涩、不顺滑的意思。嗌（yì）：咽喉。

⑳清馨：这里是形容酒的气味清冽芳香的样子。冻饮（yǐn）：冰镇后饮之。饮，即"饮"，一本即作"饮"。

㉑歠（chuò）：饮，喝。役：卑贱之人。

㉒醴（lǐ）：一宿熟的甜酒。蘖（niè）：做酒的曲。

㉓沥（lì）：清酒。

㉔遽（jù）：恐惧。惕：警惕，戒惧。

【译文】

这里的五谷高高堆积，还摆设着菰米饭啊。大鼎里煮熟的食物满眼都是，调和滋味使它散发芳香啊。肥美的鸧、鸽子、天鹅，调和着豺肉做的羹汤啊。魂啊归来！任随心意来品尝啊。新鲜的大龟，可口的肥鸡，调和了楚地的乳酪啊。乳猪做成的肉酱，胆汁浸渍的狗肉，再切点蘘荷放在里面啊。吴人腌制的蒿菜蒌芽，不浓不淡，味道正好啊。魂啊归来！随你心意来挑取啊。烤鹌鸟，蒸野鸭，煮了鹌鹑来摆开啊。煎鲫鱼，煮雀肉，味道极佳，让你口齿留香啊。魂啊归来！众多美味已经摆放上来啊。四重酿造的美酒都熟了，喝起来不滞涩喉咙啊。气味清冽芳香，适合冰镇后再饮，不是奴仆有福享用的啊。吴地的甜米酒，白酒曲酿造，掺上楚产的清酒啊。魂啊归来！不要害怕，不要有戒惧之心啊。

代秦郑卫①，鸣竽张只②。伏戏《驾辩》③，楚《劳商》只。讴和《扬阿》④，赵箫倡只⑤。魂乎归来！

定空桑只⑥。二八接舞⑦，投诗赋只。叩钟调磬⑧，娱人乱只⑨。四上竞气⑩，极声变只⑪。魂乎归来！听歌𫍲只⑫。朱唇皓齿，嫭以姱只⑬。比德好闲⑭，习以都只⑮。丰肉微骨，调以娱只⑯。魂乎归来！安以舒只。嫮目宜笑⑰，蛾眉曼只⑱。容则秀雅⑲，穉朱颜只⑳。魂乎归来！静以安只。姱修滂浩㉑，丽以佳只。曾颊倚耳㉒，曲眉规只。滂心绰态㉓，姣丽施只㉔。小腰秀颈，若鲜卑只㉕。魂乎归来！思怨移只㉖。易中利心㉗，以动作只。粉白黛黑㉘，施芳泽只㉙。长袂拂面，善留客只。魂乎归来！以娱昔只㉚。青色直眉㉛，美目媔只㉜。靥辅奇牙㉝，宜笑嘕只㉞。丰肉微骨，体便娟只㉟。魂乎归来！恣所便只。

【注释】

①代秦郑卫：古国名，这里是指四国的音乐。

②竽：一种管乐器的名称。张：音乐奏起。

③伏戏：即古代神话传说中的神王"伏羲"。《驾辩》：古曲名。

④讴：清唱。《扬阿》：古代楚地歌曲名，即《阳阿》。

⑤箫：一种管乐器。《说文·竹部》："箫，参差管乐，象凤之翼。"倡：领唱，这里指先行奏乐。

⑥定：调整琴弦，定下音位。空桑：瑟名。一说地名。

⑦二八：十六个舞女，即舞女以八人为一列，二列共十六人。

⑧叩钟调磬（qìng）：钟、磬，两种打击乐器的名称。

⑨乱：欢快。

⑩四上：指乐曲结构的四个组成部分。竞气：指乐曲中四个环节的乐声依次强于前面环节。

⑪极声变：穷极乐音的曲折变化。

⑫谍（zhuàn）：陈述，表达。

⑬婱（hù）以姱：婱、姱，都是美丽、美好的意思。

⑭比：相同。好闲：仪态美好、娴静。

⑮习：熟悉礼节。都：仪容美好、高雅。

⑯调：性情和顺。

⑰嫮（hù）：同"婱"，美好，这里用来形容眼睛。

⑱蛾眉：女子细长而好看的眉毛。蛾，形容眉毛细长如蚕蛾的样子。

⑲容：仪容，容态。则：举止，行为。

⑳穉（zhì）：又作"稚"，幼小。

㉑姱修：美好，淑丽。滂浩：一本作"修广婉心"，当从之。"婉心"，性情柔顺的意思。

㉒曾：重累，层叠，这里指面颊丰满。颊：脸的两侧。倚耳：耳向后贴，不外张。

㉓滂心：心胸阔大。绰态：姿态柔美绰约。

㉔施：呈现。

㉕鲜卑：一种束在腰间的带子。

㉖思怨移：消除、忘怀忧怨的情思。移，去除。

㉗易中利心：易中，内心机敏，反应快。"利心"与"易中"意义相近。中、心，指内心而言。易，轻易，不坚实。

㉘粉：化妆涂脸用的脂粉。黛：青黑色的颜料，古代女子用以画眉。

㉙芳泽：香膏，也是化妆用物品。

㉚昔：通"夕"，一本即作"夕"，夜晚。

㉛青色：青黑色，这里当指蛾眉的颜色。

㉜婳（mián）：形容眼睛美的样子，这里有眼波流眄动人，显得聪慧狡黠的意思。

㉝靥（yè）辅：又作"酺酺"，脸颊上的酒窝。奇牙：奇而好的牙。奇，殊异美好。

㉞嘕（xiān）：笑的样子。

㉟便（pián）娟：形容体态轻盈美丽的样子。

【译文】

这里有代、秦、郑、卫四地的音乐，吹起竽管，音乐奏起啊。有伏羲氏的《驾辩》，还有楚曲《劳商》啊。一齐清唱起《扬阿》之歌，由赵地箫乐来领唱啊。魂啊归来！为空桑之瑟调弦审音啊。十六个佳人一个接一个起舞，配合着诗赋雅乐的节拍啊。敲起钟，调好磬，演奏到歌曲末章，人们欢快无比啊。四个乐章依次演奏，叠相强进，音声变化无穷啊。魂啊归来！来聆听曲中之意啊。美人们唇红齿白，俏丽无比啊。才德不相上下，仪态美好娴静，习于礼节且又秀美高雅啊。肌肤丰腴，骨相纤秀，性情温顺，让人快乐啊。魂啊归来！你会感到安乐舒心啊。她们那漂亮的眼睛含着笑意，蚕蛾般的眉毛细又长啊。仪容举止秀美娴雅，红润的脸庞是如此娇嫩啊。魂啊归来！你会觉得宁静又安逸啊。她们容貌美丽，性情柔顺，真称得上是旷世之美啊。面颊丰满，两耳巧致，弯弯的眉毛如圆规画成啊。心胸阔大，姿态绰约，姣好美丽显现无遗啊。腰肢细小，脖子秀美，就像鲜卑带子束着一样啊。魂啊归来！你会忘怀那幽怨的情思啊。她们心思敏捷聪慧，从动作中表现出来啊。白的脂粉，黑的眉黛，再擦上香膏啊。长长的袖子轻轻擦过脸庞，善于殷勤待客，让人留连忘返啊。魂啊归来！晚上在这儿娱乐啊。黑而直的眉毛刚健婀娜，漂亮的眼睛流波动人啊。腮上有酒窝，牙齿奇又好，一笑嫣然，妩媚动人啊。身形丰满，骨节小巧，体态轻盈秀美啊。魂啊归来！随你喜好，任意行事啊。

夏屋广大①，沙堂秀只②。南房小坛③，观绝霤只④。曲屋步墀⑤，宜扰畜只⑥。腾驾步游，猎春圃只⑦。琼轂错衡⑧，英华假只⑨。菎兰桂树⑩，郁弥路只⑪。魂乎归来！恣志虑只。孔雀盈园，畜鸾皇只⑫。鹍鸿群晨⑬，杂鹙鸧只⑭。鸿鹄代游⑮，曼鷫鷞只⑯。魂乎归来！凤凰翔只。

【注释】

①夏屋：高大的屋子。

②沙堂：用丹砂涂饰成红色的殿堂。沙，丹砂，又称朱砂，是一种红色的矿物。

③房：堂屋两侧的房间。坛：这里当指庭院，是游观憩息的场所。

④观：宫门外高台上的望楼，可作观看眺望用。霤

（liù）：屋檐。

⑤曲屋：阁道，亦即长廊，因其上修建了类似屋顶的东西，且又回环曲折，所以叫曲屋。步壏（yán）：长廊。

⑥扰：驯养。畜：家养之兽。

⑦囿（yòu）：畜养禽兽的园林，有围墙，汉以后称"苑"。

⑧琼：美玉。毂（gǔ）：车轮中心的圆木，周围与车辐的一端相接，中有圆孔，可以插轴。错：错综华美的文饰。衡：车辕上的横木。

⑨英华：华美。假：大，盛大。

⑩茝（zhǐ）：香草名。

⑪郁：树木丛生，茂盛。

⑫鸾：古代传说中的一种神鸟。皇：通"凰"，古代传说中的鸟王，雄的叫"凤"，雌的叫"凰"。

⑬鹍（kūn）：鹍鸡。群晨：清晨时分一起飞翔鸣叫。

⑭鹙（qiū）鸧：一种水鸟，头顶无毛，性凶猛贪恶。

⑮代：更替，轮流，这里有来来往往的意思。

⑯曼：绵长，延续。这里形容鹔鹴群飞，连绵不绝的样子。鹔鹴（sùshuāng）：一种神鸟的名称。

【译文】

这里的房屋又宽又大，丹砂涂饰的殿堂真是壮美啊。朝南的偏屋，小巧的庭院，楼观屋檐下有承水沟槽啊。回环曲折的阁道，长长的走廊，适宜驯养鸟兽啊。驰骋车驾外出漫游，春日时分在园林中打猎啊。美玉般的车轴，错金镂彩的辕上横木，真是盛大华美啊。芭草、兰草和桂树，路边到处都是啊。魂啊归来！顺随你的心意，任你游玩啊。孔雀满园子都是，还养着鸾鸟凤凰啊。鹍鸡鸿雁清晨时分一起飞翔鸣叫，还混杂着秃鹙的声音啊。鸿鹄来来往往，嬉戏游乐，鹔鹴群飞，连绵不绝啊。魂啊归来！神鸟凤凰在飞翔啊。

曼泽怡面，血气盛只。永宜厥身，保寿命只。室家盈廷，爵禄盛只①。魂乎归来！居室定只。接径千里②，出若云只。三圭重侯③，听类神只④。察笃夭隐⑤，孤寡存只⑥。魂兮归来！正始昆只⑦。田邑千畛⑧，人阜昌只⑨。美冒众流⑩，德泽章只。先威后文，善美明只。魂乎归来！赏罚当只。名声若日，照四海只⑪。德誉配天，万民理只。北至幽陵⑫，南交阯只⑬。西薄羊肠⑭，东穷海只。魂乎归来！尚贤士只。发政献行⑮，禁苛暴只。举杰压陛⑯，诛讥罢只⑰。直赢在位⑱，近禹麾只⑲。豪杰执政⑳，流泽施只。魂乎来归！国家为只。雄雄赫赫㉑，天德明只㉒。三公穆穆㉓，登降堂只㉔。诸侯毕极，立九卿只㉕。昭质既设㉖，大侯张只㉗。执弓挟矢，揖辞让只㉘。魂乎来归！尚三王只㉙。

【注释】

①爵：官位，爵位。禄：俸禄，即官员的收入。

②接径：道路相交接，四通八达。千里：方圆千余里，

泛指疆域广袤。

③三圭：圭是古玉器名，长条形，上圆下方，古代贵族以之作为朝聘、祭祀、丧祭时的礼器。这里指朝廷重臣。重侯：指子爵和男爵。

④听类神：听讼断狱精审，类似于神明。听，听审诉讼。

⑤笃：通"督"，察。夭：年幼而死，短命。隐：处境困苦。

⑥孤：本指幼而无父，引申为孤独之义。寡：本指老而无夫，引申为孤独义。存：抚恤，慰问。

⑦始昆：先后。昆，后。

⑧畛（zhěn）：田间的道路。

⑨阜昌：形容人口众多。

⑩美：美善之行，美政。冒：覆盖，这里有溥及众生的意思。

⑪四海：偏远地区，蛮荒之地。

⑫幽陵：地名，即幽州，地在今河北北部、辽宁一带。

⑬交阯（zhǐ）：地名，在今两广及越南北部一带。

⑭羊肠：西方山名。

⑮献行：百官向上进其治状。

⑯压陛：能人贤士布满朝堂廷阶。陛，殿堂前的台阶。

⑰诛：谴责并黜退。讥：受人讥刺指责。罢：能力有限，不堪大任的庸人。

⑱直赢：正直之人。赢，直。

⑲近禹麾：亲附、听从圣明君主禹的指挥。

⑳豪：卓越的人物。

㉑雄雄赫赫：形容声势、声威盛大的样子。

㉒天德：德行堪与天相配，故曰"天德"。

㉓三公：古代辅佐君王的最高的三个官职。一种说法是太师、太傅、太保；另一种说法是司空、司马、司徒。穆穆：平和恭敬。

㉔登降堂：出入朝堂、殿堂。

㉕九卿：九个中央国家机关的长官。

㉖昭质：箭靶的中心。

㉗大侯：射箭时所立之布，类似于箭靶。

㉘揖（yī）：拱手行礼。

㉙三王：指夏禹、商汤、周文王。

【译文】

肤色润泽，面色和悦，气血旺盛啊。身心永远安适康健，长保寿命啊。宗族成员布满朝廷，官爵、俸禄丰盛啊。魂啊归来！住所已经安排定了啊。道路四通八达，绵延千里，出行时护卫侍从聚集如云啊。朝廷大员、君王股肱，听审狱讼，明察秋毫，有如神明啊。察知了解夭折的儿童与处境困窘者的情况，安抚慰问孤儿寡妇啊。魂啊归来！来确定施行仁政时次序的先后啊。楚国的乡野城邑间道路上千条，人口繁盛众多啊。美政教化溥及芸芸众生，明德恩泽彰明显著啊。先用严政，后施仁政，这样就能既善且美又光明正大啊。魂啊归来！楚国赏罚得当啊。名声好比太阳一般，光辉照耀四海啊。功德、荣誉与天相媲美，天下百姓都得到治理啊。北边到幽陵，南边到交趾啊。西边迫近羊肠山，东边直抵大海啊。魂啊归来！楚国尊崇贤士啊。君王向下发布政令，百官向上呈递治状，禁绝苛刻凶暴啊。任用能人智士，布满朝堂廷阶，斥责、黜退无能的庸人啊。正直之人进用居官，听从圣明君主的指挥啊。才华出众者掌管政权，恩泽遍及民间啊。魂啊归来！国家得到治理了啊。声威雄壮，德行清明，上比苍天啊。三公平和恭敬，进出朝堂啊。诸侯都来致敬，设立九卿职位啊。箭靶已经摆好，大布靶也已张设啊。拿着弓，持着箭，拱手行礼，互相推辞谦让啊。魂啊归来！崇尚先贤，取法三王啊。